Ulrich Land

Die Leiden der jungen Weiber

Das Goethe-Komplott

8 grad

Ulrich Land

DIE LEIDEN DER JUNGEN WEIBER

Das Goethe-Komplott

8 grad Verlag Freiburg

Was bisher geschah

Er warf ein flüchtiges Kreuzzeichen in die Luft.

Sie stand im Nieselregen, hinter dem verblühenden Fliederbusch, und sah ihn dort oben am offenen Fenster stehen und ein zweites Kreuz gegen Stirn, Brust, Schultern tippen. Dass sie mitten in einer Pfütze stand und das Wasser in die Schuhe sickerte, entging ihr. Sie hatte nur Augen für das Schauspiel da oben, wo er sich, die Soutane übergeworfen, in die Brust warf.

»So nehmen wir denn im Namen des Herrn«, schwerer Augenaufschlag, Blick gen Himmel, »Abschied von einem geliebten Menschen, wollen ihn auf diesem seinem letzten Weg begleiten und wünschen ihm den Beistand der Dreieinigkeit im hohen Himmel. Und zugleich alle Kraft, die er braucht auf dem steinigen Pfad aus der Gegenwart heraus in die Vergangenheit und hinein in die himmlische Zukunft.« Standbein-, Spielbeinwechsel. »Und dennoch wollen wir nicht verschweigen, dass er sich hin und wieder und hier und dort ein wenig versündigt hat. Wer aber kann von sich behaupten, seine Jahre ohne jeden Sündenfall durchlebt zu haben! Das jedoch zu verzeihen steht nicht in unserer Macht.« Und er löste die gefalteten Hände, hielt sie, so hoch er konnte, und drehte die Handflächen gen Himmel. »Das Abwägen, das Bedenken und Freisprechen müssen wir in die gütigen Hände des Richters aller Zeiten und Welten legen. Umso beruhigter können wir des Dahingeschiedenen in aufrichtiger Trauer gedenken. Denn dass wir, Brüder und Schwestern im Herrn, dass wir die Schuld, die übergroße Schuld, die er auf sich geladen hat, nur zu gern *nicht* berücksichtigen wollen – schon gar nicht in dieser schweren Stunde –, ist nur recht und billig. Auf der glanzvollen Seite seiner Medaille steht doch auch eine ansehnliche Zahl glorreicher Taten.«

Es hielt sie nicht länger in den triefend nassen Niederungen. Sie musste hinauf, sofort, musste ihm sagen, wie großartig er sich als angehender Mann Gottes machen würde, wenn er das Predigen weiter so wacker übte. Auch wenn sie wusste, dass es spätestens, wenn er das Priesteramt antreten würde, um ihre wunderbare Verbindung geschehen sein würde, musste sie ihn umarmen. Jetzt. Sofort.

So nahm sie auf der Stiege zwei, drei Stufen mit einem Schritt, schlich sich dann aber, äußerst bedacht darauf, dass die Bohlen nicht knarzten – immerhin kannte sie jeden Zentimeter des Korridorbodens –, schlich sich also von hinten heran. Und spürte, wie sich zwei, drei Tränen der Ergriffenheit auf den Weg machten, als sie ihn proklamieren hörte: »Möge diese Stunde des Abschieds zugleich ein Akt der Begrüßung im Himmel droben sein. Denn dort und nur dort naht Rettung, in alle Ewigkeit! Und so richten wir den Blick nicht nur nach hinten, nicht nur auf die Quellen unserer Tränenströme, sondern nach vorn: in eine hoffentlich glücklichere Zukunft.«

Ohne Frage, seine Rede steuerte das Finale an. Endlich also nahm sie sich ein Herz und äugte durch den offenen Türspalt. Und sah – es riss ihr den Mund und die Augen sperrangelweit auf –, sah, wie sich unterm Saum des schwarzen Talars seine Hosen um die Füße kringelten. Wie ihre eigene Zofe, die doch keine Gelegenheit ausließ, ihre Ergebenheit hervorzukehren, wie sie mit verdrehten Augen vor ihm kniete. Wie sie, das verdammte ausladende Hinterteil auf den Fersen abgestützt, mit den Händen die Innenseiten seiner Schenkel allmählich hinaufglitt. Während die Schlusspassage seiner Trauerrede, »… hoffen wir, dass der Dahingeschiedene uns, verehrte Brüder und Schwestern, in guter Erinnerung behalten und unser Beileid mit ins Jenseits nehme …«, während also sein Nekrolog immer löchriger wurde und in dieses ihr sattsam bekannte Hecheln überging.

Sie drehte ab. Stammelte: »Ich bring's um, das Luder!« Und trat, um ihre Drohung zu unterstreichen, auf eine der neuralgischen Stellen zwischen den Bodenbohlen, quietschte steinzersetzend mit den Sohlen und stieß im Rausgehen die Tür ganz auf, sodass er aufschrecken, sich umwenden und ihre rauschenden Rockschöße sehen musste. Bevor sie im Korridor verschwunden sein würde.

Die Frauen

Sie rannten los. Hatten die Röcke mit beiden Händen gerafft, die Fäuste in den Stoff gekrallt und waren eifrig darum bemüht, die Arme im Laufen nicht allzu sehr in Bewegung zu versetzen, um die Kleider gleichbleibend hochzuhalten und sich nicht selbst und gegenseitig in die Rüschen und Spitzen des Saums zu treten. Schließlich sollten die Kleider am heutigen Tag nicht zu ihrem letzten Einsatz gekommen sein.

Und sie waren durchaus schnell unterwegs. Immerhin waren sie allesamt blutjung; einige um die zwanzig, einige noch jünger. Nur die Schönkopf war in den fortgeschrittenen Zwanzigern. Sie konnten richtig rennen. Allesamt.

Je weiter sie allerdings aus dem Dorf kamen, desto schwieriger wurde es, das jugendliche Tempo aufrechtzuerhalten. Hatte der Weg anfangs noch eine leidlich festgebackene Schicht aus Lehm und Steinchen zu bieten, so verlor sich der feste Grund mehr und mehr, je weiter sie in die Felder vordrangen. Staub, zerknirschte Steine und knorrige Wurzeln übernahmen das Regiment, je mehr der Waldrand in greifbare Nähe rückte. Kein Untergrund für ihre zarten Schühchen, ihre zierlichen Fesseln, die für gewöhnlich auf ganz anderen Wegen unterwegs waren, elegant schwingend trippelten, ihre Grazie und Bedeutung ausführten. Untergehakt und die rechte Seite eines sich in stolzem Glanz sonnenden Mannsbilds verschönernd, schritten sie normalerweise daher. Und genau das eben sollte ein Ende haben. Ein so abruptes wie entschiedenes, ein endgültiges Ende.

Und dafür nahmen sie gern dieses stolpernde Holterdiepolter, die Unwegsamkeit, die Verrenkungen in Kauf.

Sie rannten aus dem Dorf hinaus, hinaus aus der Enge des Wohlbefindens, aus der Geborgenheit der gutbürgerlichen Saturiertheit, aber ihre Laufschritte, so schnell die gerafften Kleider es zuließen, hatten nichts von einer Flucht. Es war der Weg ins Offene. Zugegeben, nur der Anfang des Wegs. Nicht mehr als ein Anfang. Und klar war, dieser Weg war ein Umweg. Und er war nicht allein zu beschreiten, sie mussten sich zusammentun. Und sie taten sich zusammen. Wofür dieser Pavillon am Waldessaum eine hervorragende Adresse war.

Bloß dieser Weg dahin!

Immerhin waren sie schon zu dritt. Wenn Augusta sich würde loseisen und unbesehen aus dem Schloss schleichen können, sogar zu viert. Und sie würden hinter den Hecken des Waldrands aushecken, was ausgeheckt werden musste. Ganz sicher würden sie etwas ausbaldowern, etwas Hundsgemeines. Das konnte so nicht weitergehen. Ganz sicher nicht.

Sie rannten vorbei am alten Wegkreuz. Musste auch mal erneuert werden, dringend. Das alte Wegkreuz auf der einen, diese grausige Vogelscheuche auf der anderen Seite. Bestimmt ein Machwerk des Bauern vom Michelshof. War er doch im ganzen Dorf dafür bekannt, dass er einen stattlichen Teil der Winterabende damit zubrachte, Lattenkreuze zusammenzunageln und mit sorgsam geschnitzten Köpfen und akribisch genähten Kleidern zu bestücken. Bis schließlich in den Saatwochen täuschend echte, geradezu lebendige Figuren seine Felder und Fluren bewachten. Und alle Kinder, ja, auch die Erwachsenen des Dorfes das Fürchten lehrten. Nur die Vögel nicht.

Die Frauen hielten kurz inne. Dort, wo der Weg zwischen dem Kreuz und dem Lattenmann hindurchführte und diese mörderisch enge Kurve einschlug, die schon manchen Wagen mit hochaufgetürmter Heuladung zu hals- und speichenbrecherischen Schaukelmanövern veranlasst hatte. Denn hier hatten sich die Räder über die Jahre und Jahrzehnte eingefräst und den Weg in tiefe Fahrrinnen verwandelt, die die Räder wie

Schienen führten. Rinnen, die beim kleinsten Regenschauer voll Wasser liefen und eine jaucheähnliche Tunke ansammelten.

Dessen ungeachtet, den Blick weit nach vorn gerichtet, stiegen ebendort die drei Frauen allesamt in die ausufernden Lachen. Ihre kleinen Füße, sowieso mit rasantem Tempo in der Abwärts-, in der Aufwärtsbewegung und längst von der holprigen Wegstrecke um jede Eleganz gebracht, tippten kurz in die schwarzen Pfützen. Was jedoch ausreichte, um die Wasser aus jeder Fassung zu bringen, über die Fahrrinnen hinausfluten, in tausend Tropfen zerstieben und Vorhänge von Spritznebeln aufziehen zu lassen, die die Füße in ihrer Hast verschleierten.

Nicht eine der Frauen tat einen spitzen Schrei.

Als wäre nichts geschehen, als würde jetzt nicht bei jedem weiteren Schritt das Wasser zwischen Fuß und Schuh herausquotschen, als würden die Kleidersäume nicht von der schwarzen Wegesbrühe bis auf Höhe der Hüften verschmuddelt, rannten die drei Grazien sturheil weiter. Immerhin war das spitze Dächlein des Pavillons schon zu sehen. Jener kleine, lustige Rundbau am Waldrand, der ideale Voraussetzungen bot für Schäferstündchen und andere Verschwörungen. Zumal jetzt, im weit vorangeschrittenen März, eine schon fast sommerliche Wärme Einzug gehalten hatte. Und wo sich die jungen Schönheiten nun schon zum zweiten Mal ein Stelldichein geben würden, um die Idee weiterzuspinnen, die sie alle drei, vielleicht sogar alle vier aus der Lethargie des Leidens herausholen, von der Seite der aufopfernd Ertragenden auf die der aus eigener Kraft Handelnden katapultieren sollte.

Und indem sie sich mit eiligen Schritten dem Waldrandhüttchen näherten, erkannten sie zwischen den hölzernen Säulen Charlotte und Anna Katharina, also, sofern auch Augusta mit von der Partie sein würde, wären sie schon zu sechst. Die beiden umwedelten mit den Armen ihre hochroten Köpfe. Mit einigem guten Willen konnte man auf die Entfernung hin das fahrige Gefuchtel für eine Art Winken halten.

Augusta

Schon am frühen Morgen strahlte das Wasser des Burggrabens dieses Mumpfige aus. Als wäre wurzeldurchsetzter Lehm nach oben gespült worden. Wahrscheinlich von Blasen aus eingeschlossenem Fäulnisgas getragen und aufgestiegen, um den Wasserspiegel zu verunstalten, zu brechen und zu verklumpen. Es war jedenfalls kein frisches Laub, das hier auf dem Wasser tanzte, sich von Wind und Wellen schaukeln ließ, sich angesichts der Abendsonne in rotes Blattgold verwandelte. Dieser Schmodder vielmehr, der sich hier an die Oberfläche durchgewühlt und aufgeworfen hatte, der hatte ein halbes Jahr hinter sich. Hatte monatelang unten am Grund des Grabens auf seinen großen Auftritt gewartet, hatte einiges an Vereisungs- und Auftauwechseln über sich ergehen lassen. Hatte genossen, wie die wankenden schwankenden Temperaturen an seiner Substanz zehrten, wie die Fäulnis trotz der eisigen Unterbrechungen immer tiefer vordrang, immer mehr in die Klauen bekam, immer verborgenere Schichten ergriff und angriff. Wie sie Gasblasen emporblubbern ließ und sich in den Blattadern, den Verästelungen der Wurzelstöcke, in den letzten halbwegs erkennbaren Pflanzenresten verhedderte. Mit fauliger Wollust und morbidem Vergnügen. Vom Auftrieb erfasst, hochkullernd, auf dem trägen Wasser bräsig dümpelnd, von Schaumrändern dekoriert. Wie sich auf dem breiigen Wasser fragwürdige Lichtflecken zwischen die Polster des Frühjahrsmodders pflanzten.

Von wegen: Vom Eise befreit!

Oben, hoch oben ein Milan. Es war eindeutig ein Milan, der da seine Kreise zog. Der einfach da war. Hoch am Himmel zwar, aber keine Einbildung. Letzter Beweis: die tief gefingerten Flügel, der leicht gekerbte Schwanz, der elegante Segelflug.

Und das, was da am Boden im Laub, im Unterholz, zwischen den Wurzeln raschelte, nuschelte, vorwärts-, rückwärtshuschte, war das da? War das leibhaftig vorhanden? Oder war's nur ein Geräusch? Flüsterndes, lispelndes Trugbild?

Nichts zu erkennen. Nur zu ahnen. Erst zu wissen, als der Milan zum Sturzflug ansetzte. Mit einem unsäglichen Tempo abwärtsschoss. Der sah, was man nur hören konnte. Nur eine Ahnung, ein lispelndes Trugbild. Bei dem man sich fragte, ob Schein oder Sein, ob Gewissheit oder Hirngespinst, ob Dichtung oder Wahrheit. Die man anzweifelte. Solange, bis sich schließlich der Milan, das zappelnde Pelzknäuel im Schnabel, wieder in die Lüfte schwang. Vorwärts, mit tief gefingerten Flügeln im kunstvollen Segelflug. Jetzt ein Ziel vor Augen, keine Kreise zog.

Augusta drehte sich noch einmal um. Nur einmal.

Charlotte

Mein Gott, dass das funktioniert hatte! – Dass Käthchen und sie tatsächlich zum verabredeten Zeitpunkt eingetroffen waren, ja, dass sie vom Kirchhof aus gemeinsam hatten losrennen können. Beide perfekt verkleidet als um wen oder was auch immer trauernde Weiber aus gutem, aus besserem Hause. Dass sie also gemeinsam mit dem gesenkten Blick tränengeröteter Augen das Dorf im Laufschritt hinter sich gelassen hatten, ohne angesprochen oder aufgehalten worden zu sein, das war ja nun wahrhaftig alles andere als selbstverständlich.

Gut, sie selbst hatte bis hier herauf ja höchstens eine dreistündige Kutschfahrt durchs gemächlich ansteigende Tal hinter sich zu bringen. Nicht so Anna Katharina, das forsche Käthchen. – Alle nannten sie Käthchen, also dann eben Käthchen, bitte sehr, ihretwegen. Obwohl mit ihren siebenundzwanzig Lenzen die Zweitälteste von ihnen, war Käthchen doch immer noch jung und verrückt genug, den weiten Weg auf sich zu nehmen, um dieses Komplott mit ihnen zu schmieden. Und Augusta ebenfalls, die sie bereits beim ersten Treffen dafür auserkoren hatten, sich, wenn es denn so weit sein würde, Gustchen oder Gustgen nennen zu lassen. Käthchen und Gustchen jedenfalls kamen aus entgegengesetzten Richtungen und hatten nicht nur erheblich weitere Anreisen als sie selbst zu absolvieren, sondern auch ungleich beschwerlichere. Mussten sie sich doch kreuz und quer durch den Thüringer Wald kutschieren lassen.

Nun also waren sie immerhin schon zu fünft, saßen im Pavillon am Waldrand und warteten darauf, dass eine den Anfang machen würde. Drei hatten abgesagt, und Augusta ließ auf sich warten. Sie waren also noch nicht vollzählig. Was aber anfangen in der Zwischenzeit? Der Austausch über die neuesten Machenschaften der Mannsbilder dürfte allzu bald abgewickelt sein, und ermüdend war er ohnedies. Weil sie alle wieder mal nichts Erbauliches erlebt haben würden, bloß weitere Fälle derber Zurücksetzung. Vonseiten derer, die sich so gern die »Herren der Schöpfung« nannten. Und die ihnen unterm Regiment notdrängender, unausweichlicher Abhängigkeit jede Chance nahmen, sich zu wehren. Immer dasselbe Strickmuster. Also ließ man die müßige Aufzählerei lieber gleich und wandte sich schnurstracks den Künsten des Ausheckens zu. – Wären ihr, Charlotte, nicht plötzlich die Tränen nur so aus den Augen geschossen. Innerhalb kürzester Frist verwandelte sich ihr weiß gepudertes Gesicht, soweit es bisher unbeschadet geblieben war, in ein vandalisches Schlachtfeld. Tränen, die nach unmittelbarer Aufmerksamkeit verlangten. Ganz ohne Zweifel. Und zwar augenblicks.

»Erzähl schon!«

»Ach, nichts weiter.« Ihr herzzerreißendes Schluchzen aber sprach eine andere Sprache. Dass das so leicht nicht zu nehmen war, hatten die anderen längst begriffen und sahen sie auffordernd an. »Das Übliche«, versuchte sie, einen möglichst beiläufigen Tonfall an den Tag zu legen, und ruckelte das Polster zurecht, das sie sich auf der holprigen Bank des Pavillons unter den Allerwertesten gelegt hatte.

»Genauer!«, kam es wie aus einem Munde von ihren Mitstreiterinnen.

»Wahrlich nicht der Rede wert.« Und dann sprudelte sie los.

»Meine eigene Zofe. Die mir immer so ergeben war, so freundlich zugetan. Und das wusste er doch. Weiß er ganz genau«, wimmerte es aus ihr heraus.

»Nun, also das wird nicht so gemeint gewesen sein, ganz sicher nicht.« Maxi La Roche legte ihr die Hand auf die Schulter. Charlotte jedoch wischte die Hand zur Seite wie eine lästige Fliege.

»Endgültig: Wir müssen was unternehmen!«, sprang ihr Lotte Sophie, die zweite Charlotte im Bunde, zur Seite.

»Aber das wissen wir doch«, tippte sich Christiane Vulpius an die Stirn. »Seit Ewigkeiten wissen wir das. Wären wir sonst hier!«

Eine Weisheit, die ihr Elend auch nicht aus der Welt schaffte. »Das Gottserbärmliche ist, dass er mir noch am Abend vor seiner verdammten Predigt ... am knisternden Kamin, er hatte sein Lehrbuch der allgemeinen Theologie zugeschlagen und ich grad meinen *Don Quijote* auf den Knien. Kaum hatte ich begonnen, ihm daraus vorzulesen, da fuhr er mir zwischen die Zeilen und proklamierte, ohne dass ich ihn darum gebeten hätte, im Brustton der Überzeugung: Es sei doch alles ein großes Glück. Ein frohes Spiel, bei allem Ernst. Ein wunderbares Einvernehmen. Ich müsse recht eigentlich nicht Charlotte von Stein heißen, sondern Charlotte der Stern.«

»Siehst du«, flötete Maximiliane, sichtlich froh, wieder in ihren Gedankengängen angekommen zu sein. Und sie fügte in ihrer treffsicher danebenliegenden Art hinzu: »Das war alles gar nicht gegen dich gerichtet.«

Charlotte griff zum Nastuch, aber zu spät. Sie musste den Schnodder lautstark hochziehen. Worüber die anderen, versteht sich, geflissentlich hinwegsahen. »Kann ich nichts mit anfangen, mit seinen kaminseligen Sätzen. Trübes Geseiche!«

»Sind ja auch Formulierungen wie Formeln, butterglitschig«, nickte Anna Katharina, »schnell gesagtes Zeug, das natürlich offenlässt, worüber denn Einvernehmen besteht. Oder bestehen soll.«

Christiane Vulpius nickte. »Ein Freibrief. Nichts als ein wohlfeiler Freibrief, den er sich selbst ausstellt.«

»Nein«, schluchzte Charlotte, »ich glaube, der weiß gar nicht … ich glaube, der glaubt sich selbst! Das hörte sich alles vollkommen ehrlich an.«

»Ohne ein Wässerchen zu trüben, natürlich«, ätzte Anna Katharina und tat, als gebe es ein Krokodilstränchen aus dem Augenwinkel zu drücken, dem sie sich – nicht vorhanden, wie es war – in aller Ausgiebigkeit zu widmen habe. Press-, Wisch- und Trocknungsbemühungen von enervierender Dauer, die insbesondere Charlotte auf die Palme trieben. Klar, sie wartete händeringend darauf, dass sich der zynische Unterton auflösen und in einen ihr zugedachten Zuspruch verwandeln würde. Aber es kam nur ein mürrisches Grunzen.

Charlotte schluchzte noch mal und noch mal. Anna Katharina nicht. Sämtliche Krokodilstränen waren abgefertigt. »Wir müssen jetzt ran! Müssen dem Heulen und Jaulen Taten folgen lassen«, posaunte sie.

Die fünf Damen von Welt, Vertreterinnen des zweiten oder doch zumindest der ersten Kategorie des dritten Standes, steckten – schluchzend oder zeternd, gleichviel – die Köpfe zusammen.

Vier der fünf Damen. Maximiliane nicht. Sie hatte sich zurückgelehnt und sann immer noch Charlottes Zofengeschichte nach. »Ich bin mir sicher, dass du recht hast, dass er das am abendlichen Kamin alles vollkommen ehrlich meinte.« Sie erntete ein Zischen, ließ sich aber nicht beirren. »Wenn Männer eines nicht können, dann ist es: lügen. Überzeugend lügen. So, dass wir's nicht merken würden. Nein, dein Kerl ist ein wunderbarer Bursche, eine ehrliche Haut.«

Auch ein »Man könnte meinen, dass du auch ein Auge auf ihn …« konnte sie nicht aus dem Konzept bringen. »Grundehrlich, weil er gar nicht anders kann. Männlich naiv, wie er ist. Und herzensgut.«

Jetzt fuhr ihr hämisches Gelächter seitens der anderen energisch übers Maul, und Charlottes Kreischen brachte sie einstweilen zum Schweigen. Maxi konnte, was den Rochus auf die Männer anlangte, nicht wirklich mithalten. Womöglich, weil sie einfach zu selten einen Kerl in ihren Federn beherbergte. Hartnäckig insistierte sie darauf, dass Männer recht eigentlich, bei Lichte besehen, spätestens im Schein mitternächtlicher Kerzen ganz wunderbare Wesen seien. Sie war eher durch Zufall, genauer: durch ihre jugendliche Freundschaft zu Augusta, in die verschworene Pavillonrunde geraten. Hielt sich jedoch abgesehen vom Mangel an Männerhass brav an die ungeschriebenen Statuten. Sodass die anderen sie zwar immer, wenn sie mal wieder meinte, eine Lanze fürs Mannsvolk brechen zu müssen, eines Meckerlachens bedachten, nie jedoch Anstalten machten, sie des Feldes zu verweisen.

Noch einmal fegte ein Sturm Zickengelächter über Maximilianes Männerverteidigungsarie hinweg. Und Charlotte von Stein kreischte und schluchzte im Wechsel. »Das Wichtigste hab ich noch gar nicht erzählt.«

»Als da wäre?«

»Zwei Tage später fand ich das Zofenluder in der Kammer auf dem Boden liegen. Erwürgt! Und ich weiß genau, dass dieses Brevier …«, sie zückte ein Buch, trommelte damit aufs Knie, schlug es umständlich auf und blätterte ein paar Seiten um, »… dass das Brevier hier, das ich in der Zofenkammer unterm Bett gefunden hab, irgendwie druntergerutscht, dass das seines ist. Das nämlich, das er immer zum Üben benutzt hat. Das ist seins!«

»Und die Gendarmen?«, fragte Käthchen entgeistert.

»Du bringst es nicht übers Herz, stimmt's Charlotte?«, war Maximiliane zur Stelle. »Bringst es nicht übers Herz, ihn zu verraten. Weil du immer noch in ihn verschossen bist.«

Charlotte überkam eine neuerliche Heulattacke, aus der sich allmählich die Worte »Weil ich seiner Priesterlaufbahn nicht im Wege stehen will« herausschälten.

»Wie bitte, was?«, kam es von mehreren Seiten gleichzeitig.

»So bleibt seine Tat ungesühnt! Es sei denn, wir …« Käthchen unterbrach sich selbst. Denn plötzlich knirschte es. Es knackte. Ein Ast, der quer über dem Weg gelegen haben mochte, auf der anderen Seite ihres Refugiums der Erschütterung und

Entschlossenheit. Und noch ein Knacken, noch lauter. Keine Frage: Da näherte sich jemand. – Wer, zum Teufel?

Das so verzweifelte wie vertrauliche wie verwegene Gespräch erstarb in der Eiseskälte der Furcht, belauscht worden zu sein, die halbe Welt auf ihre Kabalegelüste aufmerksam gemacht und diese damit jeder Schlagkraft beraubt zu haben. Und das, obwohl sie sich doch extra auf diese waldumbrandete Insel der glückseligen Verschwörung zurückgezogen …

Gottlob: Augusta! Niemand anders als die sechste im Bunde der Geschundenen.

Kreißsaal

Also raus damit! Du hast gesagt, du hättest uns eine bahnbrechende Erkenntnis mitgebracht«, meckerte Käthchen und ruckelte sich in ihrem Sessel zurecht. »Welche glorreiche, weltbewegende Idee hast du also für uns aus deinem Gedankengewölle gepult?«

»Also …«

Schweigen.

Zum Bersten gespannte Stille, die sich nicht mal durch das Knacken der Buchenscheite, an denen die Flammen hochzüngelten, unterbrechen ließ. Diesmal – wieder waren ein paar Wochen ins Land gegangen, wieder hatte Augusta am lautesten herumgetönt –, diesmal hatte sie nicht zu spät kommen können. Denn sie hatten sich in Anbetracht dieser so ungewöhnlich späten, wie hundsgemeinen Kälte in Augustas Wasserschlösschen getroffen. Und waren endlich mal wieder vollständig versammelt: neun junge Frauen, verletzt, aber stark und stolz. Platzend vor Entschlusskraft.

Das dramatische Schweigen gefiel Augusta. Schließlich war sie diejenige, die es in Wohlgefallen hätte auflösen können. Stattdessen stand sie ungerührt da und beschenkte ihre Kumpaninnen mit dem Anblick ihres pfahlgerade durchgestreckten

Rückens. Ohne ins Zucken der Schultern auch nur einen hauchfeinen Schimmer Hoffnung zu legen, dass sie binnen kurzer Frist die Katze aus dem Sack lassen werde.

»Also was?«

Anhaltendes Schweigen.

Wobei allen klar war, dass es diesmal nicht so ewig werde dauern können wie üblich bei Augusta. Und richtig: »Freundinnen im Geiste all der Enttäuschungen, die ich erleiden musste wie jede von euch …«, hob Augusta an, ohne sich vom Feuer ab- und den anderen zuzuwenden.

»Geht's vielleicht auch ein bisschen weniger theatralisch?«

»Eines ist gewiss: Wenn Schmerz zur Besinnung kommt, zu einem Gedanken auskristallisiert, dann ist es zur Entschlossenheit nicht weit. Früher oder später, aber unabdingbar. Partout nicht abzusehen, wann genau, und wie genau schon gar nicht, wann und wie sich aus dem Gejaule ein So-und-nicht-anders schält. Wie der überbordende, der ausufernde Jammer Gestalt annimmt. Eine, ja, eine lebendige Gestalt! Wie sich aus der Armseligkeit eine Figur schält, ein Kämpfer, ein Ritter. Wie die Figur ein Gesicht bekommt, sich auf den Weg macht. Ganz klipp und ganz klar.« Und jetzt drehte Augusta sich tatsächlich um und beehrte ihre Bundesgenossinnen mit einer Runde vielsagender Blicke, um endlich den ersehnten Hoffnungsschimmer durchs Klimpern ihrer Augenlider hindurch glimmen zu lassen, dass sie den Faden nach einer weiteren wohlgesetzten Generalpause wieder aufnehmen werde. Und endlich predigte sie in gewichtiger Stimmlage: »Wir sollten nicht länger darauf spekulieren, dass wir das jeweilige Mannsbild aus der Welt schaffen können, sondern alles daran setzen, eines *in* die Welt zu setzen.«

»Pardon?«, quiekte es aus dem am weitesten entfernten Sessel, in dem Friederike Brion es sich gemütlich gemacht hatte und in dem es ihr jetzt augenscheinlich ungemütlich wurde. »Wie, was? Und hast du …«

»Ach, du meine Güte!«, platzte Anna Katharina dazwischen.

»… und hast du irgendeine Vorstellung, wie das zu bewerkstelligen wäre? Und warum?«

»Himmel, Arsch und Wolkenbruch«, zischte Käthchen und nahm auf ihre unnachahmliche Art jedes Blatt vom Mund. »Jetzt kommt sie aus dem ach so wunderschönen Gebürge und bringt uns nichts andres mit als diesen verdammten Gebärmutterwunsch! «

»Da sind wir die Falschen. Zum Ansetzen eines Balgs können wir, so leid uns das tut, schon aus biologischen Gründen nur die Hälfte beitragen. Dafür, Gustchen, musst du dir anderswen suchen. – Irgendein verknäultes Mannsgewächs wird sich doch wohl finden lassen.« Charlotte von Stein schüttelte den Kopf. Kam sich selbst ein bisschen oberlehrerinnenhaft vor, aber sie war schließlich nicht von sich aus auf den Gedanken verfallen, die Chefstrategin zu mimen. Die andern hatten sie immer mehr in diese Position gedrängt.

»Bei Gott, nein!«, quiekte jetzt Augusta nicht weniger entsetzt als eben Friederike. »Wir werden ein Mannsbild das Licht der Welt erblicken lassen, nicht einen Winzling! Keinen Dreikäsehoch. Einen Dichter! Einen Mann in Gestalt eines Gerüchts. Besser: ein Gerücht in Gestalt eines Mannes. Eine grandiose Schimäre!«

»Die dichten kann?«

»Und die vor allem herhalten kann und darf und muss für die Sündenregister, die all unsere Romeos immer wieder zu ziehen wussten und wissen«, beschwor Augusta die versammelte Corona reichlich gebeutelter Frauen. »Eine Art Blitzableiter. Drücke ich mich verständlich aus?«

»Nicht im Entferntesten«, murrte Friederike.

»Na, einen echten Sündenbock. Wir basteln uns unseren eigenen leibhaftigen Sündenbock.«

»Du bist nicht ganz gescheit.«

Und Christiane Vulpius insistierte noch mal auf Friederikes gottserbärmlich diesseitiger, aber unbeantworteter Frage: »Und wie soll das Ganze vonstatten gehen?«

Bedenken, mit denen Augusta sich offensichtlich nicht lange aufzuhalten gedachte. Sie zückte ein weiteres Mal das geschliffene Schwert von langer Hand zurechtgelegter Worte. »Was wiegt schwerer? Der Schnitt ins Fleisch oder der Schuss in die Seele? Das wissen nur wir selbst, liebe Mitstreiterinnen, jede einzelne von uns«, griff Augusta noch einmal ihre verschwurbelte Suada auf. »Klar ist: Beides schmerzt. Beides schneidet ein.«

Worauf ihr Käthchen zur Seite sprang: »Sie hat recht. Irgendwie. Weil, ich meine, jede Art dieser Verletzungen hat unsere Unversehrtheit auf dem Gewissen. Weil das Leben von jetzt auf gleich in eine andere Richtung gelenkt wird. Ihm ein Dreh aufgenötigt wird, den man nicht will, nicht wollen kann. Verletzungen – dieser oder jener Art –, die man unmöglich auf sich beruhen lassen kann.«

»Die eine Antwort verlangen«, übernahm Augusta wieder, »eine angemessene Antwort. Und wir werden ganz entschieden nicht zu den gleichen Waffen greifen wie die, die uns einen um den anderen üblen Streich verpasst haben. Gehen wir also unter die Erfinderinnen! Erfinden wir selbst unser Bündel leeres Stroh, um mit dem Dreschflegel drauf einzuprügeln, dass es nur so staubt und spritzt und Funken sprüht und was auch immer!«

Die anderen kämpften immer noch mit ihrer Schnappatmung, bevor sich wieder bleischwere Stille einstellte.

Doch dann nickte die Erste im Bunde. Schließlich auch eine Zweite. Und bei jeder der Gefährtinnen, die ebenfalls Zustimmung signalisierte, wurde das Nicken länger und heftiger.

Eine Luftnummer war geboren. Zumindest die feste Absicht, eine solche das Zwielicht der Welt erblicken zu lassen.

Ein Mann also. Ein Dichter sollte es sein. Wie sie für ihren Golem auf den Namen Goethe kamen, wusste am Ende niemand mehr. Vielleicht doch bloß eine Schnapsidee? Nein, weiß Gott, so witzig war das ja alles nicht. Außerdem hätte es schon ein unerschwinglicher, ein vorzüglicher Schnaps gewesen sein müssen, ein brennend guter Tropfen, wenn er ihre Goethedämmerung hätte anstoßen sollen. Dem war aber nicht so. Es war alles gänzlich ohne Alkoholeinfluss zustande gekommen.

Und überhaupt, war der Name nicht Friederikes glorreiche Idee gewesen? Hatte sie nicht von einem Goethe schwadroniert, einem alten Mann, der, so sie sich recht erinnere, mal aufgekreuzt sei in ihrem Straßburger Dunstkreis? Nur kurz gesehen und wieder vergessen. Fast vergessen. Jedenfalls war ihr wohl, als sie auf der Namenssuche waren, dieses Mannsstück wieder durchs Hirn spaziert. Irgendwie war ihr die Geschichte wieder vor den Augen herumgetanzt, wie dieser angegraute Goethe auf der Suche nach seinem missratenen Söhnchen war, in das er offenbar reichlich Hoffnung und Geld investiert hatte, das aber irgendwie aus dem Ruder gelaufen zu sein schien und durch die Fänge der väterlichen Karrierevorstellungen hindurch ins Fantasiereich des Pegasos geflattert war.

Oder wie, zum Kuckuck, war der Name aufs Tapet gebracht worden?

Letztlich auch egal. Jedenfalls musste jetzt mal als Allererstes ein Entwurf her. Eine Art Profil. Mit Geburtshaus, familiärem Hintergrund. Etwas genauer ausgearbeitet: Mutter, Vater – besagter alter Goethe? –, vielleicht noch die Großeltern, auf jeden Fall aber die Schwester, Cornelia mit Namen. Ein Jahr jünger als er vielleicht, warum nicht?

Das jedenfalls sollte reichen, weiter zurück in der Familienchronik würde nicht nötig sein. Aber ein plausibles Geburtsdatum – unbedingt! In Sachen Schullaufbahn könnte die Ausarbeitung durchaus etwas verkürzt sein. Wichtig war, dass sich erkennen ließe, wie und womöglich auch durch wen seine poetische Ader entdeckt und gefördert wurde. Na ja, und alles weitere: die Erfolgsspur der künftigen Karriere. Also die Frage: Was sollte nach der Schule passieren? Studium, klar. Aber was? Theologie könnte passen. Passte immer. Der Traum aller Mütter, den Sohn als so frommen wie emsigen Pfarrer zu sehen. Draußen im Land, glücklicher Patriarch in einem gottwohlgefälligen Pfarrhaus, in dem eine brave Haushälterin – im katholischen Fall – oder eine tüchtige Ehefrau – im protestantischen – die Geschäfte führte und den Stellvertreter Gottes auf Erden umsorgte, während er die Sonntagspredigt dichtete. Und die ihm einen Reigen – im protestantischen Fall: ehelicher – Kinder schenkte und vom Hals hielt.

Also Theologie. Fragte sich nur: Wenn einer so war, wie dieser hier sein sollte, würde er dann hinreichend gottesfürchtig und bibelfest sein, um sich durch die Irrungen und Wirrungen eines so gedanken-, wie moralschweren Studiums und strafverschärfend dann durch die Mühen eines so entsagungsreichen wie vergnügungsarmen Berufs zu wühlen?

Vielleicht doch lieber Jurisprudenz. Auch ein hinlänglich langsames Studium, das aber zumindest in den oberen Semestern den schnellen Geist schulte, die Formulierungskünste trainierte und das Um-die-Ecke-Denken beim Ausklügeln raffinierter Winkelzüge. Ja, warum nicht Jura! In Straßburg. In der Stadt, wo sie, Friederike, zu Hause war. Hier kannte sie sich aus. Und für das, wo sie sich nicht auskannte, würde man dem Vater dieses Goethe recht unproblematisch weitreichende Beziehungen andichten können. Was in diesem Fall vielleicht sogar stimmte; hätte der alte Goethe sonst seinen Junior zum Studium ausgerechnet nach Straßburg geschickt? Friederike wusste jedenfalls, zu wem ein junger Jurist mit Dichterambitionen Verbindungen würde gebrauchen können.

Und dann vielleicht – nein, sicher: Ein paar Jahre oder wenigstens Monate Berufspraxis könnten Johann Wolfgang auch nicht schaden. Dass einer sofort und umstandslos aus der Schule ins Dichterleben durchstartete, ohne Umweg, würde ihnen vermutlich niemand abnehmen. Und ja, auch nicht schlecht: Man konnte ihn ja als Paragrafenhengst und Rechtsverdreher eine ganz gute Figur machen lassen. Schwungvolle Argumentationsketten, Kehrtwenden in der Strategie, die den einen oder anderen dicken Hals verursachten, gepfefferte Pointen im Plädoyer. Alles Fähigkeiten und Fertigkeiten, die einem Dichter ebenfalls trefflich zu Gesicht stehen würden. Nicht nur als Zierde, sondern geradezu als Grundvoraussetzung. Wer so die Buchstaben des Gesetzes das Laufen lehrte, musste prädestiniert sein für die Kunst des Verseschmiedens. Also nicht schlecht, gar nicht schlecht, eine ansehnliche

Zeitspanne unterwegs in den Niederungen der Jurisprudenz in praktischer Anwendung! Und natürlich jede freie Minute zugebracht mit frisch getunkter Feder! Beziehungsweise mit Leben. Schließlich gehörten auch hartgesottenes Pokulieren, unermüdliche Besuche von Gesellschaften aller Art und endloses Schlauschwätzen in den Debattierrunden und promovierten Faselklubs zum guten Ton des Studentenlebens mit poetischem Ausblick.

Das sah doch schon mal ganz gut aus. Sie klopften sich gegenseitig auf die Schulter und verteilten Arbeitsaufträge untereinander. Jede sollte nach ihrem Gusto einen Teilaspekt des Personenprofils übernehmen, ausarbeiten und bei der nächsten Runde vorstellen: das Familiengeklüngel die eine, die Verdrückungen beim Schulbankdrücken die andere, die Berufsdebatte mit dem sorgenvollen und karrieregierigen Herrn Vater die Dritte. Das rot eingefärbte Nachtleben in den Gassen und Pinten Straßburgs, die Mühlen und Mühen des Studiums, das Ausbaldowern überzeugender oder einlullender Argumentationsschleifen und -schlaufen von rechtsfester Raffinesse, die Freunde, die Frauen, und was der Kreuze mehr sein mochten, die der junge, nach vorn blickende Hoffnungsträger zu schultern hatte. Da dürfte sich doch munter der eine oder andere Fallstrick für das mit leuchtend bunten Farben ausgemalte Mannsbild flechten lassen.

Für jede der fidelen Intrigantinnen boten sich hinreichend Arbeitsfelder, die mit der gleichen Gewitztheit, der gleichen gedankenflinken Kunstfertigkeit beackert werden wollten wie die, die man dem werdenden Dichter andichten durfte.

Es fehlte allerdings noch das Dunkelfeld des unscharfen Übergangs vom aufregenden und aufreibenden, vom langwierigen und langweiligen Anwaltsgedokter zu den Fantasiesegnungen eines dilettierenden Zeilenfuchsers und ausgewachsenen Dichterfürsten, den sie schließlich und endlich zu installieren gedachten. Darunter wollten sie es keinesfalls tun. Auch diese schleichenden Schritte oder wahlweise gewagten Sprünge von der Durchschnitts- in die Künstlerwelt wollten angemessen gewürdigt werden. Das waren die Scharnierstellen, die mit knoten- und schlierenfreiem Fett auszuschmieren und geschmeidig auszugestalten von entscheidender Bedeutung sein würde. Die Dreh- und Angelpunkte, wollte man dieses Nichts, dieses ausgeklügelte Trugbild in die Welt setzen und hieb- und stichfest verankern. Und das wollten sie. Ja, wahrhaftig, das wollten sie.

So gingen sie für heute auseinander, die Damen der Schöpfung. Noch den herzhaften Geschmack des bitteren Kaffees auf der Zunge, mit dem sie den Zeitstrom ihres wechselweise endlosen Nachdenkens und zappligen Geschnatters flüssig gehalten hatten. Und gleich daneben den süßen Geschmack des erhabenen Gefühls, trefflich was zusammengesponnen zu haben. Ganz in ihrem Sinne. Im Sinne ihrer gemeinsamen breitschultrigen Absicht. Doch eine jede von ihnen war jetzt mit einem Sack Arbeit beladen und mit der alles andere als entspannten Gewissheit, dass der entscheidende Brocken noch auf sie wartete und einen Großteil ihres nächsten Zusammentreffens ausmachen würde: das Zurechtfabulieren eines, sagen wir: verzweigten Liebeslebens. Und das war so ganz nach ihrer aller Geschmack.

Johann Gotthelf

Verflixt und zugenäht.« Er stand auf, vertrat sich die Beine, schlackerte die rechte Hand aus, hob die Arme hoch in die Luft. Hoch und höher, noch höher, bis es im Rücken knackte. Worauf er die Arme in Schulterhöhe in die Waagerechte brachte, die Ellbogen einknickte und die Fäuste in Höhe der Brust ballte. Eine ruckartige Drehbewegung, und es knackte wieder. Diesmal irgendwo knapp überm Steiß. Ein grausig knackender Klagelaut, der ihm aber eine Art Lächeln auf die Lippen zauberte. »Verflixt und zugenäht«, sagte er noch mal, jetzt laut und vernehmlich. Obwohl er doch, wie ein schneller Blick durch die vier Winkel seiner engen Stube verriet, allein mit sich und der Welt war. »Ob das Zeug jemals wer liest?! Ein Häkelkreis in Clausthal-Zellerfeld vielleicht. Ein Zirkel reifer Damen aus gutem, aus bestem Hause. Ein vereinsamter Famulus unterwegs auf dem Feld abgelegner und abwegiger Poesie. Aber sonst wer? Normale Menschen?«

Johann Gotthelf ließ – Eselsohren in Kauf nehmend – den Stapel Papiere, die er im Laufe der langen Stunden des Tages vollgekritzelt hatte, über den abgespreizten Daumen sirren, sah den Seiten beim Vorbeiflirren zu und sog den Geruch der frischen Tinte auf, der ihm entgegengeflattert kam. Aber das genügte ihm nicht. Er stupste die Papiere mit lockerem Griff auf der unteren, auf der oberen und noch mal auf der unteren Kante auf, sodass sie sittsam übereinanderlagen, Kante auf Kante, und einen penibel geordneten Stapel abgaben. Bevor er diesen dann an der Ecke rechts unten zwischen Zeigefinger und Daumen klemmte und mit einem virtuosen Schlenkern aus dem Handgelenk in die Luft schnellen ließ. Zugleich bestürzt, erstaunt und amüsiert sah er den Papieren zu, wie sie Flügel bekamen, als Schmetterlinge sich erhoben und schließlich den schaukelgaukelnden Sinkflug einleiteten, um sich als Flugblätter planmäßig auf dem Boden zu verteilen. So, dass er bald mitten in der papiernen Sintflut stand, grinste und sich daran weidete, wie jetzt die Füße nach Art eines fahrigen Derwischtanzes die Resultate seiner Hände Arbeit einstampften und einebneten.

Plötzlich klopfte es.

Er wartete. Machte keine Anstalten, sich zu bewegen. Wandte sich nicht in Richtung Tür, ging nicht auf die Knie, um die ausgebüxten Papiere wieder einzufangen, auf der unteren, auf der oberen Kante aufzustupsen und zu einem Stapel zusammenzuschieben. Er stand. Und blickte zur Tür.

Ein weiteres Klopfen.

Er sah die leichte, die zögerliche, die noch mal zurückweichende und noch mal ansetzende Bewegung der Türklinke. Wer, zum Donnerschlag, wagte es, hier in sein Refugium vorzudringen!

»Johann Gotthelf, nicht wahr?«, sagte sie, während er die Tür langsam aufzog. »Nun, ich habe mich angekündigt und …«

»Aber ich bin nicht davon ausgegangen, dass Ihr kommt. Niemals.«

»Und habt Ihr über meinen Brief nachgedacht?«

Er zögerte. Offenbar war er sich so sicher gewesen, dass sie nicht kommen werde, dass das alles eine Finte war, wie er schon einige zuvor erlebt hatte, so sicher, dass er den Brief nicht genau studiert hatte. Und das wenige, was er herausgelesen hatte, hatte er eilends dem Vergessen preisgegeben.

»Also?«

Schweigen.

»Na?«

Bedenkzeit.

»Raus mit der Sprache!«

»Was genau war noch mal das Angebot?«

»Na ja, wir sind nicht mit Unsummen gesegnet, von einem stattlichen Vermögen kann die Rede nicht sein, aber wir sind fast ein Dutzend, und wenn wir zusammenlegen, kommt doch was zusammen, sodass es zu Eurem Schaden nicht sein wird. Für den Anfang würde es auch nur um ein paar Gedichte gehen. Dabei soll es allerdings nicht bleiben. Es ginge also schon um einen längerfristig angelegten Vertrag.«

»Und wie war noch mal der werte Name?«

»Augusta Gräfin zu Stolberg.«

»Aha. – Und ich muss jetzt und hier und heute Ja oder Nein sagen?« Johann Gotthelf war in die Knie gegangen.

Unwillkürlich folgte sie ihm, vielleicht bloß, um die Augenhöhe beizubehalten. Er schob die Papierflatschen zusammen, die sich auf dem Boden ausgebreitet hatten. Und sie unterstützte ihn nach Kräften, sammelte die Papiere stoßweise zusammen, ohne allzu genau draufzublicken und zu versuchen, die Hieroglyphen, die sie kreuz und quer überzogen, zu entziffern. Er ließ sie gewähren. War er sich doch sicher, dass sie keine allzu gewichtigen Geheimnisse würde lupfen können. Zumal die Reihenfolge im Zuge des Schmetterlingsflugs derart gelitten hatte, dass man sich ohnehin keinen Reim darauf würde machen können.

»Ja«, sagte sie mit einer Bestimmtheit, die keine Zweifel zuließ, »jetzt und hier und heute. Unser Vorhaben duldet keinen weiteren Aufschub. Deshalb bin ich hier. Wir können auf Eure briefliche Antwort nicht länger warten.«

»Und wie sieht's aus mit dem Namen?«

»Selbstredend ohne Namen, zugesichert! Schon im ureigensten Interesse. Auch wir wollen das Vorhaben in keiner Weise und schon gar nicht durch Nachlässigkeit und Indiskretion gefährden. Da könnt Ihr also ganz beruhigt sein.«

Augusta erhob sich von den Knien. Die Papiere waren zu gut der Hälfte wieder eingefangen und aufgestapelt. Hilfsbereitschaft hatte sie hinreichend unter Beweis gestellt. Also drückte sie den Rücken durch und stellte sich breitbeinig hin, schob mit den Füßen lustlos noch ein paar Papiere zu Johann Gotthelf rüber, der da schweigend über die Bodenbohlen kroch, die restlichen Zettel zusammenraffte und – egal, ob rechts- oder linksbündig, ob oben drauf oder unten drunter – aufeinanderlegte. Sie grinste. Zugegeben, ganz fraglos präsentierte er hier ein seltsames Schauspiel. Wie er sich nach Art eines völlig desorientierten Käfers vorarbeitete, der versuchte, einen Berg halb zerfranster Blütenblätter aufzustapeln, die er in mühevoller Kleinarbeit angeschleppt hatte. Ohne den Hauch einer Ahnung, wo er anfangen sollte. Und ohne ein einziges Wort, einen einzigen Juchzer des Stolzes angesichts dessen, was er auf eben diesen Blättern verewigt hatte.

»Was jetzt? Schlagt Ihr ein?«

»Wie wär's fürs Erste mit einem, mit einem Br... Briefroman?«, stammelte er; und trotzdem kam der Satz entschieden flüssiger rüber, als eigentlich in seiner Absicht lag.

»Gar nicht übel, die Idee. Also – sagen wir: Das Machwerk sollte sich drehen um empfindsame Naturbeobachtungen, korrespondierend mit einer unglücklichen Liebe, die keine Chance hat, sich gegen die Konventionen zu behaupten. Eifersucht, Neid, große Gefühle. Irgendwie was in dieser Art. Das könnte durchaus in unserem Sinne sein. Etwas jedenfalls, das sich wie von selbst in die Annalen der Weltliteratur einschreiben wird.«

»Nichts leichter als das.«

Lotte Sophie Henriette

Man würde sich wiedersehen. Man freute sich. Freute sich des werdenden Lebens. Den Freuden einer Schwangerschaft nicht unähnlich. Immerhin hatten doch einige von ihnen ebendiese bereits genossen, wenn auch selten ungetrübt. Sonst würden sie sich wohl kaum zu der illustren Runde der Verbitterten gesellt haben, die sich hier und heute im allseits beliebten Anwesen der Augusta Gräfin zu Stolberg traf, deren Freiherr sich für – hoffentlich – einige Tage verabschiedet hatte, um seinen Jagdgelüsten nachzugehen.

So konnten sie mit einiger Sicherheit davon ausgehen, dass die berückend prickelnde Vorfreude nicht unberechtigt sein würde, im Kreise Gleichgesinnter ein so verschnörkeltes wie klebriges Spinnennetz zu weben und zu verknoten, das dereinst der Welt den Atem nehmen sollte. Das nicht nur die gediegensten Bibliotheksregale, nicht nur dickleibige Biografien, sondern auch die Tratsch-und Klatschblätter aller deutschen Lande, wenn nicht des gesamten Globus füllen sollte. Ein Netz aus Zeilen und Versen und ungereimten Fantasien, in deren fein geknüpften Fäden sich künftig eine jede Schülerin, ein jeder Studiosus würde verfangen und verheddern müssen. Ein Netz aus Stoffen, die jede Deutschlehrerin an sämtlichen Nonnenschulen des Landes und jeder Pauker an noch der entlegensten Dorfpenne den Schützlingen würde einbläuen müssen.

Die Pforte des kleinen, aber schmucken Anwesens würde sich wie von selbst öffnen. Wie jedes Mal, wenn eine weitere Mitstreiterin mit der Kutsche vorgefahren – sofern ihre Mittel es zuließen – respektive auf Schusters kiesknirschenden Rappen herangestöckelt kam. Alle würden sich im Laufe des Tages einfinden und einander freudestrahlend begrüßen. Da war sie sich sicher. Bloß sie, Lotte, würde durch Abwesenheit glänzen, würde sich gnadenlos verspäten. Wahrscheinlich würden die anderen mutmaßen, ihr Göttergatte, der verkniffene Legationsrat, ließe sie wieder mal nicht vom langen Bändel. Aber das war ausnahmsweise mal nicht das Problem.

Sie hatte – einen halben Tag später als beabsichtigt – eine Sekunde seiner Unaufmerksamkeit nutzen können, hatte ihr längst gepacktes Bündel untern Arm genommen und war aus den Augen aus dem Sinn geeilt. Hatte die Postkutsche genommen. War extra eine Station zu früh ausgestiegen. Drüben im drei Stunden entfernten Städtchen. Hatte für die Nacht Quartier bezogen im Wirtshaus gegenüber der Poststation. Soweit alles in der guten Ordnung. In bester Ordnung. Dann noch der kleine Fußmarsch am Morgen, und sie wäre in der erlauchten Runde der, wie sie sie bei sich nannte, Gespielinnen.

Auch die Nacht ging ganz ohne besondere Vorkommnisse vonstatten. Jedenfalls soweit sie wusste. Soweit sie sich erinnerte. Also stand dem frühmorgendlichen Aufbruch nichts entgegen. Die noch nicht allzu weit vorgerückte Jahreszeit allerdings ließ den frühen Morgen leicht in Richtung Mittag verrutschen. Was den Vorteil hatte, dass die Frühlingsnebel, die sich hartnäckig in den Wiesen gehalten hatten, wie sich trotz der Schmutzschlieren auf der Fensterscheibe von ihrem Zimmerchen aus hatte erkennen lassen, dass die Nebel sich inzwischen ansatzweise gelichtet hatten. So weit jedenfalls, dass man nicht den Eindruck haben musste, sich in die Waschküche des Satans zu begeben.

Lotte verließ das Zimmer, das Haus, das Städtchen. Draußen vor den Toren schlug sie den Kragen ihres Mantels hoch und hielt die beiden Kragenflügel am Hals zusammen, während sie vorwärts stiefelte. Auf dem Weg, den sie zuletzt im Herbst zurückgelegt hatte, oder im Sommer, jedenfalls im Zuge eines ihrer letzten Gespielinnentreffen. Sie wusste also, wo's des Wegs ging. Ein Kinderspiel.

Alles bestens. Sie würde, dachte sie, pünktlich sein. Ausnahmsweise. Fast pünktlich. Ihr war, als stellte sich der Geschmack von Kirschen ein. Kirschen im frühen Mai? Die schwarzroten Kirschen, die sie sich beim Sommertreffen kiloweise in den Mund gestopft hatten, die das Pläneschmieden, das Netzmaschenknüpfen, die ganze Arie so maßlos versüßt hatten, dass ihr sofort wieder das Wasser im Mund zusammenlief. Ihre Schritte durch Matsch und Pfützen, über Stock und über Stein waren wie beflügelt. Ohne Berührung. Ohne Bodenhaftung sowieso. Sie war schließlich auf dem Weg ins Reich der Fantasie. Flügel an den Sohlen. Dass sich die Reste des Nebeldunstes in ihr Haar krallten und zu dünnen Rinnsalen geronnen, die langsam, aber stetig in den Kragen sickerten, merkte sie nicht. Sie taten mithin dem Hochgefühl, das sie erfasst hatte, keinen Abbruch. Guter Dinge, schnellen Schritts. Auf dem Weg eben. Vorwärts.

Dass ihr Mantel allmählich vollkommen durchnässt war, bekam sie nicht mit. Und auch nicht, dass bei der kleinen Baumgruppe an der Gabelung vorn nicht nur ein Wegkreuz stand. Dass sich dort eine verstohlene Bewegung abzeichnete. Je näher sie kam, desto mehr. Dass er sie beobachtet, dass er jeden ihrer Schritte verfolgt hatte. Argwöhnisch beäugt womöglich.

Sie sah ihn erst, als er einen Schritt vorwärts machte, ihr in den Weg trat. Plötzlich da war. Wo vorher nichts war. Fast nichts. Wo der Weg weiterging. Eigentlich. Wo der Jubel durch ihren ganzen Leib gelacht hatte, hockte jetzt der Schreck. War da. Stand im Weg. Nicht breitbeinig, das nicht. Schlank, fast elegant. Aber schlecht rasiert. Die lange Fasanenfeder wippte am Hut, im kalten Morgenwind leicht ausfransend. Merkwürdiger Hut, merkwürdige Beinkleider in Taubenblaugrau. Enger Schnitt, die Hose, durchgehend bis unten; ganz ohne Kniebund. Nicht im Geringsten verdeckte Doppelnähte aus goldgelbem

Garn, Kupfernieten an den Ecken der Hosentaschen. Und über den Knien: Risse, bei denen die weißen Kettfäden hervortraten und ausfransten. Oder waren es Schnitte? Es sah regelrecht nach Mutwilligkeit aus! – Nicht zu fassen. Und dann dieses Wams! Aus dem gleichen groben Stoff, blaugrau, mit Doppelnähten und Nieten. Und auch die Risse fehlten nicht, natürlich nicht. Darunter dieses unsägliche Schlupfhemd! Nicht mal der Ansatz eines Kragens, völlig schmucklos, einfach ein Stück Stoff wie ein großes T zugeschnitten und fahrig zusammengenäht. Und auf der Brust ein halbrunder Schriftzug, der ein merkwürdiges, grasgrünes Krokodil mit knallroter Zunge überwölbte.

Trotzdem hatte er irgendwas von einem Galan.

Oder von einem Gimpel? Oder von beidem. Was wollte der jetzt hier? Was stellte er sich ihr mitten in den Weg? Rausgeschossen aus dem Boden.

»Charlotte?«

»Woher …?« Woher wusste der, um alles in der Welt – wie konnte er ihren Namen wissen? »Und selber?«

»Satan Kerl. Alles klar?«

»Nein, nichts, überhaupt nichts ist klar.« Etwas anderes fiel ihr nicht ein. Und recht eigentlich war sie froh, dass ihr überhaupt was eingefallen war.

»Und bevor du fragst: Satan ist der Vorname. – Okay, komisch oder? Obwohl, mein ganzer Auftritt ist ja komisch. Stimmt's? Wird dich wundern, dass ich hier so einfach so …«

»Mich wundert gar nichts mehr.«

»Wohin geht eigentlich die Reise, wenn ich fragen darf?«

»Wie, das wisst Ihr nicht?« Jetzt war sie doch verwundert und gab sich kein bisschen Mühe, eben das zu verbergen.

»Also klar, ich bin natürlich immer interessiert an Zeitgenossen – und an Zeitgenossinnen –, die auf dem besten Weg zu 'ner Schandtat sind.«

»Und da denkt Ihr also, dass ich …«

»Nöö, denken nicht, das ist wieder was, was ich weiß. Ich hab zwar keine Ahnung, worum's geht, was du da zurechtdealen willst, oder ihr, was für ’ne Schandtat ansteht, aber dass es eine ist, dass du was reichlich Schräges planst, das riecht man zehn Meilen gegen den Wind. Und da will ich nun mal echt gern behilflich sein. Für mein Leben gern.«

»Kann ich mir vorstellen«, ging Lotte mit der Brechstange dazwischen, froh, noch eine bei der Hand zu haben. »Aber«, schob sie fast besänftigend nach, »kein Bedarf! Kein bisschen nicht.«

Der schlankranke Galan nickte. Und es war Lotte, als federe er leicht in den Knien nach. Noch mal die Andeutung einer Verbeugung. Dabei kam sie nicht umhin, einen Blick auf diesen einen Fuß zu werfen. War’s der linke? Jedenfalls der, der aus dem Schuhwerk buckelte, zu groß, zu sperrig, der klumpig herausquoll, nicht zu bändigen war, wie’s aussah. Und überhaupt die Schuhe! Weiß! An der Seite überzogen von drei schrägen schwarzen Streifen mit gezackten Rändern. Viel zu dicke Sohlen, alles nahtlos ineinander übergehend. Und nein, Leder war das jedenfalls nicht.

»Kein Bedarf? – Aber Moment mal, du weißt ja noch überhaupt gar nicht, was für astreine Dienste ich im Angebot hab.«

»Das wiederum weiß ich«, brachte sie pfeilschnell hervor, während sie erfolglos versuchte, das in ihren Mantel vorgedrungene Nieselregenwasser abzuschütteln und den hochgeschlagenen Kragen noch fester um den Hals zu würgen. Es half alles nichts, sie war durchnässt bis auf die Haut. Es fröstelte sie. Aber sie wollte dem Burschen auf keinen Fall zeigen, dass ihr nach ausgiebigem Zittern zumute war.

»Umso besser«, antwortete er, zog seinen Hut mit der langen, jetzt noch aufgeregter wippenden Feder, entblößte seine glattpolierte, schwarz glänzende Glatze und vollführte endlich die angekündigte Kniebeuge samt Kratzfuß, der trotz seiner engen Beinkleiner fast perfekt geriet.

»Stehe zu Diensten«, sagte er noch mal mit glasklarer Stimme.

Ja, hatte sie sich etwa nicht, Hühnerkacke noch mal, deutlich genug ausgedrückt? War die klippklare Ablehnung nicht längst in der Welt?

»Und, Mädel, nicht vergessen, dass ich inzwischen in die Liga der Halbgötter aufgestiegen bin. Gefallen zwar, vor Urzeiten mal irgendwann, von diesen Saftsäcken aus 'm Himmelreich geschubst, aber ich bin deshalb nicht mit weniger Wunderkräften ausgestattet! Weil ich hab mich natürlich längst gefangen. Nach diesem bescheuerten Himmelssturz und dem ganzen Gemache und Getue. Okay, Unkraut vergeht nicht.«

Und wie zum Beweis war der Weg plötzlich frei. Schon wieder verdutzt, blickte Lotte in alle Himmelsrichtungen. Dann machte sie zwei Schritte zu der Stelle des Wegs, wo eben noch der dämonische Gockel gestanden hatte – wie sich unschwer an den beiden ungleichen Fußabdrücken erkennen ließ, die sich im Matsch abzeichneten. Sie blickte sich noch einmal um. Niemand da. Weit und breit. Die einzige Bewegung brachten die paar Nebelschwaden zustande, die aus dem Tal wieder heraufkrochen, oben am Waldrand zurückwichen, sich in den Weiten der Felder verliefen, über den Wiesen erneut versuchten aufzusteigen.

Lotte wusste nicht, ob sie damit schon den Verführungskünsten des ungehörnt Gehörnten aufsaß, aber sie konnte sich der Versuchung nicht erwehren, in die Fußstapfen zu steigen, die sie wie eine Einladung aus dem Schlamm angrinsten. Passten sie? Passte sie? Wie stand es sich in den Abdrücken des ausgekocht Bösen? Des Höllenfürsten. Oder eines seiner Abgesandten.

Gar nicht schlecht, wenn sie ehrlich war. Gar nicht so schlecht. Eine britzelnde Wärme stieg die Füße, die Beine empor, breitete sich im Brustkorb aus. Ließ ihr Herz schneller schlagen. Schweißlachen breiteten sich auf der Stirn aus. Offenbar, um sie zu kühlen.

Sie musste hier weg! Augenblicklich. Raus aus diesen Fußstapfen. Weg von diesem Ort, umgehend.

Freifrauenschloss

Sie warteten. Wie lange schon? Und vor allem: wie lange noch? Hatte es überhaupt einen Zweck? Oder musste Lotte abgeschrieben werden? Wäre schon schade. Immerhin war sie so wunderbar offenherzig. Und wusste auf alle Fälle nicht, wie das Wort Angst geschrieben wurde. Dazu immer wieder die bestechendsten, die schneidendsten Ideen. Keiner konnte wie sie die kuriosesten Vorschläge aus dem Hut, manchmal sogar aus dem Nichts zaubern. Ausufernde Verfransungen, gradlinige Sackgassen, dramatische Aussichten. Es würde schwer sein, nein, es war schlicht nicht möglich, auf sie zu verzichten.

Also entschlossen sie sich, auf Abwege zu geraten. Mainebel hin oder her. Sie zogen die Mäntel eng um die Schultern, holten zu wenig damenhaften, großen Schritten aus und verließen zügig das von Stein'sche Schlossgebäude. Die anfangs noch ordentlich geharkten Kieswege gingen schon bald in komplett durchnässte, schlammige Feldwege über. Tief ausgefahrene Wagenspuren wechselten sich ab mit uferlosen Sudelgruben und braunen Lehmpfützen, die in den Talsenken zum Matschsuhlen nach allen Regeln der Kunst einluden. Eine Einladung, die die Frauen – gestanden, vom Leben gezeichnet, mit schwierigsten Erfahrungen gestraft eine jede – nur zu gern annahmen.

Sie mochten drei, vielleicht vier dieser Suhlgruben ungenutzt passiert haben, da fassten sie sich, sowie die nächste in Sicht kam, an den Händen. Ohne ein Wort darüber verloren zu haben. Sie waren sich sofort einig. Eine jede wusste, was die andere vorhatte. Und die zuständigen Schranken gehörten unbedingt und unabdingbar eingerissen.

Keine hätte nachher noch sagen können, wer zuerst gezerrt hatte. Wie aus dem Nichts war plötzlich dieser kräftige Zug da, der sich von Hand zu Hand fortsetzte. Die Erste fing an loszurennen, und noch ehe ihr zweiter Fuß dem ersten folgen konnte, zogen die anderen mit. Eine kunterbunte Reihe von jungen Frauen hastete, flog über den aufgeweichten Weg, jagte auf die riesige schwarze Pfütze zu, die da, nichts Böses ahnend, in der nächsten Senke plätscherte.

Die munteren Frauenfüße kannten kein Pardon. Sie rannten und planschten, spritzten und spratzten.

Und blieben nur deshalb nicht im Schlamm stecken, weil sie so in Fahrt waren, dass sie am jenseitigen Ufer wieder aus der Brühe schmatzten. Während die geplagte, aus ihrer Ruhe gerissene Pfütze Wasseradern und Flussarme losschickte, die sich über den aufgewühlten Weg schlängelten.

Ein spitzes Gelächter, lautes Gejuchze. Ein Riesenpläsier. Das Vergnügen des Verbotenen. Des nicht Standesgemäßen, völlig Verrückten. Genau die passende Einstimmung für das, was sie in den nächsten zwei Tagen aushecken würden. Strahlende Blicke auf die über und über besudelten Mantelsäume, die lehmbesprenkelten Röcke, die matschtriefenden Stiefeletten. Und weiterrennen! Und weiter. Die nächste Pfütze, die sich in selbstvergessener Ahnungslosigkeit zwischen Steinen und Wurzeln auf dem Weg räkelte, wurde in Angriff genommen.

Sie hatten eine Handvoll Pfützen quiekend vor Vergnügen durchpflügt, als plötzlich wieder ein Zerren durch die Hände schoss. Diesmal in entgegengesetzter Richtung. Und so schnell, wie der Impuls eben noch die bunte Meute ins Rennen versetzt hatte, so brachte er sie jetzt binnen kürzester Frist zum Stehen.

»Was das?«, brauste Frau von Stein und japste nach Luft.

»Eure Namensvetterin«, kam eine überflüssige Antwort von einer der Spießgesellinnen. Denn längst hatten alle in dieser abgehalfterten Gestalt da vorn Lotte erkannt. Von Kopf bis Fuß durchnässt, völlig aufgelöst an Leib und Seele, das Haar regentriefend, das Gesicht tränenüberströmt und von verklebten Locken gerahmt.

»Lotte!« Wieder ein nichtssagender, in der allgemeinen Aufregung jedoch nur zu verständlicher Ausruf.

»Ja«, wimmerte sie, »Lotte. Solltet ihr mich nicht erkennen in diesem Aufzug hier: Ich bin es.«

Und dann sprudelte es aus ihr heraus. Ohne Luft zu holen, ohne den Feuchtigkeitsfilm zu beachten, der ihr vom Gesicht über die Lippen strömte und jedes Wort verunstaltete, einzelne Laute in hervorgepresste Springbrunnen verwandelte, erzählte sich die ganze Geschichte quasi ohne ihr Dazutun.

Die anderen Frauen schlugen die Hände vor den Mund oder wechselweise vor die Stirn. Begegnung mit einem Kerl, der auf den Vornamen Satan hörte! Was ging hier vor, war da vorgegangen? Sie waren ja auf allerhand gefasst; zumal sie wussten, dass das, was sie im Schilde führten, nicht grade koscher war. Allemal besser aber als das, was der Fürst der Finsternis so trieb. Immerhin hatten sie nicht vor, jemanden mit der Sense abzuschlachten. Im Gegenteil gewissermaßen. Sie wollten den Erdenbürgern einen hinzufügen. Recht eigentlich also der Bestimmung, der Pflicht nachkommen, die Frauen ohnehin oblag. Gemäß biblischem Auftrag, gemäß biologischer Prädestination.

Was also wollte der Satansbursche von der armen Lotte? Oder hatte sein Auftritt, sein dienstfertiges Angebot etwa ihnen allen gegolten? Jedenfalls – nach dem zu urteilen, was die schluchzende Lotte zwischen den Tränen hervorgurgelte – schien er zu wissen, dass etwas im Busch war.

Als Lottes Erzählfluss endgültig in den Tränen versiegte, schlossen die Frauen – wiederum: wie auf Kommando – die Augen und bekreuzigten sich. Um nun eilends ihre arg gebeutelte Bundesgenossin unterzuhaken, sich umzudrehen und den weniger geordneten als zerzausten Rückzug anzutreten.

Der Weg zog sich in die Länge. Besonders jenes Stück, das sie eben quasi überflogen, im Eilschritt durchmessen hatten, das sie als Strecke kaum wahrgenommen hatten, bloß als wassersprühende Vergnügungsmeile, das wollte einfach nicht enden. Zumal sie alle froren wie die Schneider. Füße, die in einem fort durchs Wasser in ihren Schuhen wateten, Kleider, die nass auf der Haut klebten, Frisuren, die, an den Schädel geklatscht, händeringend darauf warteten, ausgewrungen zu werden. Alles klamm, alles kalt. Und allmählich schickte sich die Dunkelheit an, das Regiment zu übernehmen. Gar nicht lustig.

Gut bloß, dass Charlotte von Stein sich leidlich auskannte.

Je näher man ihrem Anwesen kam, desto besser. Und nach einer halben Ewigkeit wies sie durch die finstre, finstre Nacht hindurch auf das ferne Lichtlein, das da hinten im Wind schaukelte und offenbar von einem der Bediensteten angesteckt worden war, um ihnen den Weg zu weisen. Merkwürdig nur, dass sie, auch nach einer weiteren Ewigkeit und trotz von der Aussicht auf baldige Ankunft beflügelter Schritte, dem Laternchen dort hinten keinen Millimeter näher zu kommen schienen. Dass es vielmehr in weiter Ferne vor ihnen her zu schaukeln schien. Wie von einem seltsam verängstigten Wegführer, der um nichts mehr bemüht war, als einen gehörigen Abstand von seinen Anbefohlen zu wahren.

Bevor das Licht so plötzlich wieder verlosch, wie es eben in der Dunkelheit aufgetaucht war.

Nebel

Schon wieder ein grauverhangener Himmel, schon wieder diese waschküchendichten Nebelschleier, die sich von flächendeckendem Nieselregen ablösen ließen. Eine Ausgeburt an Trostlosigkeit. Alles murrte Betrübnis, maulte Trägheit, raunte Abschied. Alles schien mit gestutzten Flügeln unterwegs. Mit blassem Gesicht und bleichen Händen. Ein moribunder Moderduft waberte durch sämtliche Flure und Korridore des opulenten Gebäudes, das samt Ställen für die herzoglichen Husaren im Untergeschoss und als Domizil für den Oberstallmeister Gottlob Ernst Josias Friedrich Freiherr von Stein und seine Frau Charlotte im Obergeschoss errichtet worden war.

Lotte Sophie Henriette

Lotte wusste, die Nacht würde das Problem werden. Der Gedanke, dass sich die Kaminrunde jeden Augenblick auflösen konnte, auflösen musste, trieb ihr sofort den Schweiß auf die Stirn, den sie ab und zu verstohlen wegwischte. Was den anderen trotz allem offenbar nicht entging. Jedenfalls bemühten sich alle nach Kräften, gute Miene zum bösen Spiel zu machen. Hielten die Augen krampfhaft offen, rieben mit schlanken Fingern die Lider, die immer wieder zufallen wollten, hielten eine Art von Gespräch in Gang. Obwohl alles gesagt war. Für heute. Morgen war ein anderer Tag. Neuer Tag, neues Spiel. Vielleicht war bis dahin ja die teuflische Schimäre verflogen.

Es ging nicht mehr. Die Augen drohten zuzufallen. Eine nach der anderen zog sich mit verhaltenem Kopfnicken zurück, wünschte mit kurzem Schließen der Augenlider eine gute Nacht. Bis schließlich nur die beiden Charlottes übrig waren. Sie sahen noch eine Weile ins allmählich verglimmende Kaminfeuer. Schweigend. Zu reden, wie gesagt, gab es nichts mehr. Eine Viertelstunde, zwanzig Minuten später erhob sich Charlotte von Stein aus dem ächzenden Fauteuil. Nicht ohne im Aufstehen Lottes eiskalte Hand zu ergreifen, die sich in die Armlehne gekrallt hatte. Ein kurzer Druck, ein kurzes Ziehen. Lotte begriff, was die späte oder besser: frühe Stunde geschlagen hatte.

»Mädchen, ist Zeit.«

Widerstandslos ließ Lotte sich von der Herrin des Hauses die Treppe hinauf expedieren, den Korridor lang, noch eine Treppe und noch eine – ja, wohin denn? Wohin denn bloß?

Kaum war die Frage zu Ende gedacht, blieb die von Stein stehen und stieß eine Kammertür auf. Allerdings verharrte sie auf der Schwelle und winkte Lotte mit schlenkerndem Arm durch – freundlich, doch bestimmt. Hieß sie eintreten, während sie selbst, ohne jeden Zweifel, keinen Fuß ins Zimmer setzen würde.

Lotte nickte und legte versuchsweise so etwas wie Dankbarkeit in den Blick. Dann trat sie ein, stellte den Kerzenhalter ab und hörte der sich zwischen ihr und Charlotte von Stein schließenden Tür beim Knarzen zu.

Eine abgelegene Dachkammer. Wahrscheinlich war die Küchenmamsell, die hier hauste, vorübergehend ausquartiert worden. Warum um alles in der Welt musste ausgerechnet sie, Charlotte Sophie Henriette Buff, so deutlich unter ihrem Stand das angeschlagene Haupt betten? Hier oben, am Ende der Welt. Direkt unterm Dach. Kaum weniger schlimm als in der übelsten Kellerkemenate, in der Höllenstube, wo des Satans Großmutter – wie kam sie jetzt auf den? Hatte sie nicht krampfhaft versucht, ihn zu vergessen, in der gemütlichen Plauderrunde der Kaminsessel? Wollte sie es selbst heraufbeschwören?

Brauchte sie gar nicht.

Er war schon zur Stelle.

Sie tat einen Schrei! Oder wollte einen tun. Es löste sich kein Laut aus ihrer Kehle. Blieb ein stummer Schrei. Lautlos. Machtlos. Ohne Hoffnung.

Er saß auf der Bettkante. So, wie sie ihn an diesem verfluchten Wegkreuz gesehen hatte. Die verkorkste Schluderkleidung, den seltsamen Hut mit bei jeder Bewegung nachwippender Fasanenfeder nicht abgelegt. Das ließ hoffen, dass er nicht gedachte, es sich hier für die Nacht gemütlich zu machen. Der linke Fuß, der unverdrossen aus dem Schuh zu quellen drohte, baumelte an seinem Bein, das er betont locker übers andere geschlagen hatte. Ein kurzes Augenzwinkern.

Dann war sie allein in der Dachkammer. Mutterseelenallein.

Johann Gotthelf

Da sie aber nicht zum ersten Mal in seiner – er nannte sie gern mit etwas spitzer, etwas lauter Stimme seine »Dichterstube« –, in seiner Dichterstube auflief, und da sie noch immer diejenige der verrückten Weiber war, der er sich am unmittelbarsten verbunden fühlte und die er also am häufigsten von diesen Grazien zu Gesicht bekam, hatte er keine Einwände erhoben, als sie sich mit einem kurzen Brief angekündigt hatte.

Immerhin war sie auch die Einzige gewesen, die auf seine Alarmzeichen überhaupt reagiert hatte. Sollte sie also in Gottes Namen kommen.

Mit Erstaunen und Befremden hatte er sich dabei beobachtet, wie er den ganzen Vormittag seine Stube aufgeräumt hatte. Wie er die Papierstapel auffüllte mit dazwischengeschobenen leeren Blättern, auf dass die Türme auf seinem Schreibtisch gewichtiger und wichtiger aussahen. Wie er Feder und Tintenfässchen bereitstellte und drei, vier Stück Zeichenkohle zurechtlegte und wie zufällig durcheinanderwürfelte, ein paar halbfertige Skizzen über den Beistelltisch streute. Wie er hier und da wenigstens die gröbsten und größten Staub- und Wollmäuse eingefangen und die Essensreste der letzten Tage zusammengesucht und aus den Tellern in den Schweinekübel gescharrt hatte. Desgleichen diesen angefaulten Apfel, das Schälchen zu Sauce gewordener Zwetschgen. Wie er sogar unterm Bett nach dem Rechten sah. Sah, und es dann dabei beließ. Denn so und nur so blieb ihm noch ein Augenblick Zeit, um an den Stellen des stärksten Staub- und Krümelbefalls ein wenig den Besen zu schwingen.

Er schritt stolz erhobenen Hauptes noch zwei, drei Runden durch seine in frischem Glanz erstrahlende Dichterstube und stellte sich mit durchgedrücktem Rücken in die Mitte.

Aber ein Klopfen wollte sich nicht einstellen.

Immer noch nicht.

Er warf einen Blick aus dem Fenster auf die Kirchturmuhr.

Er merkte, dass er wartete. Was doch ansonsten überhaupt nicht seine Art war. Schon gar nicht wartete er üblicherweise auf Frauen!

Aber sie kam nicht.

Er griff zu seiner Pfeife, die noch den kalten, halb verkohlten Tabak von gestern Abend enthielt. Pflückte sich einen lustig orange-gelb brennenden Buchenspan aus dem Ofen und versuchte unter emsigem Ansaugen von Luft und Flämmchen, die

Pfeife wieder in Gang zu setzen. Was nicht, sapperlot, auf den Tod nicht gelingen wollte.

Immer noch schwieg die Tür.

Noch ein Pfeifenversuch. Der endlich, jetzt endlich von Erfolg gekrönt war. Erstmal in Schwung gebracht, frisch angeglüht, pafften sofort Rauchwölkchen aus dem Pfeifenkopf. Und durch seine kreisrund geformten Lippen blies Johann Gotthelf eifrig einen Drachenatemstoß nach dem anderen in die Luft, sodass binnen kürzester Frist süßbittere Rauchschwaden das niedrige Firmament der kleinen Stube vernebelten. Dessen ungeachtet schmauchte er munter weiter und bot sich selbst erneut Anlass zu Staunen und Bestürzen, als er bemerkte, dass seine Rechte, in der er die dampfende Pfeife hielt, zitterte wie Espenlaub.

Als plötzlich – plötzlich ein zartes, ein hauchdünnes Klopfen zu vernehmen war.

Sein Gesicht glühte. Vermutlich war er puterrot angelaufen. Ob aus Ärger, weil er die ganze, eben erst frisch herausgeputzte Stube verquast und verpestet hatte, oder aus Vorfreude über, nun ja – jedenfalls peinlich! Eines gestandenen Dichters nicht würdig, sackerment noch mal.

Es klopfte erneut. Schüchtern.

Johann Gotthelf rührte sich nicht. Nein, dieses Trauerspiel einer wüst verqualmten Dichterstube war einer Augusta Gräfin zu Stolberg nun wirklich nicht zuzumuten. Und das Fenster aufzureißen, würde auf kurze Frist mit Sicherheit nichts nützen. So schnell konnte sich so viel Qualm beim besten Willen nicht verflüchtigen. Potztausend, dabei hatte er selbst doch die Geister gerufen, indem er diesen dringenden Appell abgesetzt hatte, dass sich was ändern müsse, dass er das nicht weiter so mitmache, niemals. Und jetzt also saß er hier wie ein zur Salzsäule geronnener Ölgötze. Und verhielt sich still, mucksmäuschenstill, damit das adlige Gustchen draußen um Gotteswillen denken solle, er sei nicht zugegen, irgendwie unterwegs in wichtigen Händeln.

Jetzt aber musste er mit blankem Entsetzen beobachten, wie sich die Türklinke bewegte. Langsam und bedächtig zwar, aber es war nicht zu übersehen, dass sie runtergedrückt wurde. So weit, dass es nurmehr Bruchteile von Sekunden dauern konnte, bis die Tür aufspringen würde.

Bis sie sich zaghaft einen Spalt öffnete, durch den sofort die ersten Tabakschwaden hinauszischten und das gnädige Fräulein in eine Glocke aus Rauchwolken hüllen mochten.

Jetzt war es eh zu spät. War nichts mehr zu verhindern. War die Blamage perfekt. Noch gesteigert, erheblich gesteigert, weil Johann Gotthelf jetzt nicht mal verbergen konnte, dass er in der Stube gesessen, geraucht und nicht geöffnet hatte. Also zu allem Überfluss noch den Eindruck erweckte, als habe er den Besuch gar nicht empfangen wollen. Oder im Gegenteil, als habe er ihn sehnlichst erwartet, die Tür angestarrt und aus lauter Nervosität zur Pfeife gegriffen. Mindestens genauso peinlich. Donner und Doria, in was für eine Lage hatte er sich da manövriert! Und das, wo er doch Forderungen, weiß Gott berechtigte Forderungen stellen wollte. Ja, musste! Um des Überlebens willen. Um vor seinen eigenen Augen bestehen zu können.

»Johann Gotthelf?«, flüsterte Augusta. »Seid Ihr da?«

»Sicher«, versuchte er es auf die forsche Art.

»Habt Ihr meinen Brief nicht erhalten?«

»Welchen Brief?«, knurrte er und ließ einen schnellen Blick über den Schreibtisch kreisen. Nicht, dass das Ding da irgendwo offen herumlag. Nein. Er dankte seiner geheiligten Ordnung.

»Aber was, aber wie?«, stammelte Augusta. Völlig in Gedanken, ohne auch nur für ein Blitzsekündchen darüber nachzudenken, ob sie noch den obersten Geboten der Distance gehorchte und ein Mindestmaß gräflichen Anstands wahrte, schritt sie über die Schwelle, zog sogar die Tür hinter sich ins Schloss. Ehe es aus ihr herausschnellte: »Darf ich eintreten?«

»Schon geschehn«, murrte Johann Gotthelf und blieb seiner üblen Laune treu.

Augusta – das Kind ohnehin in den Brunnen gefallen – ließ den Blick durch die Stube schweifen. Unverkennbar wunderte sie sich ein weiteres Mal über den merkwürdigen Widerspruch, der ihr schon bei ihrem letzten Besuch aufgefallen sein musste:

Hier und dort und überall, in jeder Ritze zwischen Büchern und Papieren, auf jedem freien Fleck der Bodenbohlen, der Regalbretter, des Schreibtischs, selbst auf den aufgehängten, aber halb von der Wand abgerollten, an den Rändern aufgewölbten Kohleskizzen, auf der halboffenen Schachtel mit seinen Schreibzeugvorräten, auch auf den mit Wachs zugetropften Kerzenständern, einfach an jeder möglichen und unmöglichen Stelle regierte der Staub und hatte alles mit einer weich ausfransenden Decke aus Grau überzogen. Hingegen wirkte alles, als wisse es genau, wo es hingehört. Als stehe, liege, hocke alles exakt am vorgesehenen Standort. Die Bücher in Reih und Glied, Buchrücken an Buchrücken, penibel bündig gestellt. Die Papiervorräte, ein zweites Tintenfässchen, Zeichenkohle- und Schreibfedernvorräte: alles an Ort und an Stelle. Jederzeit wieder auffindbar. Diese seine eigenwillige Emulsion aus pingeliger Ordnungsliebe und einem Höchstmaß an Duldsamkeit gegenüber Staub und krümeligem Schmutz.

Johann Gotthelf, der alte Staubversteher, fühlte sich ertappt, musste grinsen.

Was das arme Gustchen natürlich falsch verstand. »Ihr lacht? Was gäbe es da zu lachen? War nicht ganz unbeschwerlich, die Reise hierher zu Euch. Und Euer lodernder Brief – ich habe mir Sorgen gemacht. Um einen unserer eifrigsten Skribenten. Dass er von unseren Ansprüchen und von der Erwartung der Literaturwelt überrollt und aufgezehrt wird. Dass er droht, vor seinem schweren Los zu kapitulieren. Und Ihr lacht!«

»Ihr habt ja recht, Gustchen«, verlegte Johann Gotthelf sich aufs Beschwichtigen.

»Und was ist da nun dran? An eurem Hilferuf?« Augusta ging einen Schritt auf Johann Gotthelf zu. Es schien ihr nicht entgangen zu sein, wie unbequem es ihm auf seinem Schreibtischstuhl geworden war. Dass er dahockte wie der sprichwörtliche Affe auf dem Schleifstein. Dabei, Herrschaftszeiten, wenn einer im Recht war, dann doch wohl er!

»Das ist nicht zu ertragen«, postulierte er und freute sich über die Bestimmtheit, mit der er das vorbrachte und die ihn erinnerte an jene Sternstunde, als er den flammenden Appell an die Weiberbande verfasst hatte. »Ich schreibe und schreibe, sauge mir Vers um Vers aus den Fingern, schneide mir eine brillant formulierte Lebensweisheit nach der andern aus den Rippen, und nirgends, nicht an einer einzigen Stelle, steht mein Name zu lesen. Ich bringe weltbewegende Stücke, ausgeklügelte Poeme, raffinierte naturkundliche Erkenntnisse zu Papier, und die Welt nimmt all das unter falschem Namen zur Kenntnis! Nein, Augusta Gräfin zu Stolberg, Ihr könnt Euren Kumpaninnen ausrichten: Der selbstsüchtige, stolz-verrückte oder wovon auch immer besessene Johann Gotthelf macht das nicht mehr mit. Steigt aus, macht sich vom Acker. Soll goethedichten, wer immer goethedichten will!«

»Das werdet Ihr schön bleiben lassen!« Augusta stampfte wie eine trotzige Grazie auf. »Das werdet Ihr ganz entschieden nicht tun!«

»Warum sollte ich nicht? Warum sollte ich bis ans Ende aller Tage dieses üble Spiel mitspielen? Mich für dumm und für stumm verkaufen lassen? Glaubt Ihr allen Ernstes, ich hätte nicht auch andere Möglichkeiten, ein stattliches Auskommen zu finden? Bei diesem virtuosen Schwung, mit dem ich die Feder zu führen weiß.« In vollen Zügen schlürfte er das Oberwasser, das ihm im Mund zusammenlief und jeden Augenblick drohte, überzulaufen und sich an den Mundwinkeln in seidenen Fäden abzuseilen. So einfach, so schnell ließ sich umschalten von kleinen Brötchen auf glänzende Goldbarren! Einziges Problem: seine Schwäche für das arme Gustchen, das hier ganz offensichtlich zwischen den Stühlen saß. Folgsame Gaunerehre und husarentreues Beharren auf der Masche, die sie mit ihren Gespielinnen ausbaldowert hatte, einerseits. Und andererseits die Zuneigung zu ihm, um es mal bei vorsichtigem Namen zu nennen.

Sie versuchte, ihn mit einem pekuniären Bonus zu ködern. Er schüttelte grinsend das weise Haupt. Sie legte noch mehr drauf und strapazierte, dem Zittern ihrer Pupillen zufolge, den Rahmen, den die Intrigantinnenriege offenbar abgesteckt hatte, über alle Maßen. Er lehnte dankend ab. Wohlwissend, dass ihr jetzt nicht mehr viele Möglichkeiten blieben.

»Wir haben Euch in der Hand, vergesst das nicht!«, versuchte sie eine einigermaßen energische Drohung an den grinsenden Mann zu bringen, was ihr nicht im mindesten trefflich zu Gesichte stand.

»Ihr? Mich in der Hand? Dass ich nicht lache!«

»Ein Leichtes für uns, wenn Ihr nicht mitspielt, in Stadt und Land bekannt zu machen, dass Ihr Euch seit Jahren eines schweren Betrugs schuldig gemacht habt. Euer Geschreibsel unter Vorspiegelung falscher Tatsachen mit dem Namen Goethes verziert habt. Dessen Werke ja nun beileibe nicht alle aus Eurer Feder stammen. Stammen können. Die wenigsten, mein Freund, die wenigsten. Und wer will denn wissen, wer der richtige, der wahre Goethe ist? An den Ihr Euch als armselige Klette hängt.«

Alle Achtung, das war doch mal eine Gardinenpredigt, die sich gewaschen hatte! Aber sie war augenscheinlich noch nicht fertig. Irgendein i-Tüpfelchen fehlte wohl noch.

»Wenn Ihr eine Offenbarung unsererseits riskiert, habt Ihr schon verloren. Seid Ihr verloren. Habt Euch um Ruf und Ruhm, um Ehre und Ertrag gebracht.«

»Genau wie Ihr.« Johann Gotthelf hatte nicht das geringste Interesse, sein Oberwasser schon verloren zu geben. »Was meint Ihr, wie schnell Ihr miterfasst werdet vom Strudel des Betrugsskandals, den Ihr selbst inszeniert habt. Da nützt euch so eine Offenlegung zuungunsten eines armen Poeten rein gar nichts.«

»Bei allem Verständnis für einen überforderten Tintenkleckser, verehrter Johann Käsefuß, Euer Niedergang wird Euer Untergang sein! Denn im Lichte der Wahrheit betrachtet, ist es doch so, dass wir ehrenwerten Frauen, nicht wenige davon ausgestattet mit einem Adelstitel, uns als großzügige Mäzenatinnen eingesetzt haben. Ganz im Sinne der Weiterentwicklung der schönen Literatur deutscher Sprache. Dass wir selbstlos einem gewissen Goethe zu bahnbrechenden Erfolgen verholfen und ihm, so das Schreiben ins Stocken geriet und gerät, mit Werken anderer Skribenten ausgeholfen haben. Aus dem einen, einzigen Grund: die großartige Literatur unserer Epoche in deutschen Landen zu bündeln und unter einem Namen, unter dem Namen ›Goethe‹, zu vereinen, auf dass ihr nicht nur in deutschen Landen, auf dass ihr in aller Welt die Aufmerksamkeit zuteil werde, die sie verdient hat.«

Auf den Kopf gefallen war sie nicht, das musste er zugeben.

Johann Gotthelf verlegte sich aufs Schweigen. Doch schwieg er – zugegeben – unterm Eindruck dieser schwungvollen Philippika wohl einen Augenblick zu lange.

So lange jedenfalls, dass Augusta nicht mit einer Replik seinerseits rechnen musste und die Lücke getrost nutzen konnte, um noch mal nachzukarten. Jetzt allerdings, sehr zu seiner Verwunderung, unter Verwendung ihrer wunderbar gehauchten Stimme, deren Verlockungen er sich schwerlich entziehen konnte. »Mein Lieber, mein Guter, ich habe da noch eine ganz andere Idee. Einen Vorschlag zur Güte. Ich sehe eine weit weniger zerstörerische, eine, ganz im Gegenteil, aufbauende Möglichkeit, an der wir alle nicht zerbrechen, sondern wachsen können. Wachsen werden«, sagte sie mit weich rauer Fistelstimme, die in der dünnen Luft seiner Dichterstube, wo immer noch die schweren Rauschwaden vor- und zurückwaberten, erst recht zur Geltung kam.

Und in diesem Augenblick fiel Augusta zufällig, rein zufällig der Ring vom kleinen Finger, mit dem sie eben zum Anfeuern ihrer Brandrede und offenbar, um sich sicher zu sein, dass sie es war, die da diese Sätze vom Stapel ließ, gespielt, den sie vorwärts- und rückwärtsgedreht, hinauf- und hinuntergeschoben hatte. Das feinkleine Goldstück klickerte zu Boden. Wo es ein aufreizendes Tänzchen aufführte, sich vorwärts- und rückwärtsdrehte, hinauf- und hinunterrollte, sich schließlich und endlich in einer Bodenritze verkrümelte. Sodass das arme Gustchen sich gezwungen sah, sich nach vorn zu beugen, um den Ring zwischen den Bohlen hervorzunesteln. Freilich musste sie sich zu diesem Behufe weit, sehr weit nach vorn bücken. Nicht ohne dass ihre Brüste in Sicht kamen, die in den Körbchen ihres Mieders munter schaukelten und den oberen Rand der dunkelroten Vorhöfe freigaben. Um den Ring aber endgültig aus dem Spalt zwischen den Bodenbrettern zu befreien, musste sie sich jetzt um die eigene Achse drehen und kam nicht umhin, ihm, dem Johann Gotthelf mit den großen, mit den verhext großen Augen, ihr Hinterteil entgegenzustrecken, über dem sich das Kleid straffte. Jedoch nicht so stramm, als dass sich darunter nicht ihre wunderbaren Rundungen abgezeichnet hätten. Zusätzlich hervorgehoben durch die Klamm, die die beiden Wölbungen zu teilen und mit umso fidelerem Schwung aufzuwerten wusste.

Lotte Sophie Henriette

Es wurde wider Erwarten ein neuer Tag. Die kalte Novembersonne ließ sich vom Staub auf der Fensterscheibe nicht davon abhalten, ins Dachstübchen zu glitzern. Charlotte trat an die Waschschüssel, schüttete sich einen Schwapps Wasser über die Hände, ins Gesicht. War wieder Mensch. Die knirschenden Stolpersteine des Tags zuvor vergessen.

Sie schlüpfte ins Kleid. Dann das Gefrickel mit all den Bändern, die in geeigneter Reihenfolge hinterrücks durch die Ösen gezupft und strammgezogen werden wollten. Eine Zofe war doch mal eine gute Erfindung. Aber sie hatten sich ja darauf verständigt, allein anzureisen. Ohne Gefolge. Schließlich handelte es sich um ein konspiratives Geheimtreffen.

Es dauerte eine halbe Ewigkeit, aber irgendwann war's geschafft, und sie konnte den Weg zu den anderen antreten. Sie trat aus der Kammer, stand im Korridor, blickte nach rechts, blickte nach links. Wohin sich wenden? Sie war ja gestern Nacht völlig abwesend hinter der von Stein'schen her geschlurft. Ohne bei dem schaukelnden Kerzenschein irgendwas erkennen, geschweige denn sich merken zu können. Rechts also oder links?

»Versuch macht kluch«, murmelte sie und wandte sich nach rechts. Folgte dem endlosen Flur, um zwei, drei Ecken herum, wo sie jedes Mal tat, als wüsste sie genau, wo's langgeht. Kein Zögern, keine Entscheidungspause, einfach weitergehen.

»Charlotte!« Hinter ihr wieder diese schneidende Stimme. Die Stimme, die sie instinktiv dazu brachte, den Schritt zu beschleunigen, vorwärts und …

»Charlo-otte!«

… unbeirrt weiterhasten! Nicht umdrehen, nicht nachdenken, weiter, voran! Einerlei wohin, egal jetzt mal. Weg hier!

Sie war stolz auf sich. Irgendwie großartig, wie sie hier mit überzeugender Geradlinigkeit zu Werke schritt, eilte, rannte, als sei sie die Meisterin des Schlosslabyrinths in Person. So ging es, genauso, und nur so. Geradeaus. Die nicht vorhandene Lanze im Anschlag, die Speerspitze voraus, der Männerwelt Stiche versetzen, nein, sie durchbohren, Kanäle stechen, Tunnel vortreiben, Schläge verteilen, nach rechts und nach links! Sich zur Wehr setzen eben.

»Charlotte.«

Jetzt kam die ziegenbockschrille Stimme direkt von vorn. Wie das? Um ein Haar wäre sie aufgelaufen, sturheil gegen den Kerl gerannt, der da jetzt breitbeinig im Weg stand. Als finstrer Schatten im finstren Flur. Und der mit dem unförmigen Kaltblüterfuß auftrat und durch den Nachhall des Korridors hindurch »Nu mal langsam, Donnerlittchen, Lottchen, jetzt bleib doch mal stehn!«, rief.

»Den Teufel werd ich tun.«

»Den was?« Aber er schloss die aufgerissenen Augen sofort wieder zu halb geöffneten Schlitzen. Schien sich nur kurz über ihre nassforsche Vorwärtskraft zu wundern, die sie hier an den jungen Tag legte. Schließlich hatte er sie schon bei der ersten Begegnung als nicht im Mindesten verschüchtertes, zauderndes Persönchen kennengelernt. Jetzt jedenfalls war sie nicht zu bremsen. Sie wand sich unter seinen quer ausgestreckten Armen hindurch und vorbei an seinem mit militärischem Schneid aufgebauten Leib, ohne ihr Affenzahntempo nennenswert zu drosseln.

So blieb ihm nichts, als hinterherzueilen und von hinten in die hübschen kleinen Ohren das zu pusten, was er loswerden wollte. Oder musste. Glutrot angelaufen lispelte er ihr in den Nacken, dass sie sich, Teufel noch mal, einen Ratschlag aus nun wirklich berufenem Munde anhören und diesen wacker beherzigen solle. Dass er und nur er wisse, was zu tun sei, damit sie sich nicht im Eifer des Gefechts doch wieder bloß zu Erfüllungsgehilfinnen eines Mannsbilds machen würden. Dass er schließlich der Experte für ausgeklügelte Ranküne und Ränkespiele aller Art sei. Kraft seines Amtes gewissermaßen, grinste er noch. »Ist schließlich mein Job.«

Sie hetzte weiter.

Er hinterher. »Lotte, also ehrlich, mal ganz ohne Anmache und so: Hör auf meine Ratschläge! Mal als Allererstes braucht ihr definitiv einen Stellvertreter für den Typen! Sonst ist die Bauchlandung vorprogrammiert. Für euer Hirngespinst 'n Stellvertreter, und mich als Berater! Ohne Berater läuft gar nix nämlich.«

»Verzichte«, raunte sie nach hinten über die Schulter hinweg.

Ein leises, doch unüberhörbares Zittern in der Stimme.

Freifrauenschloss

Sie saßen alle schon. Natürlich. Keine hatte ja auch so eine Odyssee hinter sich wie sie, Lotte. Sie sahen alle ziemlich ausgeschlafen aus, durchaus elegant. Von angemessener Eleganz. Nicht überkandidelt und dennoch standesgemäß.

»Wir brauchen einen Stellvertreter für ihn«, fiel sie mit der Tür ins Haus.

»Könntet Ihr Euch vielleicht erstmal setzen?!«, war die Quittung der Hausherrin, die den Diener mit einem kurzen Zucken der rechten Augenbraue anwies, der jungen Lotte den Stuhl zurechtzurücken. Und mit der linken Augenbraue, das Frühstück fertig aufzutischen.

»Einen Stellvertreter brauchen wir«, plapperte Lotte weiter, während sie ihren Allerwertesten aufs leicht pfeifende Stuhlpolster senkte. »Das ist sonnenklar. Sonst nützt uns die ganze Erfinderei nichts. Können wir uns noch das schönste Trugbild ausdenken, ohne eine Marionette, die wir an seidenen Fäden halten, die wir nach Belieben dirigieren und steuern können, hat das alles keinen Zweck.«

Die anderen sahen sich verwundert an. Eine so lange, so vehemente, so treffsicher argumentierende Predigt hatten sie aus Lottes Mund noch nie vernommen. Hatten sie sie bislang doch eher als jasagende Mitläuferin erlebt. Gezeichnet von der für ihre jungen Jahre reichlich bitteren Enttäuschung, die ihr irgendein achtloser Galan beigebracht haben musste. Vor ihrer Vernunftheirat. Trotz ihres ständigen widerspruchslosen Beipflichtens wusste man einfach nicht, woran man bei ihr war. Immer schien sie umgeben von einer Aura der Ungewissheit. Keine war sich sicher, ob sie wirklich an Bord war. Geschweige denn, ob sie durchhalten würde, ob sie entschlossen genug war, ihre Verletzung nach außen zu kehren und in diese trefflich ausgeheckte Kabale zu investieren. Ob sie Manns genug war, als Frau zu bestehen. Ob sie nicht bei der ersten Schwierigkeit von der Fahne gehen würde. –

Und jetzt das!!

Augusta war die Erste, die so etwas wie die Fassung wiederfand. »Schlaubergerin! Soweit waren wir auch schon. Diese Lösung gehört zur Grundausstattung der Strategie.« Sie konnte sich ein Lachen nicht verkneifen, das allerdings nicht so recht ausgelassen geraten wollte.

Denn sie musste wie die anderen erkennen, dass Lotte wieder ihr Spitzmausmäulchen aufzog, den Blick nach innen kehrte, in ihre sattsam bekannte Geistesabwesenheit zurückfiel. Natürlich ahnte niemand, dass sie wieder seinen Atem im Nacken spürte. Dass er schon wieder mit seiner Ziegenbockstimme in ihren Ohren schrillte. Jetzt noch angeheizt durch die gehobene Stimmlage der Besserwisserei. Sie sah ihn jetzt nicht. Gut, er musste ja hinter ihr stehen, dem Hauch seines Atems zufolge. Vielleicht eine Art doppelter Schatten. Das war in diesem Zwielicht hier nicht wirklich auszumachen. Und keinesfalls wollte sie sich umdrehen, diese Blöße wollte sie sich nicht geben. Sicher aber war: Die anderen sahen ihn nicht. Jedenfalls spiegelte sich nichts Irritiertes in ihren Augen.

Sie hörte ihn, und ihr war, als würden ihr die Worte auf die Zunge gelegt, als würden sie automatisch durch die Lippen zurechtgeformt und an die Luft gesetzt, ohne ihr Zutun und ohne, dass sie sich dagegen hätte wehren können. »Und ein Umfeld!«, sagte es durch sie. »Einen Stellvertreter samt Umfeld!

Alles Leute um ihn rum, die getrieben sind und angetrieben aus ihrem Inneren. Nicht, weil sie Termine frei haben. Wir brauchen Überzeugungstäter!«

»Und das wollt Ihr auch noch denjenigen aufbürden, die sich brav mit dem Federkiel zu schaffen machen? Na, wenn das man keine Indiskretion nach sich zieht.«

»Gott behüte!«

»Auf keinen Fall«, trötete auch Lotte ins bereitgehaltene Horn, »das würde ein Hauen und Stechen geben. Die, die dichten, laufen außer Konkurrenz. Die zu finden, war schließlich alles andere als eine leichte Übung. Denen halten wir auf alle Fälle den Rücken frei.«

»Keine Frage«, war jetzt auch Charlotte von Stein zur Stelle. Sie griff mit beiden Händen an die Sitzfläche ihres Stuhls, ruckelte ihn zwei Holperer vorwärts und richtete sich kerzengrade auf, ohne die Rückenlehne zu berühren. »Um weiterhin Verse an Land zu ziehen, lässt sich im Zweifelsfall mit Geld nachhelfen. Schwieriger wird's in der Tat sein, den Kreis derjenigen zu finden und zu überzeugen, die ein geeignetes Umfeld um ihn herum bilden sollen. In unserem Auftrag.«

Die Frauen steckten die Köpfe zusammen. Begannen zu tuscheln, zu flüstern, als wäre noch jemand im Raum, für dessen Ohren das, was hier zur Debatte stand, wenig geeignet schien. Vielleicht auch wollten sie sich nur ihrer quasi schwesterlichen Verbundenheit vergewissern. Nie halten die Treuebande der Verbundenheit bekanntlich so unverbrüchlich wie im Leid. Im

Leid, das eine jede von ihnen, wie sie wussten, ohne ausführlich darüber gesprochen zu haben, erlitten hatte. Dieser Zirkel, eine Art weiblicher Geheimbund, den Charlotte Albertine Ernestine Freifrau von Stein aus dem Leiden ins Leben gerufen hatte, dieser Zirkel war es, der sie alle zusammenbrachte und zusammenhielt. Und sie die Wochen und Monate zwischen den einzelnen Treffen einigermaßen überstehen ließ, eine jede in dem ihr eigenen Drama. Zumal, als der Gedanke reifte, aus dem jeweils durchlebten Trauerspiel ein einziges, ein gemeinsames zu machen. Bei dem sie alle würden Hand anlegen, die Finger im Spiel haben können. Bei dem sie durch die Erfindung einer Schimäre die ganze Welt würden an der Nase herumführen, sich durch Lug und Trug rächen, Gleiches mit Gleichem vergelten können.

Ein Tuscheln für den Zusammenschluss, als immerwährende Bestätigung. Als gurrende Schwesterlichkeit. Mit gemeinsamem Ziel.

Plötzlich ein Knall!

Dieses Klatschen, Glaszerspringen, Gurgeln, Tropfen. Eine schäumende Pfütze und ewigen Farbfleck hinterlassend. Wieso um Himmels willen ging ausgerechnet das Fässchen mit der schwarzen Tinte zu Boden, zu Bruch?

Das Tuscheln kam mit einem Schlag zum Stillstand.

Friederike

Ihm eilte dieser Ruf voraus. Sie musste sich darüber hinwegsetzen. Klar. Darüber hinwegsehen. – Oder? Oder vielleicht gerade nicht, vielleicht würde sie genau diesen Ruf – oder das, was dahintersteckte – vielleicht – ja, das war womöglich der entscheidende –, aber erstmal musste sie ihn ja überhaupt antreffen. Wer wollte denn wissen, ob er tatsächlich im Haus war. Das Verlagshaus zu finden, sollte kein Problem sein.

Und es war denn auch keins. Einfach ein paar Passanten fragen, sich auf Abwege begeben. Ein paar Gassen abklappern, Kirche X, Brunnenplatz Y. Dann stand sie vor dem Gebäude. Unscheinbar, wenn sie ehrlich war. Fast kurios, wenn man sich klarmachte, dass der Mann mit seinem Laden immerhin die Crème de la Crème verlegte. Eine ganz normale Tür, kein mondäner Schlosseingang. Also: Schritt über die Schwelle!

Dahinter tat sich ein merkwürdig langer Korridor auf. Hätte man kaum glauben mögen, wenn man bedachte, wie schmal die Häuserfassade war – rechts und links Büros, aneinandergereiht wie auf einer Perlschnur, mit offenen oder doch halboffenen Türen, die den Blick magisch anzogen. Gekrümmte Rücken über schmalen Tischen, schlaff an Schreibpulten stehende oder auf klapprigen Stühlen kauernde Figuren, Papierstapel auf den Knien. Die Ärmelschoner zurechtschiebend, Schreibfedern eintunkend, Papierbögen zusammenknäulend und in die Ecke pfeffernd.

Gut, das waren die Ausführungsorgane. Aber wo war Weygand? Vermutlich ein, zwei Etagen höher. Oben unterm Dach residierend? Mit triumphierendem Überblick aus der Vogelperspektive. Vom Gottesthron herab.

Die Skribenten jedenfalls konnte sie unmöglich ansprechen. Die standen ohnehin mächtig unter Spannung, das war nicht zu übersehen. Ganz offensichtlich waren sie mit Aufträgen hinreichend versorgt. Die wollte sie, so unglücklich, wie sie aussahen, auf keinen Fall aus dem Konzept bringen und dadurch noch tiefer in den Schlamassel stürzen. Also die oberen Etagen auf eigene Faust durchkämmen! Wieso gab's hier eigentlich keinen Laufburschen, den sie mal eben hätte anhauen können? Oder einen Stift, der die Stifte spitzte? Haha, sehr witzig. Was aber, wenn man sie nun auf der knarzenden Stiege …

Schon passiert.

Ein bärbeißiger Muffel. Nicht groß unbedingt, aber mit hinlänglich fülligem Resonanzkörper. Sodass die Frage, was sie hier zu suchen habe, zu einem sonoren Brummen geriet und ihr direkt ins Mark fuhr.

»Den Herrn Weygand«, antwortete sie und fragte: »Könnten Sie mir vielleicht …« Alles entschieden kleinlauter, als ihr lieb war.

»Nein«, dröhnte der Bär und tapste seines Wegs. War schneller weg, als er gekommen war. Und sie stand da.

Aber, klar, sie konnte hier nicht stehen bleiben und auf besseres Wetter, auf den nackten Zufall warten. Erstens, weil der sich nicht einstellen würde, garantiert nicht, und zweitens, weil sie hier einfach nicht einfach so rumstehen konnte. Auf halber Treppe. Der nächste Bär, der kommen würde, könnte sie stehenden Fußes fressen. Mit Haut und mit – es blieb tatsächlich nur die eigene Faust.

Die Stiege endlich komplett hinter sich bringen. Das Ächzen und Knarzen und Knacken als Einladung begreifen.

Oben das gleiche Bild: langer Korridor, ein Büro neben dem anderen, etliche Türen geöffnet oder angelehnt. Sie versuchte, vorbeizuhuschen, ohne gesehen zu werden. Und ohne hineinzusehen. Aber sie konnte den Blick nicht vermeiden, musste unbedingt mal eben im Vorbeiflug hineinlinsen. Fand vor, was sie erwartete: gebeugte Gestalten, aus dem Tintenfass nippende Federkiele, aufs knisternde Papier gekratzte Weisheiten, verächtlich zusammengeknüllte Krähenfüße entgleister Schriftzüge.

Klar, das Innenleben eines Verlagshauses, das nach allen Regeln der Kunst … doch plötzlich war ihr, als ob – ja, eindeutig –, da war eine Figur, eine Schattenfigur war da eindeutig – sie war doch nicht blöd. Auf ihre Augen war Verlass, zum Kuckuck. Sie sah doch, was sie sah – und sie hatte diesen Schatten gesehen. Als hätte er vor ihr Reißaus genommen. Das war kein Zufall, niemals. Wie der da hinter der Ecke verschwunden war. Und um Himmels willen nicht gesehen werden wollte. Aber gesehen wurde, im Wegducken, von ihr.

Wer also?

Wer konnte das sein? Wer hielt seinen Schatten am langen Bändel, schleifte ihn hinter sich her, schob ihn vor oder zog ihn wie einen Köter an der Leine ran, wenn's brenzlig wurde? Wer konnte sie, Friederike, als brenzlig empfinden? Wer hatte hier in diesem rechtschaffenen, ganz im Dienste der schönen Literatur agierenden Verlagshaus Anlass, sich vor ihr aus dem Staub zu machen?

Sie musste sofort die Verfolgung aufnehmen, nicht eine einzige weitere Sekunde ungenutzt verstreichen lassen. Auch wenn sie sich – natürlich setzte sie sich damit über die Gesetze der Distance und Contenance hinweg –, natürlich hatte sie kein Recht, welcher verlagsinternen Schattenfigur auch immer auf die Schliche – was auch immer für einen schrägen Vogel zu beschatten. Aber was hieß das schon? Was hatte der Anstand für einen moralischen Wert, angesichts des wichtigen Auftrags, den sie ganz im Dienste der schönen Literatur zu erfüllen, an den Mann, den richtigen Mann zu bringen hatte?! Keinen. Nicht den winzigsten. Sie war in höherer Mission unterwegs. Und musste diese tausendmal energischer verfolgen, als jemals ein Schatten auf seinen Persönlichkeitsschutz würde pochen können. Also bitte.

Irgendwie musste der Schatten einen Fehler gemacht haben. Hatte sich selbst in eine Sackgasse manövriert, denn dieser Seitenarm des Korridors führte ins Nichts. Er drückte sich halbwegs in eine Türnische. Aber eben nur halbwegs. Mehr passte nicht. Und das schien er spätestens in dem Augenblick zu begreifen, als sie um die Ecke bog. Als ihre Blicke durch den Wurmfortsatz des Bürokorridors eilten. Der Weygand'sche Kugelbauch war einfach zu vorwitzig, als dass er nicht hätte aus dem Türrahmen hervorstechen können.

Diesen Umstand offenbar erkennend, trat er ans matte Licht, das durch das winzige staubverkleisterte Flurfenster fiel. Der Bär. Klar, wer auch sonst. Der Einzige schließlich, dem sie aufgefallen war, der von ihr Notiz genommen hatte, der sie angesprochen und den sie angesprochen hatte. Und dann begriff sie. Jetzt, genau jetzt. Der, genau der. »Herr Weygand? Johann Friedrich Weygand?«

»Eben der.«

»Hätt ich mir denken können«, murmelte sie, um dann eilends ein »Gott zum Gruße« anzufügen.

»Noch mal gefragt: Was sucht Ihr hier? Jetzt, wo Ihr wisst, dass ich es bin.« Hatte er eben auf der Flucht noch etwas schattenhaft Verhuschtes gehabt, so stand er jetzt breitbeinig da und schoss ihr seine Blicke ins Gesicht.

»Können wir das woanders besprechen? Wo man die Tür zuziehen kann?«

»Dieses Haus hier kennt keine Geheimnisse«, konterte der Weygand-Bär.

»Ich wollte – ich komme mit einer Geschäftsidee …«

»Danke, ganz sicher keinen Bedarf.«

»Vielleicht doch, hinter verschlossener Tür.« Sie gab ein leichtes Zucken in die rechte Augenbraue. Klar, dass sie jetzt noch nicht klein beigeben wollte. Klar, dass sie jetzt ihrerseits Blicke verschoss. Unter der nochmals kurz zuckenden Augenbraue hervor. Vielleicht musste sie sich gar nicht über den Ruf, der ihm vorauseilte, hinwegsetzen, sondern im Gegenteil, ihn zu nutzen wissen.

Weygand verschränkte die Hände überm Steiß, was seine Kugel noch mehr hervortreten ließ. Worauf er mit Generalstabsschritten losschob. Was sie als Aufforderung las, ihm auf dem Fuß zu folgen.

Das ungleiche Paar zog den Korridor längs, zwischen den Büros hindurch, von wo aus ihnen etliche verstohlene oder verstörte Blicke zuflogen, nicht wenige von einem ehrerbietigen Nicken begleitet. Immerhin der Chef, der hier vorbeieilte, eine merkwürdige Pute mit hochroter Rübe im Schlepptau. Sie konnte sich denken, was die Skribenten dachten. Ein jeder auch nicht unbedingt der Hellste. Je länger sich der Flur hinzog, desto mehr wurde das Hinterhertrippeln für sie zum Spießrutenlauf. Weil sie natürlich versuchte, sich auch das nicht anmerken zu lassen, sondern – anstrengend genug – alles zwischen Neugier, Fleischtaxierung und Abschätzigkeit an ihrem steinhart gefrorenen Gesicht abperlen zu lassen.

Das erst allmählich wieder auftaute, als sie in Weygands Büro eingetroffen waren. Nicht viel größer als die anderen Büros, aber doch versehen mit einem mächtigen Schreibtisch.

Sie hatte reichlich damit zu kämpfen, sich davon nicht beeindrucken zu lassen. Alles, bloß das nicht. Sie musste einen kühlen Kopf bewahren.

»Also?« Seine Stimme schien irgendwie weicher geworden zu sein. Hatte es bereits gezündet? Dabei hatte sie doch noch gar nicht – außer vielleicht das eine Mal, als sie mit dem Daumen unter den Brustriemen ihres Mieders –, doch bloß, weil sich da irgendwie irgendein Hautzipfelchen eingezwängt und gezwickt hatte.

Lotte Sophie Henriette

Nun gut. Sie war dafür auserkoren. War ja in gewisser Weise auch sinnig, vielleicht sogar zwingend. Wenn eine dafür prädestiniert war, dann sie. Immerhin war beim letzten Treffen vereinbart worden – mehrheitlich, über ihren Kopf hinweg, gegen ihren erbitterten Widerstand, aber trotzdem –, dass sie und ihr Albert als Vorbilder für dieses verrückte Romanvorhaben herhalten sollten. Albert für den spießig gesetzten, Konventionen und Sicherheitsbedürfnisse verkörpernden Anteil, sie für die nur schwerlich einzupferchende Schönheit und gefühlsselige Empfindsamkeit.

Nun, da lag es natürlich nahe, dass man sie darauf ansetzte, einen Schauspieler zu überzeugen, um nicht zu sagen: um den Finger zu wickeln. Und da kam dieser Wilhelm Meister, der mit seiner kleinen Theaterkompanie beim Herzog gastierte, gerade recht. Schließlich wollte man eine der Hauptrollen, die man in diesem verschnörkelten und doch explosiven Roman unterzubringen trachtete, mit seinem Namen versehen.

Es regnete. Was den abgehalfterten Herzog offenbar wenig beeindruckte; er ließ die Truppe trotzdem draußen im vollkommen durchnässten Schlosspark zelten. Die Hinterlist zeigte sich freilich nicht gleich zu Anfang. Als das Häuflein Theaterleute, das der Herzog irgendwo aufgegabelt und für zwei, drei Wochen an seinen Hof beordert hatte – zwecks Erbauung seiner Gefolgsleute, Beschwichtigung seiner Widersacher, kathartischer Belehrung des Jungvolks –, als sie also mit Sack und Pack ankamen, strahlte die Sonne vom hohen Himmel. Und in den etwas abgewrackten Zelten, die vor Jahren nach irgendeinem unsinnigen Feldzug ausgemustert worden waren, zu nächtigen und in die sonnigen Tage hineinzuleben, erschien durchaus verlockend.

In den ersten Tagen – während auch Lotte von den Aufführungen der Truppe Wind bekam und sich für den einen oder anderen Theaterabend zum herzoglichen Schloss begab – hielt der strahlend blaue Himmel, was er versprach. Man spielte des Abends munter auf, probte tagsüber ein bisschen für den nächsten Abend, ließ ansonsten den lieben Gott einen guten Mann sein, gab sich dem Schlendrian und – wo sich die Gelegenheit bot – nächtlichen Abenteuern hin.

Jedenfalls war es das, was ihr zu Ohren gekommen war. Was man, das Herzogtum rauf, das Herzogtum runter, auf den Marktplätzen und in den Schänken murmelte und munkelte: Der Herzog verschoss wieder mal Unsummen für seine Vergnügungssucht – Geld, das zurückging auf das, was die Bauern draußen in knochenharter Mühsal den Feldern und Fluren, den Wiesen und Wäldern abgerungen hatten. Und er besaß die Chuzpe, die hundekaltschnäuzige Unverfrorenheit, genau diese Bauern nach dem Kirchgang am ersten Sonntag, den die Schauspielermeute am Hofe zubrachte, zu einem munteren Spektakel einzuladen. Wo es reichlich gesalzenen Speck zu essen, aber nichts zu trinken gab. Wo es auf der Bühne zahllose Narreteien, aber nichts zu lachen gab. Wo es anfangs ein sommersonnigblaues Himmelszelt, abends aber einen nie gekannten Wolkenbruch gab.

Dem Herzog nicht unlieb. Denn schlagartig war die Lustbarkeit zu Ende, und die Bauersleute verkrümelten sich, zogen sich schneller zurück, als sie gekommen waren. Ohne über die Stränge zu schlagen, ohne die Bühne für ihre Bauerntänze umzufunktionieren oder im Zuge wüster Prügeleien zu demolieren, ohne noch irgendeinen Aufstand angezettelt zu haben. Oder was immer er sich vorgestellt haben mochte.

Das Sonntagabendunwetter war jedoch nur der Anfang. Die folgenden zwei Wochen schüttete es wie aus Kübeln. Wassermassen fielen ungebremst vom Himmel, die knietiefe Pfützen zwischen und teilweise auch in den Zelten der Schauspieltruppe zusammenlaufen ließen. Und wenn die Sturzbäche aus den schwarzen Wolken eine kurze Atempause einlegten, wurden sie für ein paar Stunden von einem unbarmherzigen Nieselregen abgelöst, der schwadenweise über die längst zum Matschacker gewordene Zeltwiese zwischen den riesigen Platanen des Parks zog und alles und jedes durchnässte, was ihm in die Quere kam, was den herabstürzenden Schauern vielleicht noch einigermaßen erfolgreich Widerstand geboten hatte, sich nun aber vollsog wie ein Schwamm.

Während die Schauspielleute zu ihrem nächsten Auftritt wateten und stapften, um sich auf der nur halb überdachten Bühne ins Zeug zu werfen. Und erkennen mussten, dass vom anfangs durchaus zahlreichen Publikum nur wenige Hansels übriggeblieben waren, die sich an die Wände der Hofgebäude drückten, unter jedem Dachvorsprung, der sich bot, Zuflucht suchten und so gut wie nie bis zum letzten Akt durchhielten. Den die Frauen und Männer in ihren klatschnassen Kostümen denn auch nur noch der Vollständigkeit halber zu Ende brachten. Um ihren Stücken die Ehre der schlüssigen Aufführung und Auflösung zuteil werden zu lassen. Und je weiter die Tage des nicht enden wollenden Regenwetters voranschritten, desto weniger Schaulustige machten sich überhaupt noch auf. Bis zu schlechter Letzt selbst die durch Abwesenheit glänzten, die der Einladung des Herzogs zwingend hätten folgen müssen. Die von seiner Gunst gänzlich abhängig waren und recht eigentlich nicht umhinkamen, sich blicken zu lassen. Denen das Hemd jetzt aber näher war als der Rock, die regenfürchtig zu Hause blieben und den Wassermassen zusahen, wie sie vom Dach troffen und die Regenrinnen zum Überlaufen brachten. Mit Theaterfreuden jedenfalls hatte das alles nichts mehr zu tun.

Lotte Sophie also hatte sofort bei der ersten Aufführung, der sie seinerzeit noch trockenen Fußes beigewohnt hatte, diesen Wilhelm ausgemacht. Und nicht nur sie. Auch ihr neuer Begleiter, der schattenhaft bald rechts, bald links, bald hinterrücks durch ihren Dunstkreis huschte, hatte sie am Oberarm gegriffen und mit einem kurzen Kopfnicken auf diesen galanten Schauspieler mit Namen Wilhelm hingewiesen. Vollkommen überflüssigerweise. Was sie ihn durch penetrantes Ignorieren überdeutlich spüren ließ. Meinte, hoffte sie zumindest.

Nun, jedenfalls ein wirklich fescher Bursche, dieser Wilhelm! Kein anderer als er würde es sein können. Dieser, und nur dieser! Der da so begnadet spielte, gleich mehrere Rollen im schnellen Wechsel verkörperte und einfach – nun, einfach gut aussah! Einzig die Nase – bekanntlich ohnehin der Schönheitstöter, gerade bei Vertretern des männlichen Geschlechts – war etwas übertrieben proportioniert. Ragte als ausladender Zinken aus dem glatten Gesicht. Ein Riechkolben, der zwar mit weich gerundeten Flügeln versehen war, aber eben auch mit einem hexenmeisterlich anmutenden Höcker. Nun gut, es gibt keine Schönheit ohne Makel, beschwichtigte Lotte sich und achtete lieber auf seinen Adoniskörper, der wieselflink bald diese, bald jene Muskelstränge in Bewegung setzte, mit selbstverständlicher und selbstvergessener Eleganz über die Bühnenbretter tanzte und tänzelte, seine weich-raue Stimme erklingen ließ, die dazu angetan war, jeder, einfach jeder Frau, befand Lotte, ins Mark zu dringen.

Genau der Richtige, wie gesagt. Keine Frage.

»Teufel noch mal! Vielleicht machst du jetzt mal dalli! Ruck, zuck, Mädel! Was gibt's da zu zögern und zu zaudern. Männer wollen erobert werden, verdammte Hacke. Jetzt tu doch nicht so, als wenn du von Tuten und Blasen keinen Dunst hättest! Kannst du mir nicht erzählen. Du bist doch mit allen Wassern gewaschen. Also los: baggern, anbaggern! Und, versteht sich von selbst, ich geb dir jede Rückendeckung, hundertpro.«

»Habt Dank, habt Dank. Aber was das Verhalten gegenüber dem anderen Geschlecht angeht, was das Ankeilen welchen

Eleganters auch immer angeht, so möchte ich an dieser Stelle denn doch Herrin im eigenen Hause sein«, raunte sie.

»Du machst echt 'en Fehler! Den Megafehler. Jetzt komm! Bei dir kann man sich ja den Mund fusselig reden: Ran, nichts wie ran an die Bulette! Du hast doch was zu bieten, in drei Teufels Namen.«

Nein, nein, sie ließ die schwarze Vogelscheuche im Regen stehen. Sie war sich vollkommen sicher, dass ihr überhaupt nichts anderes übrigblieb, als sich fürs Erste eine gewisse Zurückhaltung aufzuerlegen. Sich sofort Wilhelms Attraktivität zu Füßen zu werfen, mit der Tür ins Haus zu plumpsen, verbot sich schon aus strategischen Gründen. An diesem ersten Abend musste sie es dabei belassen, ihm aus der fünften Zuschauerreihe schöne Augen zu machen. So schöne allerdings, dass sie mit Genugtuung den gewünschten Erfolg registrieren konnte: Noch während dieser Wilhelm-Bursche seinen Soloapplaus entgegennahm und sich umständlich verbeugte, die Arme ausgebreitet wie die Fittiche eines Adlers, den rechten Fuß zum unvollendeten Ausfallschritt vorangestellt, das Publikum trotz der Verbeugung mit seinen Blicken streichelnd und umschmeichelnd, da sah sie – kein Zweifel! –, sah sie, dass er mit den Augen bei ihr hängen blieb. Kurz nur, aber doch lange genug. Für einen reinen Zufall einen Augenblick zu lange.

Elisabeth

Wie würdest du denn gern dein Leben aushauchen?«

War das wirklich eine Frage? Eine, die eine Antwort zuließ? Eine Antwort von Bewandtnis, eine Antwort, die beherzigt würde? Was bildete sich diese Schnepfe eigentlich ein? Nur, weil sie die Ehefrau mimen sollte. Das gab ihr noch lange nicht das Recht, auch auf sämtliche Hintergrundschreiber ein Auge zu werfen, geschweige denn den Daumen draufzuhalten.

»Noch mal: Wie würdest du gern dein Leben aushauchen?«

»Einschlafen natürlich. Und nicht wieder aufwachen. Wie alle und jeder.« Elisabeth ärgerte sich, dass sie jetzt doch eine Antwort gegeben hatte. Dass sie sich auf dieses verrückte Spiel der Vulpius eingelassen hatte. Sie blieb stehen. Der Spaziergang über die buchsbaumgesäumten Kieswege gehörte unterbrochen. Das konnte nicht einfach so weitergehen.

»Einschlafen? Fantasielos.« Christiane Vulpius war auch stehen geblieben und wandte sich zu ihr um. Elisabeth musste neidlos anerkennen: Jetzt, im warmen Abendlicht sah man trotz des vorrückenden Alters ihre Schönheit, die sonst, in den allgemeinen Alltagsturbulenzen, keineswegs hervorstach. Die ihr, Elisabeth, jedenfalls noch nie aufgefallen war. Vielleicht nicht hatte auffallen wollen. Eher eine unscheinbare Natur und doch die lästigste aller Ziegen. Mit dem messerscharfen Blick, dem man einfach nie ausweichen konnte. Der einen auf die Knie zwang und dazu veranlasste, sich auf ihre Masche einzulassen.

»Im Gärbottich einer Brauerei.«

»Oho. Aha, Lili, das hört sich schon viel besser an.«

»Hopfen und Malz verloren.«

Die Vulpius musste lachen. Was selten vorkam, sehr selten. Normalerweise ging Christiane zum Lachen in den Keller. Und ward nicht mehr gesehen.

Drüben auf den Hängen standen tatsächlich die Hopfengerüste und schienen auf reiche Ernte zu warten. Wenn sie das richtig sah, war die Blüte schon vorbei, und die Früchte waren in Arbeit. Eigentlich, Tatsache, eine irgendwie tröstliche Vorstellung, dort zu enden, wo auch eben diese Früchte endeten. »Der Tod ein Rausch«, sie fand richtig Gefallen an der Vorstellung, »ein rauschendes Fest. Aufgelöst in lustiges Alkoholgeblubber.« Jetzt war es an ihr zu lachen.

Während die Vulpius, wie man es nicht anders kannte, zu ihrem Bierernst zurückgefunden hatte. »Siehst du oben, hinter den Hopfenfeldern, das Eichenwäldchen?«

Elisabeth nickte.

»Das bringt mich auf eine andere Idee. Noch besser, Lili, viel besser.«

»Da es ja offensichtlich um mein Ableben geht, bin ich natürlich sehr interessiert. Nachgerade persönlich interessiert.«

Christiane nahm die Spazierung wieder auf. In der festen Überzeugung offenbar, hinreichend Lockmittel ausgelegt zu haben, sodass Elisabeth ihr auf dem Fuß folgen würde.

Einen Gefallen, den sie der Vulpius umstandslos tat.

»Du weißt bestimmt, was mit der Eichenrinde gemacht wird.«

»Selbstverständlich«, war Elisabeth sofort zur Stelle, »und weil es so mordsmäßig stinkt, wie zehn Jahre lang abgestandene Jauche, sind die Gerber ja auch vor die Stadttore verbannt mit ihrem schmuddeligen Gewerbe. Genau wie die Kaldaunenkocher.«

»Bloß, dass Letztere mit ihrer Stinkerei was zu essen zaubern.«

»Dafür stinkt die Eichenrindenjauche der Gerber auch noch gottserbärmlicher, um nicht zu sagen: kotzerbärmlicher als die lustig kochenden Kutteln.«

Christiane Vulpius machte ein paar Ausfallschritte, sodass sich der alte Abstand zu Elisabeth wiederherstellte. Sie ließ einen wohlgefälligen Blick über die endlose Gartenanlage schweifen, die erst am Horizont in den Park mit den uralten Buchen und Linden und in undefinierbares Gestrüpp auslief. Hier aber, wo sie jetzt unterwegs waren, war alles wohlgeordnet. Elisabeth konnte an Christianes Gesicht ablesen, wie sehr ihr die Ästhetik der Anlagen hier zusagte. Wo alles dem Bestreben untergeordnet war, den eigensinnig ausufernden Wildwuchs ein für alle Mal zu bändigen. Irgendeiner von diesen schlauen Aufklärern, im Zweifelsfall Kant, der war ja für alles gut, oder gleich mehrere von der Sorte hatten seinerzeit die Devise ausgegeben, es gelte zu beweisen, dass das vernunftbegabte Wesen Herr und Meister sei, absolut und absolutistisch über die sinnlose, ungezügelte Natur regiere. Und eben der Garten, der Schlossgarten, war der Beweis! Hier wurde die Natur beherrscht. In Reih und Glied gefügt, zurechtgestutzt, getrimmt. Von messerscharf abgegrenzten, mit weißem Kies ausstaffierten Wegen durchzogen.

Die Vulpius stolzierte über die frisch geharkten Kieswege. Als ginge sie über einen wertvollen Teppich. Ständig darauf bedacht, dass die Steinchen bloß nicht verrutschen möchten und die Ordnung um des hohen Himmels willen nicht zur Unordnung werde. Stelzte zwischen Buchsbaumornamenten, Wasserspielen und exakt begrenzten Blumenrabatten einher. Und sie genoss es sichtlich, dass, bei all dem lustvoll verspielten Schwelgen in Blütenpracht und verschnörkelten Minihecken, das Ganze doch einer höchst strengen Planung unterworfen war. Geometrische Formen, symmetrisch-regelmäßige Anordnung, klare Achsen: die Insignien der Vollkommenheit von Garten und Herrschaft.

Mochte ja alles sein, sie, Elisabeth, sah das ein bisschen anders. Ihr kam der Garten hier starr vor wie die Planskizze seiner selbst. Wege und Treppen, Lauben und Grotten, Kanäle und Bassins, alles folgte einem System, das sich an der zentralen Sichtachse spiegelte. Langgestreckt, um den Eindruck zu erwecken, der Garten und die Einflusssphäre des Fürsten würden bis zum Horizont reichen. Und in die Unendlichkeit.

Ermüdend, auf die Dauer, pardon, auf die Dauer einfach hässlich: dieser mathematische Zugriff auf die Natur, der doch bloß die Macht des, na, sie wollte mal großzügig sein: des Potentaten zu symbolisieren und zu demonstrieren hatte. Und die Lust- und Ziergärten waren nicht nur Kulisse und Spiegelbild seiner Herrscherkraft, sondern auch sinnfälliges Abbild seines Reichtums. Soweit sie das beurteilen konnte, aber sie war sich eigentlich ziemlich sicher, dass Garten und Park in absolut formidabler Lage angesiedelt waren. Dass sie auf den fruchtbarsten Böden gediehen, die die Hügellandschaft hier hergab. Dass fleißige Bauern wer weiß was alles aus dieser Lage herausgeholt hätten. Dass hier beste Erde an einen vollkommen übers Ziel hinausschießenden, riesigen Ziergarten verschwendet worden war, der nichts, rein gar nichts Essbares einbrachte. Völlig nutzlos. Und vor Schönheit, wie gesagt, vor Schönheit sterbenslangweilig. Geisttötend, aber elegant.

Vivaldi lag in der Luft. Oder war es eine komplizierte Bach-Fuge?

Jetzt ging die Vulpius in die Knie, nicht ohne einen artigen Knicks, der den lächerlichen Versuch darstellte, so etwas wie Eleganz an den Tag zu legen. Es war nicht zu fassen; offenbar ging es ihr nur darum, das feine Kiesstäubchen, das sich auf dem Deckleder ihrer Trippelschühchen niedergelassen hatte, fortzuwischen. Tatsache. Ein kurzes Fingerschnippen, ein schnelles Nachwedeln, dann kam der just aus dem Spitzmäulchen gezogene Zeigefinger zum Einsatz, indem er das Leder speichelbefeuchtete, polierte und nachpolierte. Dort, wo zuvor das Winzlingsstäubchen ein kurzes, ein flüchtiges Domizil gefunden hatte. Sie rubbelte solange übers Leder, bis es in der Abendsonne leuchtete wie ihre, zugegeben, glattglänzende Stirn.

»Und in welchem von den Eichenjauchebottichen willst du dich auflösen? – Ach, ich würde sagen«, sagte die Vulpius, als sie leicht ächzend wieder in die Senkrechte ging, »ich würde sagen, du nimmst einen von den ersten Bottichen, wo die Häute noch als Häute zu erkennen sind. Und wenn du untertauchst, richtig mit dem Kopf unter das, nennen wir's mal: Wasser, dann kannst du zwei, drei Häute über dich ziehen. Sieht dich niemand. Und du kannst dich in aller Gemütsruhe aus deiner Haut lösen.«

Elisabeth sah Christiane fassungslos an. Und unternahm so etwas wie einen Versuch, die Situation zu retten. »Und die Rezeptur hat der Zauberlehrling ohne große Probleme rausgekriegt und die Gerbsäure nach allen Regeln der Kunst angesetzt und mit allerhand Häuten befüllt.«

»Bloß, dass kein Meister kommt, um den Befreiungsspruch auszupacken.«

»He, Moment mal, Christiane, du meinst das ernst. Kann das sein?«

»Lass einfach deine langen Finger von meinem Ludwig!«

»Wieso *deinem*?«

»Finger weg von meinem Ludwig! Dann muss sich auch keiner in stinkender Eichenlohbrühe auflösen.«

Das Ende der Gartenanlage war erreicht. Jetzt blieb entweder der geordnete Rückzug durch den wohlgestalteten Garten oder das Vordringen in den Urwald des Parks, wo sich riesige Bäume abwechselten mit ausuferndem Unterholz, dem augenscheinlich schon lange kein Gärtner mehr mit energischer Sichel und Sense zu Leibe gerückt war, um die Umgebung der Baumwurzeln in Kultur zu nehmen oder wenigstens das wilde Gewucher in die Schranken zu weisen. Auch der Weg vor ihnen, ein Seitenweg, der aus dem Garten direkt in den Park führte, sah nicht sonderlich einladend, geschweige denn vertrauenerweckend aus. Schon nach den paar wenigen Zehnermetern, die man von hier aus einblicken konnte, griff Brombeergestrüpp mit geilen Trieben aus, verhakte sich mit Dornen, Blättern und Ästen überm Weg und machte ihn zum Kraut-und-Rüben-Pfad. Nichts jedenfalls, ganz sicher nichts für die Stolziereleganz einer Johanna Christiane Vulpius in Erwartung ihrer planmäßig in einigen Jahren vorgesehenen Ehelichung mit einem gewissen Johann Wolfgang Goethe.

Aber, Tatsache, die Vulpius schlug schnurstracks den Weg ins grüne Chaos ein! Als wäre es der schönste, staubfrei geharkte Kiesweg zwischen duftenden Rosenrabatten. War er aber nicht. Es roch ziemlich streng nach Hundepisse, ein Geruch, der vom Wegesrand aufstieg, überall dort, wo sich ein Stück Holz, ein Baum, ein staksiger Strauch aus dem Gewusel des Unterholzes emporstreckte. Vermutlich das Resultat der Rüdenmeute, die der Herzog meinte, hier am vergangenen Sonnabend durchhetzen zu müssen, um ein paar Häschen aus dem wohlverdienten Mittagsschlaf aufzuschrecken und abzuknallen. Großartig anderes Wild jedenfalls durfte wohl kaum anzutreffen sein in dieser trotz aller Vernachlässigung immer noch als Parklandschaft erkennbaren und für größeres Viehzeugs wenig Lebensfreude verheißenden Welt.

Und die Vulpius: strammen Schritts in den Untergang im grünen Getöse!

»Dieser Ludwig«, grinste sie breit wie eine Kröte auf Bräutigamschau, die sich sicher ist, dass es nur noch Sekunden dauern kann, bis sie den auserwählten Burschen breitbeinig auf dem Rücken sitzen hat, »der Ludwig ist nicht dein Privatbesitz. Er steht als Behelfsdichterling bei uns allen in Lohn und Brot.«

»Aber deshalb ist er noch lange kein Freiwild für die Aspirantin einer gesellschaftlich verheißungsvollen Ehe mit der berühmtesten aller Schimären. Immerhin wirst du mit Wilhelm Stellvertreter Tisch und Bett teilen. Und für die Frau eines berühmten Dichtergenies ziemt es sich ja wohl kaum, eine Affäre mit einem seiner Schreibknechte zu unterhalten.«

»Oh, ich kenne die verschiedensten Männer. Und ich hege nicht die Absicht, bis zu dieser Heirat, die ja noch ein Weilchen auf sich warten lassen wird, bis zu dieser Heirat mit einer Fantasiegestalt und im Zuge meiner gemeinschaftlich festgelegten Aufgabe als Ehefrau meine irdischen Bekanntschaften samt und sonders in den Wind zu schreiben. Zum Beispiel kenne ich einen Gerber, der sein Handwerk ausgesprochen gut versteht.«

Johann Gotthelf

Da stand er also. Stand, wohlgemerkt! Johann Gotthelf stand da. Jede Menge Sand, Grus, halb angetaute Schneeknollen in die Stiefel gerieselt, zwischen den Zehen abgelagert. Außer Atem. So atemlos, dass er sich vornüberbeugen musste. Dass er die Hände oberhalb der Knie um die Oberschenkel klammerte, die Fußspitzen anblickte und mit bebenden Lungen hechelte. Es dauerte, dauerte seine Zeit, bis er die Stirn langsam hob, den Blick nach vorn ausrichtete. Endlich schien er einen Sinn dafür zu haben, wo er sich hier eigentlich befand. Welch großartiger Ausblick sich ihm bot. Zwischen den jungen Birken hindurch, hier auf der Felskannte des Bergkamms, den er soeben erklommen hatte. Im Schweiße seiner Füße.

In den Blicken, die er in die Ferne schweifen ließ, zeichnete sich nicht nur die Faszination ab, nicht nur Stolz und Erleichterung, sondern auch diese immer noch irritierende Frage. Die verdammte Frage danach, was er hier wollte. Und überhaupt, was er eigentlich überhaupt wollte.

»Wer weiß das schon«, murmelte er durchaus vernehmlich. Zugleich verblüfft und erschrocken darüber, dass er jetzt offenbar zu Selbstgesprächen neigte, die er bislang stets als Attribut älterer Semester angesehen und abgetan hatte.

Also gut, also bitte, dann redete er eben mit sich selbst. Die Situation war ja auch – Donner und Doria – bestürzend genug! Gut, er war natürlich selbst zu einem beträchtlichen Teil schuld, dass das Ganze …

Deshalb ja auch die ganze Tortur hier. Fünf Tagesreisen von Weimar, und dann der unglaubliche Anstieg! Meile um Meile bergauf, allemal, und völlig verrückt steil. Und steinig. Außerdem im März. Wo alles noch mit Schneematschflecken durchsetzt war, alles rutschig, alles unwegsam. Über die ganzen Serpentinen, Felsvorsprünge, kreuz und quer im Weg rumliegenden Äste. Knorzige Wurzeln hin und knorzige Wurzeln her. Was für ein ungeheuerlich schweißtreibendes Unterfangen! Aber er selbst hatte es ja so gewollt. Hatte sich klar werden wollen. Unterwegs. Hatte im Voranschreiten die nächsten Schritte überlegen, hatte konkrete Pläne aushecken wollen. Hatte ganz grundsätzlich über alles nachdenken wollen. Schritt für Schritt.

Und jetzt: nichts dergleichen. Fehlanzeige. Mit Gedanken war hier überhaupt nichts anzufangen. Hatten keinen Platz hier, keinen Zweck, keinen Sinn. Nicht ein einziger Gedanke hatte sich fassen lassen. Bloß die im Schädel rumorenden Fragen, wie er das regendurchweichte Hemd wieder trocken bekommen würde, wie es ihm gelingen könnte, so aufzutreten, dass er nicht noch mal und noch mal auf die Blase an der rechten Ferse treten würde, wie er den jaulenden Schmerz in der linken Hüfte würde übertönen können.

Warum um alles in der Welt hatte er sich diese wahnwitzige Gratwanderung aufgehalst? Oder aufhalsen lassen? War er vielleicht doch nicht aus freien Stücken unterwegs? Wie so oft. Warum konnte er nicht wie normale Menschen den unteren oder schlimmstenfalls den mittleren Weg wählen?! Nein, er meinte, hier oben über die Steinklötze turnen zu müssen. Auf dem abenteuerlich zerrütteten Kammweg. Mit dieser verrückten Verbissenheit.

Dabei wusste er doch, dass es hier absolut steil zum Elbufer hinabging. Auf der einen Seite, auf der Seite des Todes. Das war klar, sonnenklar, das war kein Spaß, nicht Jux, nicht Dollerei.

Und obwohl er sich sicher war, dass auf seine Füße Verlass war. Dass sie sich im Labyrinth aus Steinen, Sand und Staub ins Zeug werfen, ihre ganze Kunstfertigkeit in die Waagschale werfen würden. Genau das taten sie auch brav. Traten mit souveräner Trittsicherheit auf den schief im Weg verkanteten Steinbrocken auf, brachten die Sohlen trotzdem in die Waagerechte, den Körper wieder in die Balance.

Schwieriger war die Sache mit den Händen. Wie sie seitlich bei jedem Schritt ausholten, vorwärts, rückwärts schlenkerten, einfach keine Ruhe geben wollten. Wie er sie immer wieder in den Hosentaschen vergrub, um sie zum Stillhalten zu bringen. Wie sie beim nächsten Schritt immer wieder rausrutschten, wie Entfesselungskünstler den Weg in die Freiheit suchten und fanden. Bloß, um anschließend wieder nach Hampelmannart loszulegen und wild durch die Gegend zu fuhrwerken. Kein Wunder, dass diese schlackernde Propellerei ihn aus dem Schritt und aus dem Tritt brachte. Dass er das verteufelte Gefühl nicht loswurde, die eigenen Hände, Fäuste seien es, die ihm da ins Kreuz rumsten. Die ihm den Stoß versetzten. Aber er kam nicht dazu, seine Fäuste ein weiteres Mal zurückzupfeifen, die Hände zur Ordnung zu rufen. Als er begriff, dass sich plötzlich der Grus, der hier den Weg abgab, in Pudding verwandelte, dass Sand, Staub und Stein sich in eine schwabblige Masse verwandelten, in der die eben noch hochgelobten, hochbegabten Stiefelsohlen wie schwammige Polster ins Schwimmen gerieten. Nicht steinerne Härte brachte ihn zu Fall, nicht verwunschene Wurzelarme stellten ihm ein Bein, das weiche Rollen des vermeintlich

Gradlinigen nahm ihm den Halt. Die Sohlen kramten, scharrten im grusigen Getöse, suchten im Steinschutt ihren Widerpart, eine Kante, um anzuecken, sich festzuklammern, und fanden nichts. Nichts dergleichen. Bloß dieses verhexte Rollen im luftleeren Raum. Wo sollte das denn, Teufel noch mal, hinführen? Wie sollte das jemals wieder zu Ende kommen?

Das ging abwärts. Zur Hölle, ging das abwärts! Das wuchs sich zu einem strammen Sturz aus. Was, und vor allem wie war da was gegen zu tun? Nichts, da war gar nichts gegen zu tun. Dieser Abwärtssog hatte längst das Regiment übernommen.

Und dann ging plötzlich alles ganz schnell. Erfasste alles mit eisernem Griff. Broch! Aus dem Rutschen war ein Schlag geworden. Ein eiserner Schlag. Krach, hinter der Stirn das Echo des Schlags. Der Nachhall, der noch den letzten Zugriff vereitelte, die letzten Rettungsversuche zerschmetterte. Nur noch den einen Gedanken zuließ, den aber umso klarer. Glasklar und hell: Hier ging es abwärts. Schuss abwärts. Kein Halten mehr. Auf dem Weg ins Dunkle. In die Gewissheit der Endgültigkeit.

Nur eines war nicht gewiss: War die Schwerkraft des Schicksals der Übeltäter, der ihn in die Tiefe zog und ansog? Oder wer hatte die Fäuste des Schicksals geführt, die ihm in den Rücken, gegen die Schulter gefahren waren? Mit dieser bärbeißigen, mürrischen, unbotmäßigen Kraft. Mit dieser ungeheuren Kraft, der einfach nichts entgegenzusetzen war. Wer hatte seinen Sturz auf dem Gewissen? Eine Frage, die er nicht zu Ende denken konnte. Nicht mal die sieben Wörter brachte er noch auf die Kette.

Lotte Sophie Henriette

Nun also die zweite Aufführung.

Der Schwarze in ihrem Schlepptau drohte, völlig durchzudrehen, seit er wusste, dass der nächste Theaterabend anstand. Er hatte, wenn sie das richtig mitbekommen hatte, schon zweimal heute sein Hemd gewechselt. Es war ohnehin wenig ansehnlich, und dann noch durchgeschwitzt! Und, verdammt, dieser Schweiß roch. Stank nach Pech und Schwefel. Alles an ihm roch irgendwie angebrannt. Dem Höllenfürsten sei Dank hasste er offenbar seinen eigenen Geruch und war trotz der Lumpen, die er auf dem Leib trug, zumindest soweit auf Eleganz bedacht, dass er verschwitzte Klamotten eilends austauschte. Zum Wohlergehen der Menschheit und des ganzen Weltenkreises. Natürlich hätte er sich bei der Gelegenheit auch mal rasieren können. Hätte ihm durchaus trefflich zu Gesichte gestanden, wenn er sich mal den Wolfspelz von den Wangen geschrappt hätte.

Aber egal jetzt mal. Jetzt, das stand auch für sie selbst außer Zweifel, jetzt würde sie den Blicken Schritte folgen lassen müssen. Würde ihn abfangen auf dem schlammigen Weg zwischen Bühne und dem Zelt, das sie bei ihren höchst beiläufigen Erkundungen als Künstlergarderobe hatte ausmachen können.

Aber, Hühnerkacke noch mal, obwohl sie sich, noch während der Applaus des spärlichen Publikums allmählich in Gang kam, aus den Rängen zurückzog und zum hinteren Bühnenausgang stahl, war ihr Bemühen nicht von Erfolg gekrönt. Nichts tat sich. Jedenfalls war Wilhelm nicht bei den Leuten, die nach der zweiten mickrigen Applauswelle in Richtung Künstlergarderobe retirierten. Vielmehr musste sie hören, dass noch ein dritter Applausschub in Schwung kam, der die vorherigen deutlich übertraf und nur ihm, einfach nur ihm gelten konnte.

Nun gut, sie wartete.

Der Applaus war längst verebbt. Endgültig. Da kam nichts mehr in Gang. Aber wo blieb dieser verdammt hübsch anzusehende Vogel, um alles in der Welt?

Als sie ein paar Meter weiter Schritte durch die verregnete Dunkelheit schmatzen hörte! Als sie begreifen musste, dass die Bühne offenbar nicht nur über einen Hinterausgang verfügte. Und dass es scheint's Abende gab, an denen dieser Schönheitswilhelm nicht als Erstes oder vielleicht überhaupt nicht ans

Abschminken dachte. Im irrigen Gockelglauben womöglich, dass seine wahre Schönheit nichts entstellen könne, nicht mal dick aufgetragene, womöglich verrutschte Theaterschminke. Oder dass diese im Gegenteil seine bucklichte Nase etwas einebnen und übertünchen möchte. Jedenfalls tauchte er im Garderobenzelt nicht auf. Oder er war Lotte Sophie auf ominösen Nebenwegen entgangen. Es war jedenfalls nicht mehr wegzuleugnen, dass sie hier auf verlorenem Posten stand. Dass sie vergebens wartete.

Und wartete.

Bis sie endlich ein Einsehen hatte. Bis sie endlich den matschtriefenden Weg rüber ins Künstlerzeltdorf antrat. Um sich dort allerdings noch mehr in den Hintergrund zu drücken. Natürlich durfte sie nicht als neugierige Gans in Erscheinung treten, wollte sie nicht Gefahr laufen, ihren Eroberungsfeldzug lange vor der Zeit und weit vor dem Ziel abbrechen zu müssen.

Das Problem war, dass sie sich in dieser kleinen Ansammlung durchnässter Zelte nicht auskannte. Schon gar nicht wusste sie, in welcher dieser flüchtigen Behausungen der angepeilte Wilhelm seinen schönen Schädel bettete.

Ihr Glück war das Gezeter, das aus dem dritten Zelt rechts herüberschallte. Deutlich größer als die anderen und nach der fadenscheinigen Goldbrokatbordüre zu urteilen, die die Oberkante der Zeltwand umrankte, hatte dieses schmuddelige Zelt in besseren Zeiten so etwas wie die ehemalige Feldherren-Befehlszentrale abgegeben. Und irgendeine träge flackernde Tranfunzel erhellte das Innere zumindest insoweit, als ein paar dünne Lichtfäden durch die Zeltnähte sickerten, während die Stoffwände selbst, inklusive Dach, einen leichten Schimmer in die Nachtnebel schweben ließen. Und dort, wo die beiden regentriefenden Stoffstreifen, die die Tür abgaben, sich eigentlich zu überlappen hatten, klaffte ein dünner Spalt, der einer offenbar mit energischem Schwung zur Seite gepfefferten Theaterhellebarde zu verdanken war. Ein Spalt, breit genug, dass sie hindurchblicken, und eng genug, dass sie sich hinter den Stoffbahnen verbergen konnte.

Schon diese eine streitbare Stimme, spätestens aber jetzt das, was Lotte im erleuchteten Zelt ausmachen konnte, bestätigte: Hier war er! Und beteiligte sich nach Kräften an der Tod und Teufel beschwörenden Streiterei und Schimpferei.

Was jetzt? Was konnte sie tun?

Vorpreschen, eindringen, die Streithähne auseinanderpflücken, ihren Wilhelmknaben rausziehen und in ein anderes Zelt schieben? Bloß in welches, Hühnerkacke noch mal?

Sie entschloss sich zu warten. Wieder mal: warten. Geduld an den Tag, an den vorgerückten Abend legen. Was aber würde Wilhelm denken, wenn sie ihm gleich in den Weg trat, um ihm in klatschnasser, finstrer Nacht mit dem Angebot der Angebote ihre Aufwartung zu machen?

Sie wartete. Und würde im Zweifelsfall lieber einen erneuten, einen dritten Annäherungsversuch machen.

»Never!«, murrte der Schwarze und stampfte mit dem Klumpfuß auf. »Noch 'n Rückzug mach ich nicht mit. Du kannst mich mal. Ich lass mich doch nicht ewig hinhalten und verschaukeln. – Und überhaupt: Kannst du mir vielleicht mal erklären, wieso du partout nicht auf meinen gutgemeinten Rat hören willst?! Dem Kollegen Mephistopheles, den ihr in euren Entwurf zu diesem *Faust*-Drama eingebaut habt, dem lasst ihr doch auch seinen Spaß! Lasst ihn fette Erfolge feiern mit dem ganzen Quatsch, den er Faust aufs Auge drückt, und mit den Verführungskünsten und seinem megaschrägen Seelenklau und was nicht allem. Und legt ihm als Sahnehäubchen sogar noch Lebensweisheiten ins Maul. Und ich? Auf mich hört einfach kein Schwein. – Bloß, weil du so was von krass feige bist, Lotte! Echt, gibt's doch nicht. Mann, steh doch deine Frau! Me too und alles. Wenn du verstehst, was ich mein. Okay, okay, geschenkt, aber ich will wenigstens nicht die ganze Zeit gegen die Wand reden.«

»Nicht im Geringsten. Aber ist auch wurscht, ich habe Wichtigeres zu tun, als mir dein Gefasel zu übersetzen.« Und prompt, während sie noch mit dieser unsinnigen Schattenbox-Debatte und deutlich weniger unsinnigen taktischen Erwägungen befasst war, die durchaus geeignet waren, ihr die endlose Wartezeit zu verkürzen, wurde plötzlich der Zeltstoff zurückgeschlagen. Mit einem solchen Schwung, dass ihr der nasse Zelttürlappen frontal ins Gesicht klatschte und den Atem nahm. Fast hätte sie laut aufgeschrien, schließlich fühlte sich die Chose an, als wäre ihr eine riesige Teichkröte direkt ins Gesicht gesprungen.

»Was treibt Ihr denn hier?! Neugieriges Waschweib oder was?«, setzte Wilhelm an die Luft, mitten in der Überraschung und noch ganz im Sog der wilden Streiterei.

Selbstredend konnte er eine Antwort nicht erwarten. Schon gar nicht von ihr, so konsterniert, wie sie war. Und damit befasst, die nassklebrige Stoffbahn aus dem Gesicht zu zupfen.

Aber aus dem Zeltinneren krakeelte es: »Was denn? Eine von den Schlampen, mit denen du durch die Kissen schaukelst?«

Auch jetzt keine Antwort. Stattdessen griff Wilhelm die Theaterhellebarde und warf sie achtkantig hinter sich durchs Zelt. Ohne hinzusehen und ohne dass er abgewartet hätte, bis das Aufjaulen der Zimtzicke zurückgeflogen kam, packte er Lotte – die inzwischen freilich zu einer Jammergestalt geworden war, das Gesicht umgeben von einer zerfledderten Aura tropfender Strähnen – mit eisernem Griff um den Oberarm. Nicht, ohne dass seine sehnigen Finger die Flanke ihrer Brust zu berühren und aufzustacheln wussten, zog Wilhelm sie zur Seite und stapfte mit ihr durch die paar wenigen Grasbüschel, die noch nicht im allgemeinen Matsch untergepflügt waren.

Weiter. Und weiter. Hauptsache: Weg vom zeternden Zickenfeldwebel, wie's aussah.

»Was führt Euch bei diesem unwirtlichen Wetter hierher?«, fragte Wilhelm immer noch mit übellaunigem Unterton.

»Ein Angebot«, flüsterte sie, obwohl sie doch inzwischen recht eigentlich genügend Abstand zu dieser krächzenden Vogelscheuche drüben im Zelt gewonnen hatten.

»Ein Angebot?«, setzte Wilhelm nach. Doch sofort verlor sich der Klang der Neugier in seiner Stimme wieder und wich der grellen Grantigkeit, die er im Feldherrenzelt aufgelegt hatte. »Ein unsittliches Angebot? Gute Frau, habe ich kein' Kopf für. Und keine Zeit schon mal überhaupt gar nicht. Außerdem:

Könnte es sein, dass wir nach Mitternacht haben? Dass wir uns mitten zwischen den Zelten meiner Leute befinden? Dass ein ›Angebot‹ etwas ungelegen …«

»In welchem Zelt haust Ihr denn?«

»Das schlägt dem Fass den Boden aus! – Aber …«

»Aber was?«

Wilhelm griff wieder zu. Packte ihren Oberarm. Und eigentlich war sie sich sicher, dass seine Finger etwas ausgiebiger als eben an ihrer Brustflanke entlangschlichen. Aber dann überkamen sie doch Zweifel, ob bei dieser hauchzarten Berührung nicht ihr Wunsch der Vater des Empfindens war. Sie bemühte sich jedenfalls, der Chose möglichst wenig Beachtung zu schenken.

»Das ist derart frech«, murmelte Wilhelm, während sie durch die Pfützen stiefelten, »dass es schon wieder fabelhaft ist.« Er verlangsamte plötzlich den Schritt, schlug den Zeltstoff zur Seite und holte zu einem galanten Kratzfuß samt verschnörkeltem Armschwung aus. »Rein in die gute Stube!«

Anna Sibylla

Sie bog in die Brunnengasse ein. Vor Jahr und Tag hatte sie diese Druckerei gesehen. Oder glaubte, sie gesehen zu haben. Aber jetzt – konnte doch nicht sein –, die Gasse war schon fast zu Ende, und keine Druckerei war einfach nicht da! Sollte die Erinnerung ihr einen derart boshaften Streich … Und da? Dieser völlig heruntergekommene Eingang zu diesem völlig heruntergekommenen Hinterhof? Da sollten die schwergewichtigen Dramen aus Lessings geweihter Feder gedruckt worden sein?! Unfassbar.

Aber die Tafel neben der Tür führte eindeutig den Namen des Druckers im Schilde: Bell. Spinnweben hin, Vogelschissschlieren her, man konnte es ja mal versuchen. Musste es versuchen.

Anna Sibylla versuchte, möglichst viele Schritte zu absolvieren und möglichst wenig Luft zu holen. Dabei hielt sie sich durchaus zugute, nicht zimperlich zu sein. Trotzdem drang der Uringestank im Durchgang bis in die letzten Verästelungen ihrer Lungenflügel. Sie war geradezu glücklich, dass es unter ihren Sohlen anständig knirschte und nicht matschte. Dass der Putz zwar offenbar flatschenweise von den Wänden fiel, dass aber die Decke des Durchgangs schon keinen Putz mehr aufwies, der hätte fallen können.

Trotz allem – einmal angegangen, jetzt auch zu Ende gebracht – steckte sie nicht auf. Erreichte unbeschadet an Leib und Seele den Innenhof. Sie blickte sich um. Eine der Türen war einen Spalt geöffnet. Angesichts des offensichtlich morschen Türrahmens wenig einladend, wenn sie ehrlich war. War sie aber nicht, jetzt mal nicht. Sie war schon so weit gekommen, da schloss sich ein Zurück einfach aus. Da musste sie durch. Und die anderen Türen, die auf den Hinterhof führten, waren geschlossen, zumindest ins Schloss gezogen. Der Angang also noch größer.

Kaum, dass sie zwei Schritte auf offen stehende Tür hinter sich gebracht hatte, nahm sie diesen Geruch wahr. Nicht penetrant, aber intensiv. Bitter, herb, aber nicht hässlich. Sie wusste, hier war sie richtig.

Sie stieß die ächzende Tür so weit auf, dass sie durch den Spalt würde schlüpfen können. Warf aber erst einen Blick hinein und versuchte, in der dunklen Muffigkeit, die sich dahinter auftat, irgendwie irgendwas zu erkennen.

»Verlaufen? Oder wollt Ihr etwa zu mir, schöne Frau?«, knurrte es aus einer unerfindlichen Ecke.

Anna Sibylla fuhr zusammen.

»Welch hoher Besuch in meiner bescheidenen Hütte«, grinste die alte Stimme, »Frauenbesuch hier kann ich an den Fingern einer Hand abzählen. Lettern sind einfach kein Umgang für Frauenfinger.«

»Deshalb genau bin ich hier«, wagte sie sich aus der Deckung. »Drucker Bell, richtig?«

»So wahr mir Gott helfe.«

»Immer wieder mit den Schriften der großen Meister betraut. Lässt nicht auch Cotta bei Euch drucken?«

»So wahr mir Gott helfe.« Drucker Bell trat jetzt ein paar Schritte aus der Finsternis ins Halbdunkel, sodass Anna Sibylla sein Gesicht erkennen konnte. Ein gütiges Gesicht irgendwie, ein Grinsen unter den grauweißen Locken, die von den Ohren abwärts das Gesicht ausufernd umrahmten. Locken, die ihr die Gewissheit gaben, ihre Frage ohne Umwege an den Mann bringen zu können.

»Ich suche einen guten Schreiber …«

»Ich auch. Obwohl, eigentlich müsste mein Laden voll davon sein. Wäre er auch, wenn die Kerle statt ihrer Buchstabenfolgen den Weg hierher selbst finden würden. Tun sie aber nicht.«

»… einen sehr guten Schreiber.«

»Auch damit kann ich oder könnte ich dienen. Wofür braucht Ihr denn einen von diesen Textschnitzern?«

»Na ja, also, wisst Ihr, ich hab den Kopf voll von Flausen, von Ideen, aber …«

»… aber das Schreiben schickt sich nicht für Weibsbilder. Und es gebricht Euch an Handwerk …«

»… hingegen nicht an Geld. Bevor euch diese Frage durch den Kopf schießt. Und also …«

»Das Problem ist«, Meister Bell fuhr sich mit der Rechten durch die spärlichen Lockenreste, die ihm seine Jahre auf dem Schädeldach gelassen hatten, »das Problem ist nicht das Geld. Das Problem dürfte sein, dass sich keiner der Schreiberlinge, deren Machwerke hier das Licht der Bücherwelt erblicken, als Ausführungsorgan verstanden wissen will.«

»Aber …«

»Die haben alle den Kopf voll von Flausen, von Ideen, die entschieden schneller sprudeln, als dass sie sie zu Papier bringen könnten. Ob besagte Ideen nun die Ausgeburt eines Genies sind oder nicht das Geringste taugen, diese Burschen rennen ständig ihren Geschichten hinterher. Genau wie offenbar Ihr.«

»Und würdet Ihr trotzdem den Kontakt zu einem dieser ›Textschnitzer‹ herstellen?«

»Das Problem ist, wie gesagt, dass die hier gar nicht auflaufen. Dass nur die Verleger auf der Matte stehen. Ihr müsst Euch also an die …«

»Immer wird man von einem zum andern geschickt. Von Pontius zu Pilatus.« Es gelang Anna Sibylla nicht, den weinerlichen Unterton aus der Stimme zu nehmen.

»Und ob die Verleger tatsächlich die besten ihrer Leute freimütig an eine junge Frau abtreten, dürfte alles andere als eine ausgemachte Sache sein.«

»Was heißt hier ›junge Frau‹!«

»Und ob die guten, die ›sehr guten‹ Schreiber sich vor einen anderen Karren spannen lassen als vor ihren eigenen, ist auch sehr die Frage. Ich fürchte, Ihr werdet letztendlich denn doch selbst die Feder ansetzen müssen.«

»Ich? Als Frau?«

Lotte Sophie Henriette

Es gab nicht den geringsten Zweifel: Den schwarzen Galan in ihrem Rücken, die wippende Fasanenfeder am Hut, die schlecht rasierte Fratze, die zerrupften Beinkleider – all das sah nur sie. Niemand sonst. Es war das verdammte Geheimnis, das sie mit diesem satanischen Hexer teilte. Ob sie wollte oder nicht. Auch dass es plötzlich in der Kehle brannte, dass ihr ganzer Schlund sich rotglühend und im nächsten Moment herrlich frisch und abgekühlt anfühlte, auch das war auf seinem diabolischen Mist gewachsen. Eine wohlige Welle rauschte durch ihren Leib, eine angenehme Wärme breitete sich aus, ließ unbändige Energie in die Glieder schießen. Münzte sich im nächsten Augenblick in den Mut der Wut um. Keine Frage, er hatte die Finger im Spiel. Aber war es deshalb ein übles Spiel? Ein Spiel jedenfalls, das Lotte Sophie Henriette Buff nach vorn brachte, das sie wie von selber Riesenschritte machen ließ. Das sie über sich hinauswachsen ließ.

»Ein Dauerauftrag gewissermaßen, zu dem Ihr nicht Nein sagen könnt.« Sie war sich ihrer Sache sicher. So sicher man sich einer Sache nur sein kann, die vom Satan persönlich angefeuert wird. Und die einem eine Clique aufgeregter Leidensgenossinnen per Mehrheitsbeschluss zugeschustert hat.

»Dauerauftrag? Das hört sich nach Ewigkeit an.«

»Lebenslänglich.«

»Ihr seid auf alle Fälle für Überraschungen gut.« Wilhelm hatte jeden Versuch aufgegeben, sich einen Reim auf sie zu machen. Er schlug die Beine übereinander und verschränkte im gleichen Atemzug die Arme. Aber es wollte ihm nicht gelingen, die Stirn glatt zu ziehen und die Furchen loszuwerden. Er blinzelte ihr zu. Schien nicht mal zu bemerken, dass sich die hinteren Beine seines Stuhls langsam, aber sicher immer tiefer in den schlammigen Boden arbeiteten, der sich unterm Zelt infolge des Dauerregens vollgesogen hatte und jeden Zentimeter, den sich die Stuhlbeine in die Tiefe bohrten, durch aufsteigende, laut gurgelnde Luft- und Wasserblasen quittierte. Aber auch dafür schien er »keinen Kopf, keine Zeit« zu haben. Wäre vielleicht ein bisschen viel verlangt angesichts des Überfalls, den sie hier mit teuflischer Bravour inszenierte. Während sie einen nüchternen, verschleißfest geschäftsmäßigen Ton anschlug: »Also: eine Lebensaufgabe. Für einen exzellenten Schauspieler, der sich von Stund an um sein Einkommen und Auskommen keine Gedanken mehr machen muss.«

»Holla! Mit lebenslanger Rente?«

»Solange Ihr keinen Bockmist baut.«

»So, und jetzt raus mit der Katze aus dem Sack!«

»Nun, Ihr würdet für uns und für die Menschheit einen Dichter geben. Einen ganz großen. Einen der allergrößten.«

»Ein Leben lang?«

»Lebenslänglich.«

»Satan!«

»Nein, Goethe.«

»Wie?«

»Goethe soll er heißen. *Ihr* sollt Goethe heißen, sein. Eine

Rolle, die Euch in Fleisch und Blut übergeht. Aber zum Steckbrief kommen wir noch.« Charlotte sog die Luft zwischen den überströmenden Lippen ein. Das Ganze gefiel ihr mächtig. Wann hatte man schon mal die Gelegenheit, ein so lustiges Spiel zu treiben. Das Gegenüber möglichst lange im Unklaren zu lassen, nur bröckchenweise ins Bild zu setzen und doch ziemlich hochhängende Trauben im Angebot zu haben. Eine Verlockung. Und ein Rätsel.

Allmählich wurde es Wilhelm augenscheinlich doch ungemütlich auf seinem Stuhl, dessen Sitzfläche sich immer mehr neigte. Er stand auf, zog den Stuhl aus dem Modder, was dieser mit einem tiefen Seufzer und einem lang gezogenen Schmatzen bedachte. »Das heißt also«, sagt er, bevor er den Stuhl wieder absetzte, knapp neben die Stelle, wo er vorher gestanden hatte, sodass er gleich wieder anfing, neue Löcher zu bohren. Die einigermaßen waagerechte Sitzfläche war also nur von kurzer, von sehr kurzer Dauer. »Das heißt, es wäre nicht nur lebenslänglich, es wäre für die Ewigkeit. Und ganztägig.«

»Die Nächte auch. Vierundzwanzig Stunden, sieben Tage die Woche. Ein Dauerauftrag, wie gesagt.«

»Ein vollkommener Austausch.«

»Der Gipfel der Schauspielkunst: Ihr seid wirklich die Person, die Ihr spielt. Oder: Ihr werdet sie. Jeden Tag ein Stück mehr. Und Ihr hättet, wie gesagt, Euer Auskommen, ohne ans Morgen denken zu müssen.«

Wilhelm rutschte auf der schiefen Sitzfläche hin und her. »Und wer garantiert mir, dass ich aus dem Stück wieder rauskomme? Dass wenigstens ab und zu der Vorhang fällt?«

»Keiner. Und ich schon gar nicht. Denn der Vorhang fällt nicht. Aber dafür ist Euch ein langes Leben beschieden. Könnt problemlos ein biblisches Alter erreichen.«

»Und ich muss dichten, sagtet Ihr. Was, wenn ich nicht dichten kann?«

»Das lasst man unsere Sorge sein. Wir liefern die Texte frei Haus, die Ihr zu verantworten und abzuzeichnen habt. Wobei – um die Herausgabe, das Hickhack mit den Verlegern kümmern wir uns auch. Nach Kräften. Davon werdet Ihr weitestgehend verschont bleiben.«

Wilhelm ruckelte sich auf der immer weiter absinkenden Sitzfläche leidlich zurecht und drückte den Rücken durch. Nicht ohne billigend in Kauf zu nehmen, dass durch diesen Kraftakt die Stuhlbeine noch tiefer einsanken, das Gefälle des Sitzes weiter zunahm. »Ich verlange allerdings …«, sein Rücken sackte etwas ein. Er brachte den Satz mit der Gegenforderung nicht zu Ende, denn es kam ihm eine Frage in die Quere, die sich die ganze Zeit schon angekündigt hatte: »Wer ist eigentlich dieses ominöse Wir? Wer seid Ihr?«

»Das lasst man meine Sorge sein.«

»Und was dann wäre *meine* Sorge?«

»Nichts. Ihr müsst nur spielen. Goethe spielen. Und das alles werden wir durch ein ausgetüfteltes Vertragswerk dezidiert vereinbaren. Auch die Höhe Eurer Bezüge, Eurer Monatsgage. Also, wie gesagt, Ihr habt für den Rest Eures Lebens ausgesorgt.«

»Immerhin muss ich dafür meine Truppe im Stich lassen. Mitten im hochdotierten Aufführungsreigen.«

»Ach, na ja, nun wollen wir's mal nichts überziehen. Von wegen ›hochdotiert‹! Und der ›Aufführungsreigen‹ ist ja, wenn wir ehrlich sind, wohl eher auf dem absteigenden Ast. Und ehrlich wollen wir doch sein. Nicht wahr? Immer ehrlich. Das ist die allererste, prominenteste Geschäftsgrundlage.«

Elisabeth

Noch mal in klaren Worten: Nicht ich, sondern du bist prädestiniert für ein Bad in der Lederbrühe. Du bist es doch, die sich zwischen uns drängt. Die mit penetranter Aufdringlichkeit meinen Ludwig umgarnt. Die ihn anhimmelt, ihm tiefe Einblicke ins Dekolletee gewährt, bei jeder passenden und unpassenden Gelegenheit anzügliche Bemerkungen vom Stapel lässt.«

»Ach, du lieber Himmel«, Christiane pfiff durch die Zähne und nahm die nächste Brombeerranke, die über den Weg wucherte, mit einem großen Schritt in Angriff, trat nicht ohne Geschick senkrecht von oben darauf, um sie mit den Söhlchen ihrer Stöckelschuhe zu bändigen, plattzutreten, zumindest solange, bis sie beide die verkrautete Stelle des Wegs passiert haben würden. »Empfindsames Seelchen, wie willst du denn, wenn du so gefühlsduselig bist, in der Lederjauche zurechtkommen? Das ist kein Zuckerschlecken.«

»Fängst du wieder davon an? – Aah, diese verdammten Dornen!« Elisabeth blieb stehen und zupfte erstmal an den Füßen und Beinen herum, um sich eine ganze Sammlung Brombeerdornen aus der Haut zu ziehen. »Kannst du mir mal sagen, warum wir eigentlich in diesem unwegsamen Gelände unterwegs sind! Warum, und wohin?«

»Lass dich überraschen!«

»Warum sind wir nicht einfach weiter unseren gepflegten Runden durch den gepflegten Garten nachgegangen? Könnten längst im Kaminzimmer sitzen. Es wird dunkel, Christiane, verdammt noch mal, und die anderen warten bestimmt in trauter Runde auf uns. Lass uns umkehren!«

»Kleines Stück noch, und jetzt nicht kneifen! Lieber Himmel, so ein empfindliches Pimpelchen!«

Tatsache, der Park, der den Namen nun wirklich nicht mehr verdient hatte, dieser Dschungel von einem Park, den sie mühselig mit zerstochenen, aufgeschlagenen, blau gedröhnten Beinen durchmessen hatten, wich langsam zurück. Und offenbarte die Mauer, die ihn von der räudigen Außenwelt abschirmte.

Sie kraxelten in seltener Einvernehmlichkeit ein paar Fußbreit empor, gerade so weit, dass sie über die Mauer blicken konnten. Ganz da hinten, in weiter Ferne sahen sie das Städtchen in spätabendlicher Schläfrigkeit daliegen. Grade eben noch erkennbar. Weil der Nachtwächter offenbar die ersten Lichter in den Gassen bereits entzündet hatte. Davor zeichnete sich die Stadtmauer wie ein schwarzer Drachen ab, der mit ruppigen Zacken in die wachsende Dunkelheit stachelte. Trotzdem die Prophezeiung eines Außenpostens der Zivilisation!

Ohne großartig durchzuschnaufen und ihr, Elisabeth, den wohltuenden Ausblick auf ein Refugium von Ruhe und Geborgenheit zu gönnen, setzte die Vulpius den Marsch fort. Turnte mit ihren völlig ruinierten Stöckelschuhen durch Ackerfurchen und grasbucklige Wiesen. Das eine oder andere Gebüsch umrundend, aber deshalb nicht weniger zielstrebig.

Aber was um des lieben Himmels willen steuerte sie an?

Wie blind torkelte Elisabeth hinter Christiane her und versuchte, mitzuhalten, auf jeden Fall. Nicht hier in dieser nachtfinstren Kartoffelsteppe abgehängt werden, zurückbleiben! Den Wölfen ein leichtes Spiel.

Dann die Wegbiegung, der Blick um das ausladende Gestrüpp am Wegesrand herum: wieder eine Mauer, halb verfallen. Dahinter mochte sich ein Gehöft verbergen. Ein Gehöft allerdings, das einen strengen Geruch, um nicht zu sagen einen stechenden Gestank verbreitete, der das Anwesen von langer Hand angekündigt hatte. Lange, bevor es in Sicht gekommen war. Elisabeth verschlug es den Atem.

Während die Vulpius mit unverminderter Zielstrebigkeit vorwärtsmarschierte, gerade so, als würde das bitter-faulige Odeur an ihr vorüberziehen, ohne ihre Nase im Geringsten zu beleidigen, ja, ohne überhaupt Christianes Geruchssinn zu tangieren, geschweige denn zu traktieren. Oder ganz im Gegenteil: Zog dieser Pestilenzduft die Vulpius womöglich magisch an?

Ein ums andere Mal blähte Elisabeth die Nüstern und versuchte zu überprüfen, ob es sich bei dem Gestank nicht doch um eine Einbildung handeln könne, eine vorbeiwehende Schimäre, die ihr eine verschwommene Eingebung schlimmster Befürchtungen vorgaukelte. Doch, nein, Tatsache, es stank. Stank gottserbärmlich.

Aber bevor sich ihre Zweifel, Gedanken und Nachgedanken in der Gewissheit der nach Jauche stinkenden Dampfschwaden verflüchtigen konnten und sie plötzlich sonnenklar wusste, wohin die Reise ging, war sie, Christiane auf den Fersen folgend, durch die Pforte der baufälligen Mauer gestiefelt. Und sie gingen auf das Haus zu, das ein matt erleuchtetes Fenster durch die undurchdringliche Dunkelheit hindurch annoncierte. Merkwürdigerweise schien sich die Vulpius einigermaßen auszukennen, jedenfalls fand sie sofort die Eingangstür, Finsternis hin, Finsternis her.

Und war ihr, Elisabeth, das recht, hier einzukehren? Nein, das war ihr nicht recht. Zumal angesichts dieser höllischen Dunstglocke, die sich über Haus und Hof wölbte. Aber was blieb ihr anderes übrig?

Christianes Klopfen, nein, Wummern fand Gehör.

Augusta

Die jungen Birken standen sich die dünnen Beine in den Bauch. Warteten. Mit leicht geneigten Köpfen, die dem vorbeipolternden Wasser des alten, uralten Bachs nachsinnierten. Stillschweigend, schlankrank, irgendwie verschüchtert. Trotzdem. Bei aller Naivität hatten sie's faustdick hinter den Ohren, hielten winzige Explosionsherde in die ersten Sonnenstrahlen des Märzmorgens. Brauchten nicht mehr viel. Hatten die Signale schon gehört, hielten sich bloß noch ein Sekündchen zurück. Keine Unbedarftheit, sondern glasklare Strategie. Sie wollten ihr Pulver nicht verschießen. Vor der Zeit. Nicht, dass es Rückschläge gab. Dann lieber die Schönheit noch ein bisschen unterm Deckel halten. Vornehme Zurückhaltung. Nicht, dass das am Ende alles vergebene Liebesmühe sein würde.

Da, das war er, da stand er. Johann Gotthelf. Beugte sich vornüber, hielt sich mit den Händen an den Beinen fest und sog stoßweise die Luft ein. Stand völlig außer Atem dort oben auf dem Felskamm zwischen den Schneematschfladen und schien nicht zu wissen, was er mit sich anfangen sollte. Hier und überhaupt. So, als habe er nicht den leisesten Hauch einer Ahnung, warum er sich die Marter der endlosen Wanderung aufgebürdet hatte: durch unwegsames Gelände, den steilen, buckligen Pfad hinauf, über die ganzen Felsklötze, die vom eigenen Schmelzwasser unterlaufenen Schneeflecken, bis nach ganz hier oben.

Obwohl, er hatte es ja selbst so gewollt. Sie hatte ihn nicht gezwungen, da hätte sie ja auch schwerlich eine Handhabe für gehabt, schon gar keine vertraglich abgesicherte. Sie hatte ihm nur einen ganz kleinen Hinweis geben, bloß die Idee einpflanzen müssen, dass er so und nur so den Kopf wieder freibekommen würde, dass ein Durchzug im Dachkämmerchen mal ganz guttun würde. Und prompt war er losgezogen. Umstandslos.

»Das Höchste, wozu der Mensch gelangen kann, ist das Erstaunen.« Ein Satz, den sie ihm noch schnell in die Feder diktiert hatte, auf dass er diesen bei nächster Gelegenheit ihrem Goethe mit auf den Weg gebe.

Unmittelbar nach dem Kurzdiktat hatte Johann Gotthelf prompt seine sieben Sachen für ein paar Tage zusammengerafft und sich auf den Weg gemacht. Irgendwie brav.

Sie hatte sogar so etwas wie Mitleid mit ihm. Die Situation war ja zugegebenermaßen auch für ihn schwierig, sicherlich. Und dass er sich mehr versprochen hatte für sein eigenes Fortkommen, das stand außer Frage. Das konnte man ihm nun wahrhaftig nicht verdenken. Schließlich hatte er sich nach allen Regeln der Kunst verrannt, hatte sich so richtig in die Bredouille geritten. In die Namenlosigkeit. Und er wusste genau, dass er zu einem nicht unbeträchtlichen Teil selbst die Schuld daran trug. Da nahm es nicht Wunder, dass er nach jedem Strohhalm griff, der sich ihm bot. Also hatte er nicht lange gezögert, als sie ihm diesen fürs Erste eleganten Ausweg wies und ihm auch noch eine konkrete Empfehlung gab: den zwar harten, aber traumhaft schönen Höhenweg über die Sandsteinfelsen oberhalb der Elbe. Wo er vom Feinsten in der alten Stürmer-und-Dränger-Empfindsamkeit mitten in einer wunderbar eigenwilligen Natur würde schwelgen können.

Er selbst hatte es so gewollt. Seine eigene Wahl. Also bittschön.

Er wird Euch herausragende Dichtung liefern. Ihr selbst habt ja – angestachelt vom bahnbrechenden Erfolg des *Götz von Berlichingen* – angefragt, ob er noch andere Stücke in der Mache, in der Schublade oder wo auch immer –, und ich bin gekommen und bringe Euch – gut, es ist kein Stück, sondern ein Roman –, und ich bin gekommen, da ich Euch unbedingt antragen möchte, die Werke dieses Genies zu publizieren und unter die Leute zu bringen.«

»Und wer garantiert mir, dass …«

»Es wird zu Eurem Schaden nicht sein. So wahr ich hier vor Euch stehe. Und die anderen Damen, leider nur in geistiger Präsenz anwesend, stützen mir den Rücken. Und auch in ihrem Namen kann ich Euch versichern: Selbst wenn nicht ein einziges Exemplar über den Ladentisch gehen sollte, das Salär ist Euch sicher. Darauf könnt Ihr Euch verlassen, so wahr ich hier …«

»Ihr nehmt das kirschsüße Mäulchen ja ganz schön voll!« Ein unverhohlenes Grinsen zeichnete sich auf Weygands verquollenem Gesicht ab. Das also schien er lustig zu finden. Wobei dieses Lächeln freilich nicht ohne ein gerüttelt Maß an Überheblichkeit daherkam. »Wie war das noch mal«, schnarrte er zwischen breitgezogenen Lippen hindurch, »sagtet Ihr nicht: Frauen? Ausschließlich Frauensleute, die dahinterstecken, die die ganze Chose anleiern? Und auf deren Urteil soll ich mich verlassen? Allen Ernstes?«

Der wunde Punkt. Klar. Das wusste sie. Frauen aus gutem Hause hatten allenfalls als zahlungskräftige Nutznießerinnen der Dichtung parat zu stehen, während die Macher Männer waren. Die Schreiber, die Verleger, die Kritikaster. Alles, was Kleider trug, hatte entgegenzunehmen, hatte Lesezirkel zu unterhalten, aber sich gefälligst aus dem Getriebe der Literaturproduktion rauszuhalten.

»Aber«, beeilte sie sich anzuführen, »wir lassen ja einen Mann schreiben. Wir sind nur die Zwischenstation gewissermaßen. Die Zwischenhändlerinnen.«

»Und wofür diese Zwischenstation?«

»Um den Schulterschluss zu gewährleisten. Im Dienste ausschließlich der schönen Literatur«, war sie sofort zur Stelle. Darauf, klar, auf diese Frage hatte sie sich vorbereitet. Die musste einfach kommen.

»Ich bin selber Manns genug, um für den Schulterschluss zwischen meinen Dichtern und mir zu sorgen.«

»Sicher, sicher – obwohl Ihr seid noch jung. Die Dichter stolzieren nicht als Freiwild über die blühende Kleewiese. Und sie fallen auch nicht wie reife Birnen von den Bäumen. Jedenfalls nicht reif auf dem Niveau, wie Ihr's bevorzugt. Wer wüsste besser als Ihr, wie schwierig die Sterne vom Himmel zu pflücken sind. Also seid doch froh, wenn es andere für Euch erledigen. Und seien es auch Frauen.« Das musste einfach verfangen. Ein bisschen klebrigen Honig um den Leib, ein bisschen Mitleid mit dem ach so schweren Schicksal des anspruchsvollen Verlegers.

»Ich weiß immer noch nicht, warum ich mir ausgerechnet von Weibsbildern die Vorauswahl aus den Händen nehmen lassen sollte.«

Weygand blätterte geschäftig einen Papierstapel durch, legte ihn übereck auf einen anderen Stapel, knöpfte sich den nächsten vor. Stupste ihn leicht mit seinen spargelschmalen Fingern an, bis die zwei-, dreihundert Seiten exakt auf Kante lagen. Eine so penible wie langwierige Prozedur, die ihm indes nicht verbot, ein bisschen aus dem bleischweren Alltag eines Verlegers von Rang zu plaudern. Und ihm ebenso wenig verbot, hin und wieder einen mehr oder weniger verstohlenen Blick in den vielleicht etwas offenherzig dargebotenen Blusenausschnitt zu werfen.

Ohne abzuwarten, bis Weygand sich seinerseits trauen würde, auf das etwas anzügliche Thema zurückzukommen, schoss Friederike den nächsten Pfeil ab: »Haben Frauen nicht auch ihre Reize?«

»Ohne Frage. Wenn auch auf gänzlich anderem Terrain«, rasselte es.

»Vielleicht – womöglich lassen sich die beiden Terrains ja miteinander verbinden.«

»Wie meint Ihr das?«, markierte Weygand wenig virtuos den Begriffsstutzigen.

»Wie ich's sage.« Und wieder zwickte der Miederriemen, wo er doch nun wirklich nicht zu zwicken hatte. Oder vielleicht doch. Wo jedenfalls das lästige Kneifen unabdingbar jetzt sofort behoben werden musste. Wo der Daumen untergehakt gehörte, gezupft, geruckelt werden musste. Und diese eine, diese verquere Schnalle musste einfach mal ganz kurz gelupft und gelöst werden. Sofort spürte sie, wie sich das Mieder etwas löste, abhob von der schweißgebadeten Haut. Nur mal flink lüften – danach sofort – sofort zurück in die Züchtigkeit.

Sicher diese kleine, belanglose Nebenbeibewegung, diese winzige Entspannung konnte einem Weygand nicht entgehen, aber jetzt war es an ihm, den Anschein zu erwecken, als habe er nichts bemerkt, als sei er völlig unbeeindruckt. »Gute Frau – wie war doch gleich der werte Name? Habt Ihr nun Fleisch oder Verse im Angebot, die sich verlustieren wollen?«

»Verse, Verse! Wo denkt Ihr hin? Verse, Zeilen, nichts als das.«

»Und das, was zwischen den Zeilen steht?«

Friederike dankte Weygand auf Knien, dass er es ihr so leicht machte, indem er so früh dazwischenging, dass sie noch einigermaßen unbeschadet abdrehen, ihm den schwarzen Peter zuschieben konnte. Bloß die Schnalle, die war so einfach nicht wieder zu verschließen. Sie fingerte noch eine Weile am Schulterband herum, griff mit der Rechten unter der linken Armhöhle hindurch – wobei es ihr fast völlig entging, dass ein paar Achselhärchen, geziert von dem einen oder anderen vorwitzigen Schweißtröpflein, in die Welt hinauslugten. Dessen ungeachtet also schleuste sie ihre Hand unter der Schulter hindurch, um auf dem Rücken das verdrehte Band richten zu können. Alles gut, alles schön, alles kein Problem. Auch dass bei der Gelegenheit die rechte Brust leicht gepresst, zu einem Gutteil aus dem Körbchen an die Luft gesetzt wurde und das Dekolleté etwas über Gebühr bereicherte – sie konnte beim besten Willen nicht glauben, dass Weygand nicht …

»Habt Ihr denn eine Kostprobe der Verse mitgebracht, die ihr mir hier avanciert? Ich nehme nicht an, dass Ihr die Papiere am Busen tragt. Müsste unangenehm kratzen und scharren auf der weichen Haut.«

Aha. Also war er doch ein wenig empfänglich. Weshalb sonst – sollte sie noch etwas weitergehen? Noch mal die Hand unter der Achselgrube durch – oder – vielleicht.

»So, und nun Butter bei die Fische!«

Was sich bei seinem gepflegten Hochdeutsch geradezu komödiantisch anhörte. Dass er jedoch den bärbeißigen Bass wieder in seine Stimme gelegt hatte, ließ nichts Gutes ahnen. Sie musste nachlegen. Entweder die Brust – oder die ersten paar Seiten von diesem Briefroman. Sonst würde das hier ganz schnell im Sande verlaufen.

Die Frauen

Nun, ich denke, und ihr werdet mir sicherlich recht geben: Der Mann hätte nun wahrlich wissen müssen, wie steil da die Felswände sind. Das weiß man doch einfach. Und sollte er es nicht gewusst haben, so muss er es beim Aufsteigen doch gesehn haben.«

»Blind vor Eifer. Sturheil den nächsten Stolperer im Blick.«

»Nicht auszuschließen, fürwahr. Und selbstredend gab es, als er erst einmal ins Rutschen gekommen war, kein Halten mehr. Das war ja nun wirklich unmittelbar evident. Und zwar durchaus im Vorhinein.«

Die anderen lachten. Immer wieder boten Augustas Versuche, schon in ihrer Sprache unter Beweis zu stellen, dass sie einen Grafen geehelicht hatte, der ein wenn auch kleines, so doch annähernd standesgemäßes Wasserschloss bewohnte, Anlass für tosendes Gelächter. Versuche, die nicht selten knapp danebenoder ganz nach hinten losgingen – was ihr, dem Schmunzeln nach zu urteilen, durchaus bewusst war – und die trotzdem und umso energischer belegen sollten, dass sie mit gutem Recht als Frau aus besserem Hause gelten durfte.

»Warum Johann Gotthelf überhaupt und unbedingt diese Gratwanderung absolvieren wollte«, sinnierte sie halblaut murmelnd, »weshalb er meinte, den Höhenweg über die Sandsteinfelsen oberhalb der Elbe längs wandern zu müssen, genau auf dem Kamm, wo es doch auf der Elbuferseite unsäglich steil abwärtsging – warum, weshalb wird ein ewiges Rätsel bleiben. Steht zu vermuten.«

»Männer!«, fasste Käthchen sich breit grinsend an die Stirn.

»Jedenfalls ging er, das konnte ich selbst in Augenschein nehmen. Und er erweckte beim Emporsteigen durchaus den Anschein einer alles andere als ungeübten Kunstfertigkeit. Wie behände er die Füße in den kniehohen Stiefeln um die groben Steinbrocken, die den Weg in eine krude Hügellandschaft verwandelten, lavierte und manipulierte! Ich hatte richtig Mühe – in gebührendem Abstand, versteht sich –, mitzuhalten und nicht Gefahr zu laufen, ihn aus den Augen zu verlieren.«

Es lag knisternde Spannung in der Luft. Keine der anderen, heute nicht ganz vollzählig anwesenden Frauen wagte es jetzt, Augustas Report in die Parade zu fahren.

»Wobei, um der Wahrheit die Ehre zu geben, wobei schon das Wort ›Weg‹ eine Anmaßung sondergleichen ist. Ein Pfad, allenfalls ein Pfad, eine einzige Unwegsamkeit. Aber das Geruckel und Gebuckel war, wie gesagt, nicht sein Problem. Das schien ihm nicht den geringsten Respekt abzunötigen. Eher im Gegenteil. Mit den Füßen konnte er sich sein Können beweisen. Wie die harten Stiefelsohlen, selbst wenn sie schief auf vorstehenden Steinkanten und verknoteten Wurzeln aufsetzten, wie sie trotzdem sofort wieder Halt fanden im Staub, im Geröll. Sein Problem waren die Hände, die irgendwie scheint's nicht recht wussten, wohin mit sich. Die in den Hosentaschen keinen Platz fanden, jedenfalls keinen bleibenden, weil sie bei jedem Schritt im Abknicken der Hüfte wieder herausgedrückt wurden. Die vor sich hin schlenkerten, bei besonders gewagten Ausweichmanövern der Füße kurz vorm Anecken an irgendwelchen

Steinbrocken ausufernd durch die Gegend fuchtelten. Wer weiß, womöglich deshalb – womöglich wegen eines von diesen aus der Kurve getragenen Schlenkern …« Augusta machte eine wohlgesetzte Kunstpause. Die anderen hingen ihr an den Lippen, und sie genoss es in vollen Zügen. Noch einmal richtete sie sich in ihrem leicht knarzenden Stuhl auf, den ihr Charlotte von Stein hingeschoben hatte, heute mal wieder die Gastgeberin für ihr klandestines Treffen, wie so oft, wenn es zu kalt für den Pavillon war. Augusta drückte den Rücken durch, um ins betretene Schweigen hinein auf die Zielgerade einzuschwenken. »Womöglich wegen eines unrunden Windmühlenschlags seiner Arme, mag sein, dass er deshalb aus dem Tritt kam. Ins Stolpern. Souveräne Wanderkünste hin oder her, es holte ihn aus der Spur.

Es riss ihm die Beine weg, ließ jetzt die Füße unbändig durch die Gegend fuchteln, in der Luft tanzen, jede Bodenhaftung aufgeben. Und seine rechte Schulter schnellte vollkommen ungebührlich weit nach vorn, wie angestoßen, vorwärtsgedröhnt von den Fäusten des Schicksals. So eine Schulter kann schwer sein, und diese hier war unerhört schwer, schnell, schwungvoll. Überlagerte ihr Kreisen genüsslich mit den flattrigen Lufttänzen der außer Rand und außer Band geratenen Füße und beflügelte den Schwung über den Grat hinweg. In die Tiefe der Ungewissheit hinab!«

Schweigen. Das bleierne Schweigen der Bestürzung.

»Jetzt stellt euch das mal vor!«, nuschelte Augusta unter Tränen, die sich jetzt doch noch hervorwagten und den Charme der noblen Eleganz ankratzten. Tränen, die ihr eigentlich – wie die anderen Frauen bemerkten, natürlich ohne ein Wort darüber zu verlieren – gar nicht so schlecht zu Gesichte standen. Zumal nicht recht auszumachen war, ob es sich dabei nicht vielleicht doch um mit einiger Mühe filigran geformte Krokodilstränchen handelte.

»Tragisch«,

»Gottogott«,

»Das darf doch alles nicht wahr sein«,

»Na, wenn da der Satan nicht die Finger im Spiel hatte!«,

»Wenn das man mit rechten Dingen zuging!«, lauteten die Kommentare, die die gespenstische Stille im von Stein'schen Salon in ein aufgeregtes Wohlgefallen seitens der Bundesgenossinnen auflösten.

»Was soll das denn heißen?«, setzte Augusta nach, dem beißenden Unterton hinterherlauschend. Und dem bei jeder Bewegung schnalzenden Polster des Sessels, in den sich Lotte jetzt geworfen hatte, nachdem sie dem Kaminfeuer noch mal gehörig Zunder gegeben hatte.

»Na ja, nun«, kam es zwischen zwei ausgedehnten Schmatzern aus eben jenem Polster, »hast du uns nicht erzählt, du wolltest ein paar Tage im Gebirge zubringen?«

»Elbsandsteingebirge, kann das sein?«, ließ die Hilfestellung vom schräg gegenüberstehenden Sofa nicht lange auf sich warten.

»Ja, hätte ich das sonst alles beobachten können?«

»Aber hast du nicht großkotzig rumgetönt, diese deine Wanderung, Hexenmist noch mal, deine Wanderung diene nicht im Entferntesten dazu, von A nach B zu kommen?!«, stieß Käthchen Schönkopf ins gleiche Horn wie die anderen.

»Sondern werde von schicksalhafter Bedeutung sein …«

»›Danach wird nichts mehr sein wie vorher. Nichts mehr. Unser aller Leben wird sich noch mal in eine völlig andere Richtung wenden. Indem unsere Verschwörung eine weitere Schlinge zuzieht.‹ – Waren das nicht deine Worte?«

»Oder so ähnlich.«

»Ja, aber doch auf gedanklicher Ebene! Doch nicht handfest. Ich sagte, ich würde wandern, nicht um den Ort zu wechseln, sondern die Gedanken. Um aus dieser Mühle der immergleichen Verzweiflung, in der wir uns winden und zermahlen, wir alle, jede Einzelne für sich, um aus dieser zermürbenden Mühle rauszukommen, würde ich, werde ich mit neuen Ideen und neuem Elan von diesem Pfad der Erkenntnis zurückkehren. Das war eine Hoffnung. Kein bösartiger Entschluss zu handeln.« Augusta war aufgestanden. Hatte während ihrer Ausführungen, noch in gebückter Haltung, zugesehen, wie sich Lottes Polster, als diese den Schwerpunkt auf die linke Seite ihres

Hinterteils verlagerte, mit einem langen Seufzer allmählich wieder aufblähte, und war dann ihrerseits an den Kamin getreten. Sie hatte die Hände vor sich ausgestreckt und die Finger in Richtung Feuer gespreizt. Trippelte indes noch zwei Schrittchen weiter vorwärts; und den anderen wollte es scheinen, als müssten ihre Finger gleich Feuer fangen, zumindest verkohlen. Ihre Hände schienen es nötig zu haben. Womöglich wünschte sie nichts sehnlicher, als auch ihre Füße in eine ähnlich komfortabel warme, um nicht zu sagen: heiße Position zu bringen. Wäre da nicht die Contenance gewesen, die dergleichen Entblößungen selbstredend auf das Energischste verbot.

»Und was ist nun mit dem armen Johann Gotthelf? Ist er zurückgekehrt, mit neuen Ideen, neuem Elan, neuer Hoffnung?«

Elisabeth

Nein, das war kein Mann, den man sich als Gastgeber wünschte. Auch nicht für eine einzige verdammte Nacht in einer entlegenen Dachkemenate. Dieser struppige Bart, vollgesabbert mit irgendwelchen Haferbreiresten, die Brotkrumen womöglich seit dem Frühstück eingearbeitet, sodass man die edlen Speisen des ganzen Tages aus dem Bart herauslesen konnte. Wobei es sich durchaus gelohnt hätte, auch die Strähnen einzubeziehen, die vom Schädeldach herabzottelten. Auch die gaben wacker Aufschluss über die verschiedenen Verwesungsstadien gelber Grütze, brauner Bratensoße und was der gesammelten Köstlichkeiten mehr sein mochten.

Das Schrecklichste jedoch – oder besser: Traurigste waren diese Augen. Und die schwarzen Höhlen, aus denen sie schläfrig hervordämmerten. Überdacht von buschig verworrenen Augenbrauen, deren struppige Haarbüschel sich durch ihr mattes Grau von den darunter befindlichen pechschwarzen Morastgruben absetzten. Die Augen selbst steuerten nicht den geringsten Glanz bei, als wagten sie nicht, dem finsteren Gesamteindruck in die Quere zu kommen. Als wollten sie auf Teufel komm raus vermeiden, dem dunklen Übel dazwischenzufunken.

Zwecks Vervollkommnung war die Stirn durchzogen von einem Gewirr aus tiefen Furchen und Kerben, die augenscheinlich weit mehr erbärmliche als hoffnungsfrohe Zeiten hatten kommen, hatten gehen sehen. Der ganze Mann: ein einziges Bild des Jammers. Und irgendwie irgendwo unter seinem Dach also würden sie nächtigen müssen. Wenn der Kerl schon so abgewrackt aussah, wie grauenhaft mochten sich die Dachkammern darstellen, wo sie sich würde ablegen können? Ablegen müssen.

»Meister, habt ihr schon mal Menschenhaut gegerbt?«, fiel die Vulpius mit der Tür ins Haus.

Elisabeth riss die Augen auf, war jedoch zu weiteren Äußerungen des blanken Entsetzens nicht fähig.

»Was soll sein«, antwortete die abgehalfterte Dunkelgestalt, »ob ich jetzt die Haut von einer Sau oder von einer holden Braut in der Grube hab, wüsste nicht, wo da der Unterschied sein sollte.« Knurrend machte er sich am Ofen zu schaffen, schob ein Holzscheit nach und in einem Akt von grenzenloser Großzügigkeit noch eines. Dann gab er, längst abgewandt, der Ofenklappe einen kräftigen Stoß, sodass sie mit großem Hallo zuschepperte. Und Elisabeth gab sich der irrigen Hoffnung hin, damit könne ein Schlussstrich unter diese unsägliche Diskussion kannibalischer Gerberkünste gezogen sein.

»Und macht es einen Unterschied«, legte Christiane nach, »ob es sich um einen Greis handelt oder um eine blutjunge Frau, die Ihr der Gerbsäure anvertraut?«

Es war einfach nicht zu fassen! Was wollte die von ihr? Hatte die nicht, verdammt noch mal, kleine Brötchen zu backen? Wenn hier eine im Unrecht war, dann doch wohl die Vulpius.

»Nur 'ne Frage der Zeit«, murrte der Alte, »der Greis dürfte ein bisschen länger brauchen, bis er gar ist.«

»Gar?«, fragte Elisabeth entgeistert. War sie hier also

Tatsache in der Küche der Großmutter des Höllenfürsten gelandet?

»Und die Rezeptur, also beispielsweise die Menge Eichenrinde, die Ihr einbringen müsst, da ändert sich nichts dran?«

»Gute Frau Vulpius, zum Rezept schweigt naturgemäß des Sängers Höflichkeit.« Doch dann befleißigte er sich selbst zu dieser vorgerückten Stunde des Tonfalls unaufgeregter Geschäftsmäßigkeit, der ihm ansonsten zu eigen sein mochte, jedenfalls ausgesprochen routiniert wirkte. »Ich kann Euch aber versichern, dass das Aufbereiten von Menschenhaut einen Extraobolus erfordert. Nennen wir es: Dunkelbonus. Geht es denn um ein konkretes Vorhaben?«

Wilhelm

Nun gut, man konnte es ja mal versuchen. Auch wenn dieses Vorpreschen natürlich nicht mit den Weibsbildern abgesprochen war. Aber auf eigene Faust war es wahrscheinlich vielversprechender, als wenn er jetzt erst noch eine umständliche Korrespondenz mit den Auftraggeberinnen aufgenommen hätte, bei der alles andere als gewiss war, wie die knifflige Angelegenheit zu guter oder womöglich zu schlechter Letzt ausgehen würde. Auf alle Fälle: So konnte es nicht weitergehen.

Also musste er handeln.

Er hatte oft genug bei Weygand antanzen müssen, um irgendwelche halbgaren Skripte einzureichen und durchzukauen. Jedenfalls war er sich ziemlich sicher, wo er den alten Halsabschneider finden würde. Und alle vorgeschalteten Instanzen vom Concierge über das für die Korrespondenz zur Außenwelt zuständige Fräulein bis hin zur für gewöhnlich äußerst bissigen Madame Wolters, die hinter ihrem in ihren Augen offensichtlich ungebührlich klein ausgefallenen Schreibtisch thronte und ihn, Wilhelm, immer wieder mit Türhüterblicken gegeißelt hatte – all diese Instanzen stellten ihm heute merkwürdigerweise keine Beine in den Weg und ließen ihn letztlich unbehelligt durch. Bis vor die zweiflügelige Tür, hinter der er Weygands Büro wusste.

Er versuchte, sich auf beide Füße zu stellen und den Rücken durchzudrücken. In diesem Moment jedoch merkte er, wie sich die Blicke all derer, die ihn soeben ohne langes Federlesen hatten passieren lassen, in seinen Nacken bohrten. Neugierig, wie er sich jetzt schlagen würde. Neugierig, wenn nicht hämisch.

Auf alle Fälle: Er musste hier bestehen!

Noch einmal versuchte er, bis in die Fußspitzen hinein seinen Stand zu sondieren. Um sicherzugehen, dass beide Fußsohlen mit der ganzen Fläche auf dem Boden ruhten. Und jetzt musste er die nächsten Atemzüge genau dort unten ankommen lassen. Zwei und drei und vier und ...

Dann klopfte er. Kurz, aber prägnant.

Das Knurren, das er jenseits der Tür zu hören meinte, nahm er als ein »Herein!«, drückte also die Klinke runter und öffnete die Tür einen Spalt. Gerade so weit, dass er einen Blick ins Innere werfen konnte.

Weygand sah unverwandt auf seinen Schreibkram. »Wer will hier was?«, schnarrte er und ließ die Luft durch die Lippen hinauszischen, sodass die Feder in seiner Hand zitterte und zu zerfransen drohte.

»Mehr Geld«, bemühte sich Wilhelm um einen möglichst gleichgültigen Tonfall.

Weygand saß plötzlich, wie von der Tarantel gestochen, kerzengerade und ließ sein Briefpapier Briefpapier sein. »Was erlaubt er sich!«

»Es ist ja nun kein Geheimnis, dass ich Euch ein ums andere Stück Literatur von Weltrang liefere, dass der Sturm und Drang, dass die gesamte Epoche ohne meine Werke ...«

»Nehm er das Maul mal nicht ganz so voll! Welche Werke die Sprossen der Weltliteratur erklimmen, ist ja wohl Sache der Verleger. Und zu Lebzeiten der Dichter, seien sie noch so jung, drängend und stürmisch, seltenst ausgemacht. So auch in Eurem Falle, Goethe.«

»Die sich überschlagenden Rezensenten und die Verkaufszahlen sprechen indes eine andere, eine glasklare Sprache.«

»Groschenhefte verkaufen sich auch nicht schlecht.«

»Ihr wollt doch wohl nicht …«

»Nein, nein«, beschwichtigte Weygand und legte etwas Väterliches in die Stimme, »selbstredend weiß die Literatur deutscher Sprache, weiß gerade der Sturm und Drang, wissen wir alle, was wir an Euren Werken haben. Auch wenn sich das keineswegs in harten Talern niederschlägt. Dass Ihr gelesen werdet, bedeutet ja noch nicht, dass Ihr auch gekauft werdet.«

Wilhelm ließ alle Zurückhaltung fahren, die er sich aus strategischen Gründen – nicht zuletzt, damit sein Vorstoß hier nicht bis zu den Weibsbildern durchsickern würde – auferlegt hatte. »Ja, sollte denn der üble Ruf, der Euch vorauseilt, tatsächlich der Wahrheit entsprechen?«

»So? Was für ein Ruf denn?« Weygand nahm die Feder wieder auf, tauchte sie ins Tintenfass, und senkte, während er auf dem Papier herumkratzte, den Blick in die Tiefen der niedergeschriebenen Welten.

»Dass Ihr alles andere als ein Förderer der jungen Garde der Stürmer und Dränger, der blutjungen Genies und empfindsamen Intelligenz seid. Sondern deren Schlächter. Der die jungen Dichter nach allen Regeln der Kunst ausweidet, ihre fantastischen Werke an Land zieht, um den Erfolg letztendlich selbst abzusahnen und einzuheimsen. Ein Halsabschneider, wie er im Buche steht.« Whuff, Wilhelm atmete durch. Das hatte er sich nun wahrlich anders vorgestellt. Auf alle Fälle nicht so drastisch von seiner Seite aus. Jetzt, zum Henker, drohte alles den Bach runterzugehen, nur weil er sein Maul nicht im Zaum hatte halten können.

Aber weit gefehlt. Weygand dokterte an seinem Brief herum. Zumindest schien ihm offensichtlich wichtig, genau diesen Anschein zu erwecken. Er blickte nicht auf, nicht zur Seite, nicht zum Himmel, er zeterte nicht und meckerte nicht. Er zog es vor zu schweigen. Als warte er, bis sich dieses Aufziehpüppchen namens Goethe wieder abgeregt hatte.

Schließlich aber ließ er sich denn doch zu einer kleinen Replik herab: »Apropos Schein und Sein und halbe Wahrheiten: Mir ist das Gerücht zu Ohren gekommen – und ich nehme an, Ihr wisst, wovon ich spreche –, das Gerücht zu Ohren gekommen, dass Ihr nichts als ein Aufschneider seid. Ein ausgekochter Etikettenschwindler, der sich mit anderer Leute Lorbeeren bekränzt.«

Wilhelm riss die Augen auf, schluckte und suchte nach Worten, mit denen er wirksam, aber unverdächtig dazwischenfunken konnte. Aber es wollte ihm nichts Geeignetes in den Sinn kommen. Also schwieg jetzt er. Es war jedoch nicht zu übersehen, dass das alles andere als ein Schweigen des Triumphes war. Er trippelte von einem auf den anderen Fuß. Sagte nichts und sagte nichts.

»Ist noch was?«, kam es beiläufig vom Schreibtisch, ohne dass Weygand ihm noch einen Blick gegönnt hätte.

Es war vollkommen klar, dass er, Wilhelm oder Goethe oder beides, hier keinen Blumentopf mehr gewinnen würde. Nicht heute. Dass es vielmehr angeraten war, kleine Brötchen zu backen und den einigermaßen geordneten Rückzug anzutreten, wollte er nicht all das und damit sein Auskommen, sein Leben, sein wunderbares Goetheleben, gefährden. Kack was auf die Penunzen. Hier war nichts mehr zu holen. Hier war nur noch was zu versauen. »Ich gehe«, sagte er, um sein Gesicht nicht ganz zu verlieren, »ich gehe, um wiederzukommen.«

»Macht das! Überlegt Euch indes, ob es nicht gescheiter ist, erst wiederzukommen, wenn Ihr wirklich anständige Verkaufszahlen vorweisen könnt. Oder Belege dafür, dass Ihr seid, wer Ihr vorgebt zu sein.«

Wilhelm schluckte. Schluckte ein weiteres Mal, warf dem Geier, der da mit gebeugtem Schädel über seinem Papierkram hockte, als wollte er mit spitzem Schnabel darauf einhacken, ein kurzes Nicken zu. Worauf er sich auf den Fersen umdrehte und gerade die zwei, drei Schritte zur Tür – als er plötzlich zusammenfuhr. In seinem Rücken ein markerschütterndes Gebrüll: »Wagner!«

Jetzt hieß es, aus dem geordneten Rückzug eine windeseilige Flucht zu machen. Sich keinen Augenblick länger in diesem grauenhaften Büro aufzuhalten, sich stattdessen stillschweigend vom Acker zu machen. Sich gewandt um diesen Wagner herumschlängeln, der da in bewährter Schleimigkeit auf der Schwelle Stellung bezogen hatte und ein butterweiches »Herr Weygand haben gerufen? – Stehe zu Diensten« vernehmen ließ.

Anna Sibylla

Die Gedanken kreisten wie wilde Strudel hinter ihrer Stirn und drohten, sie jeden Augenblick in welche Abgründe auch immer zu ziehen.

»Und Ihr, Meister Bell, wenn ich tatsächlich Euren Rat beherzigen würde, würdet Ihr mein Geschreibsel dann drucken?«

»Kommt drauf an, was Ihr zahlt. Aber an Geld, sagtet Ihr, sei ja kein Mangel.«

»Also dann würdet Ihr …«

»Das schon. Aber es stellt sich die Frage, was Ihr wollt! Geht es nur darum, Euch gedruckt zu sehen, kein Problem, das kriegen wir hin. Aber damit ist das ›Geschreibsel‹, wie Ihr es nennt, ja noch lange nicht unter die Leute gebracht. Soll die Welt Euch lesen, kommt Ihr an einem Verleger nicht vorbei. Einem Verleger, der den Mut hat, eine Frau auf den Markt zu bringen. Beziehungsweise ihre Werke. Will meinen: Ihr müsst einen Verleger finden, der bereit ist, für Euch über seinen Schatten zu springen. Für den bei Eurem Anblick das Klingeln der Kasse völlig in den Hintergrund …«

»Beziehungsweise bei der Lektüre meines Geschreibsels.«

»Genau. Obwohl …«, er zögerte kurz und sah sie ohne Umschweife an. »Da bin ich mir vollkommen sicher: Wenn überhaupt, dann wird Eure weibliche Schönheit gewinnen, nicht die der Zeilen, die Ihr liefert. Wenn Ihr das nicht wollt, wenn Ihr Euch dagegen sträubt, dann vergesst es. Vergebene Liebesmüh, dessen kann ich Euch versichern.«

»So weit käm's noch!«

Wagner

Frankfurt. Gab es nicht zwei Frankfurts? Was, wenn er in der falschen Kutsche saß? Konnte man sich auf den Alten verlassen? Wirklich? – Und er selbst, warum hatte er nicht noch zweimal nachgefragt, kontrolliert und noch mal nachgeprüft? Dabei konnte Wagner sich doch sonst immer zugutehalten, ein Meister der Gründlichkeit zu sein. Gründlich bis zur Penibilität. Penibel bis zur Pingeligkeit, pingelig bis zur Lebensunfähigkeit, lebensunfähig bis …

Ruhe jetzt, Gedanken von der Stirn wischen! Immerhin hatte ja nicht er das Salär des Kutschers begleichen müssen. Und auch nicht die unterwegs in den Wirtshäusern anstehende Zeche. Also. Und im Zweifel, gut, dann würde sich eben eine zweite Reise anschließen. Obwohl, er wusste es nicht genau, aber wenn er die Landkarte in der Poststation richtig in Erinnerung hatte – lagen da nicht etliche Tagesreisen zwischen? Zwischen dem einen und dem anderen Frankfurt?

Aber noch mal: Das sollte seine Sorge nicht sein.

Und als sich von Gasthaus zu Gasthaus immer deutlicher herausstellte, dass die Leute den Dialekt schwätzten, den er erwartet hatte, war klar, dass er sich in der Tat völlig verquere Gedanken gemacht hatte. Frankfurt rückte näher. Das richtige.

Das, wo diese Goethes wohnten.

Friederike

Er hatte tatsächlich eingewilligt. Wenn auch nicht unterschrieben. Was aber war ein Vertrag ohne Unterschrift – Makulatur! Trotzdem, Weygand hatte Blut geleckt. Das stand außer Zweifel. Immerhin das hatte sie erreicht. Damit würde sie bei den anderen auftrumpfen können. Durchaus verlockende Aussichten. Und er hatte die Vertragsunterzeichnung ja nicht kategorisch ausgeschlossen, hatte bloß – wollte bloß etwas abwarten, bis der *Werther* ... Nun gut, musste Johann Gotthelf sich eben ins Zeug legen. Und wenn der nicht zügig in die Gänge kam, bitte, dann musste eben – wollte Anna Sibylla nicht sowieso – hatte sie sich nicht von diesem Drucker überreden lassen –, sicher, sie erinnerte sich genau, dass Anna Sibylla ihr heimlich verraten hatte, nicht ohne ins Herumschwadronieren zu geraten, dass sie im Zweifelsfall selbst – also bitte! Großartige Gelegenheit. – Doch, doch. Anna Sibylla hatte ihr nachgerade fest versprochen, war sich ihrer Sache absolut sicher gewesen, im Zweifelsfall insgeheim selbst zur Feder zu greifen. Und ein bisschen Empfindsamkeit zu Papier bringen, das konnte ja so schwer nicht sein. Zumal Lotte Sophie ihr die Geschichte, den Handlungsverlauf, die Protagonisten auf dem Silbertablett lieferte. Vielleicht also musste sie, Friederike, diesen Weygand-Vogel gar nicht weichklopfen. Vielleicht würde er sich ja von der Qualität der Zeilen selbst überzeugen lassen. Obwohl, dieses eine Zugeständnis – da war sie vielleicht ein wenig zu weit vorgeprescht, hatte Zustimmung signalisiert, ohne Rücksprache zu nehmen mit den anderen –, aber was hätte sie tun sollen?! In der Situation.

»Conditio sine qua non«, hatte Weygand wieder und immer wieder wie ein Hofhund geknurrt, der sich selbst grauenhaft hässlich findet.

Ganz klar. Ohne das würde er keine Finger krümmen, konnte sie mit dem aus dem Ruder gelaufenen Dekolletee noch so schaukeln! Also hatte sie – sie hatte einfach zustimmen müssen. Sonst wäre das Ganze –, dann wäre alles umsonst gewesen. Wo sie doch schon so schön weit gekommen war. Er bestand einfach drauf. Bestand auf dem Tod zu guter Letzt – im letzten Kapitel, in Werthers letztem Brief an Wilhelm –, ohne jede Chance auf Widerspruch, ganz ohne Zweifel musste sich im letzten Kapitel ein Schuss aus der Pistole lösen. Nein, einen Täter würde man nicht installieren müssen, posaunte Weygand – wenn man die Schraube fest genug anzog –, der würde selbst – also bitte, also gut. Musste sie nur noch die anderen Frauen – vielleicht – ach, vielleicht auch nicht – würde schon werden.

Wagner

Wie sollte er es anstellen, dass es nicht so aussah, als wolle er ihm auf den Pelz rücken? Und auch nicht so, als sei er nur im Auftrag unterwegs. Aber er kannte sich. Wenn er nicht aufpasste, würde er sich in Skrupeln und Nachdenklichkeiten, in einem Netz aus Fragen und Zweifeln verfangen und verknoten. Und würde am Ende keinen Schritt weitergekommen sein. Und eben das konnte er sich nicht leisten. Er war schließlich nicht zwecks Belustigung hier.

Also, nur Mut, den Klopfer betätigen!

Gedacht, getan. Oder, Moment mal. Die Finger noch mal schnell an den Hosenbeinen abwischen, kurz trockenreiben. Nicht, dass bei den Goethes ein Händedruck üblich war und ihm die Finger ausrutschen würden.

Aber jetzt. Oder, Augenblick noch.

Nein, jetzt.

Der Klopfer entfachte ein Riesenspektakel, einen Donner, der durchs ganze Haus dröhnen musste, der Tote ins Leben hätte zurückrufen können. Wie viel weniger irgendwelche Dichterschimären.

Aber es rührte sich nichts.

Doch. Es rührte sich was.

Durch die Ritzen der schweren Tür ließ sich hören, wie weit hinten nicht mehr die jüngsten Schritte die Stiege herunterpolterten und den Korridor entlangschlurften. Wie der Riegel scheppernd zurückgeschoben wurde.

»Ja, bitte?«

Ein von Kopf bis Fuß schwarz gekleideter Mann mit Höcker auf dem Nasenrücken. Skeptische bis grimmige Augen, die sich zunehmend verfinsterten, sich in ihre tief liegenden Höhlen zurückzogen. Je klarer wurde, dass es ein Fremder war, der sich unterstand, den greisen Goethe aus der wohlverdienten Mittagsruhe zu zerren.

Wagner verschlug es die Sprache. Ein irgendwie schlechtes Gewissen hockte im Schädel und hämmerte mit kleinen, spitzen Schlägen von innen gegen die Stirn.

»Ja, bitte?«, wiederholte der alte Goethe, ohne den genervten Unterton zu verbergen.

»Wagner, mein Name«, brachte er endlich heraus. Und fast wäre ihm der um alles in der Welt zu vermeidende Fauxpas unterlaufen, über seinen Auftrag und seinen Auftraggeber Auskunft zu geben. Da hätte er sich gleich auf der Hacke umdrehen können. Aber ihm fiel auf der Türschwelle auch keine plausible Lüge ein. Partout nicht. Obwohl er doch tagelang unterwegs gewesen war und wahrlich Zeit zum Nachdenken gehabt hatte. Trotzdem.

Der Name Wagner blieb also in der Luft hängen. Und auch der alte Goethe machte keine Anstalten, ihn aus besagter Luft zu klauben und einzusortieren.

»Darf ich eintreten?«

»Zu welchem Behufe?«

»Na, sagen wir: zum Zwecke des Erkenntnisgewinns.«

»Das hört sich interessant an«, hieß Goethe ihn mit einem kurzen Schlenker der Rechten eintreten.

Wagner ließ sich nicht lange bitten, trat mit dankbarem Nicken über die Schwelle, blieb aber nach zwei Schritten im Eingangsbereich stehen, um dem Hausherrn den Vortritt zu lassen, auf dass dieser ihn in den Salon führe.

So gingen sie nach hinten durch und nahmen Platz in den Fauteuils, deren vier sich um den kleinen Kirschholztisch gesellten, sodass für hinreichend Distanz gesorgt war. Unterwegs, im Vorbeigehen, hatte der alte Goethe einer langbeinigen Kummergestalt in Livree, die in einer Korridornische wie ein Turmwächter Stellung bezogen hatte, zugeschnipst.

In Vermeidung eines nichtssagenden Plausches verlegten sich Wagner und Goethe in stillem Einvernehmen zur Gesprächseröffnung aufs Schweigen. Kurz bevor dieses dann doch drohte, etwas zu viel Raum einzunehmen, rückte der Diener mit dampfendem Kaffeegedeck an. Nachdem die Herren aus den schlanken Tässchen genippt hatten, um die Zunge zu schmieren, gab es keine weitere Möglichkeit mehr, den Gesprächsstart hinauszuzögern.

»Verehrter Herr Goethe«, nahm Wagner sich ein Herz.

»Verehrter Herr Wagner«, konterte der Alte und sog Luft durch die Zähne, um den Kaffee in der Mundhöhle abzukühlen, was gründlich misslang. Denn der kochend heiße Sud gurgelte in den Rachen und warf schmerzende Blasen gegen den Kehlkopf. Wie kleine Messerstiche. Der Goethegreis hüstelte, wurde puterrot, hustete bis zur Atemlosigkeit und drohte, den Kaffee umgehend wieder auszuprusten. Was zu verhindern ihm mit knapper Not gelang.

Wagner beugte sich leicht vor, legte ein paar gepflegte Sorgenfalten auf die Stirn und raunte ein Hilfsbereitschaft säuselndes »Herr Goethe?«.

Was dieser wiederum in seiner misslichen Lage nicht angemessen beantworten konnte, ohne Gefahr zu laufen, der nächsten Hitzeattacke im Hals endgültig zu erliegen.

Wagner, die Gunst der Stunde nutzend, ging schnurstracks in medias res: »Weshalb ich also nicht Kosten noch Mühen gescheut habe, mich zu Euch aufzumachen, verehrter Herr Goethe: Es geht um Euren Sohn.«

Schweres Husten mit metallisch schepperndem Nachklang. Und noch mal. Der alte Goethe wollte und wollte sich nicht beruhigen. Erst nachdem ihn ein weiterer Hustenfall durchgeschüttelt hatte, wurde er nach einem nachgetragenen Räuspern still.

»Na ja, also ich meine«, stammelte Wagner.

»Um meinen Sohn?«, hustete der Alte jetzt doch noch mal in die Faust.

»Jedenfalls gibt es einen jungen Herrn, der behauptet, ein gewisser Goethe zu sein. Goethe junior gewissermaßen. Kann das mit rechten Dingen zugehen?«

»Dieser Nichtsnutz!«

»Ich möchte Euch nicht zu nah treten, aber – Nichtsnutz würde ich das nicht nennen. Es handelt sich eher um einen recht erfolgreichen Dichter.«

»Dichter?« Der alte Goethe war aufgestanden, ging die paar Schritte zum Fenster und blickte nach draußen, um die Gedanken zu verlieren. »Dichter, ja, so kann man das auch nennen. Immerhin hat er ein paar Plädoyers ganz manierlich zusammengeschustert, wie mir die Straßburger Richter erzählt haben.«

»Da ist das Versezusammenschustern ja nicht allzu weit von entfernt«, versuchte Wagner es mit einem Griemeln. Das jedoch auf wenig erbauliche, recht eigentlich auf gar keine Resonanz stieß. »Ihr wisst also von seinen Erfolgen als Dichter gar nichts?«

»Ich weiß nur, dass dieser Tunichtgut in Straßburg in den Sack gehauen hat. Dass er bei der Kanzlei, wo er ja nun eigentlich gut arriviert und fest bestallt war, einfach mal eben alles aufgegeben und hinter sich gelassen hat. Und auf der Flucht vor irgendeinem Mädchen das Weite gesucht und den lieben Gott einen guten Mann hat sein lassen. Und dass ich seither jedes Band zu ihm durchtrennt habe und nicht gedenke, es je wieder zu knüpfen. Aber Dichtung – kann ich mir nicht vorstellen. Und will ich mir nicht vorstellen. Außerdem muss er ja immerhin einen mutigen Burschen finden, der ihm das Zeugs verlegt.«

»Weygand«, schoss es aus Wagner heraus, und er biss sich im gleichen Moment auf die Zunge. Zu spät.

»Ach, und der schickt Euch also her?«

»Nein, nein, ich bin aus eigenem, aus ureigenstem Antrieb hier«, beeilte sich Wagner mit dem Versuch, die selbst angerichtete Scharte auszuwetzen.

»Und was denn wollt Ihr nun eigentlich wissen?« Goethe senior wandte sich endlich vom Fenster ab und sah Wagner wieder an. Seinem Gesicht war unschwer abzulesen, dass er nun doch ziemlich ungeduldig wurde.

Wagner musste unbedingt nachlegen, um das Gespräch aufrechtzuerhalten. Aber es wollte ihm beim besten Willen nichts einfallen. »Also, es geht darum, also dass«, stammelte er, »also dass nämlich, dass ich einfach wissen wollte, ob Euer Sohn dieser Goethe sein kann, der sich da so mächtig inszeniert, sich aufplustert, wo immer es geht, seine Dichtung und seine Person in den Vordergrund spielt und als aufgeblasene Ausgeburt seiner eigenen Eitelkeit …«

»Vorsicht, ja! Wie redet Ihr von meinem Fleisch und Blut? Raus hier, Wagner, ich verweise Euch meines Hauses!« Der Alte fuhr den Arm langsam, unendlich langsam aus. Dann den Zeigefinger, der zwar krumm gebogen war wie die Kralle eines Habichts, aber unmissverständlich in Richtung Tür wies.

Wagner warf einen Blick entlang des Arms, des Zeigefingers, bis zur Tür, um abzuschätzen, wie viel Zeit ihm blieb. Gut, zwei Sätze oder drei würde er unterwegs noch unterbringen können. »Lebt wohl, Herr Goethe. Ich weiß jetzt immerhin, es ist nicht sicher, dass dieser Goethe-Dichter Euer Sohn ist, aber es ist auch nicht ausgeschlossen.« Nun war es also doch nur ein Satz geworden, aber die ganzen Kommas und Nebensätze ließen den Alten aufspringen, so schnell er mit dem Allerwertesten aus dem Polster des Fauteuils kam. Und er schob Wagner durchaus handgreiflich an den Schultern zur Tür hinaus. Was diesen allerdings nicht davon abhielt, noch schnell eine letzte Frage an den alten Mann zu bringen: »Wer war denn dieses ›Mädchen‹, wegen dem Euer Sohn aus Straßburg …«

»Eine gewisse, was weiß ich, Friederike Bon oder so was. – Und jetzt raus hier!« Der alte Goethe drückte die Tür energisch hinter ihm ins Schloss.

Wagner stand unschlüssig auf dem Straßenpflaster, blickte nach rechts, nach links. Hinter seiner Stirn bohrte und rumorte die Frage, ob seine Mission nun wirklich erfüllt war. Ob sie erfolgreich war – die Antwort auf diese Frage, befand er, lag außerhalb seiner Zuständigkeit, darüber hatten andere zu befinden.

Elisabeth

Sie hatte versucht zu schlafen. Trotz dieser stacheligen Halme, die an jeder Ecke aus dem Strohsack hervorstachen. Und trotz alledem empfand sie so etwas wie Dankbarkeit. Immerhin hatte ihnen der alte Griesgram in einem Anflug von Gastfreundschaft tatsächlich für die Nacht ein Dach überm Kopf angeboten. Und bescheiden, wie sie war, hatte sie Christiane Vulpius den Vortritt gelassen, als es darum ging, wer in der ehemaligen Gesellenkammer würde schlafen können. Während sie selbst sich vom alten Gerbermeister hinters Licht hatte führen lassen, ganz nach oben unters Dach. Wo sie die Ecke mit dem Strohsack vorfand, auf den sie sich sogleich umstandslos sinken ließ, um in einen tiefen, aber kurzen Schlaf zu fallen. Selbst der penetrante Gestank, der von den Gärbecken draußen auf dem Hof herüberzog, sich hier unterm First sammelte und in Schwaden zusammenzog, hatte sie nicht davon abhalten können, sich dem Schlaf geschlagen zu geben.

Keine Frage, jetzt – jetzt, wo sie aus dem Schlaf geschreckt war, ging das Drama los!

Als sie die Augen aufriss und nichts sah. Das Einzige, was sie sehen konnte mitten in der Dunkelheit, waren die Dunstwolken dieses Pestilenzgestanks, der ein Fanal unter ihrem Schädeldach entfachte. Ein Fanal, das lichterloh brannte, ätzte, das Hirn zerbiss, sodass ihr war, als läge sie bereits im Gärbecken, als stocherte der Gerber mit einer langen Stange in der Jauche herum, um sie unter die angegorenen Häute tauchen zu lassen. Als stieße er sie mit dem groben Knauf der Stocherstange immer wieder nach unten, drückte sie abwärts, damit auch definitiv jeder Körperwinkel, jeder Hautfitzel von der Gerbsäure erfasst und angegriffen würde. Damit der Zersetzungsprozess all dessen, was nicht zur gewinnträchtigen Lederhaut zählte, der Fettpolster, des Unterhautgekröses, der feinen Härchen ihrer Achselhöhle, ungestört und ungeschmälert vonstatten gehen könnte.

In jedem Geräusch, das der alte Hof von sich gab – das in der Nachtkälte ächzende Holz des Dachstuhls, das schlaftrunkene Grunzen unten im Schweinestall –, in jedem Geräusch glaubte sie, den Gerbermeister zu hören, wie er sich die knarzende Stiege heraufmühte, um sich ihrer zu bemächtigen. Um sie der üblen Mixtur aus Jauche und Eichenrinde anzuvertrauen, die blubbernde Wallungen, zischende Spratzer, rollende Wellen aufwarf. Während morbide Kauzrufe und hässliches Krähengezeter in den Himmel stiegen, der sich am Horizont leicht anhob und einen Hauch Licht auf die Reise schickte. Einen Schimmer, der die Finsternis nach oben, nach hinten wegschob, der aus der Schwärze der mondlosen Nacht ein zögerliches Königsblau machte und die Silhouette der Hügelkette mit einem ausgefallenen, zunehmend breiter werdenden Lichtband umflorte.

Der Tag.

Nach einer Nacht, in der nichts, aber auch gar nichts passiert war. In der kein Gerbermeister seinen Schnarchreigen unterbrochen hatte, in der die Säuregrube ungestört hatte vor sich hin röcheln können, in der in den Halbschlafphasen bloß der eine oder andere Alb sein Unwesen in Elisabeths Traumwelten getrieben hatte.

Ein Tag, an dem Elisabeth in ein neues Leben geboren wurde.

Sogar den Kaffee verschmähend, den der Gerber mit der Hingabe einer endlosen Prozedur aufgebrüht hatte, drängte die Vulpius zum Aufbruch. Noch völlig verschüchtert, kam Elisabeth diesem Ansinnen ohne ein Wort des Widerspruchs nach, verabschiedete sich schmallippig von dem finsteren Gerbertroll und heftete sich ein weiteres Mal Christiane an die Fersen.

Zurück ging es zwischen den aufwachenden Feldern, den dampfenden Wiesen, die sich aus dem Bachtal bis oben zum Waldrand erstreckten, wo sie irgendwo in weiter Ferne der verwunschene Park, der kunstvoll geordnete Schlossgarten in Empfang nehmen würde.

»Noch einmal so ein Theater, und Ihr müsst auf meine Anwesenheit verzichten. Könnt Euer Goethekarussell selber drehen.«

»Ach Gottchen.«

Was anderes hatte Elisabeth als Replik auf Ihren Anruf ohnehin nicht erwartet. Die Vulpius hielt, was sie versprach. Setzte dann aber doch noch mal nach: »Ausufernde Gefühlsduselei verlangt drastische Antworten, Lili. Das konnte ich unmöglich so stehn lassen.«

»Was? Was konntest du nicht so stehen lassen?«

»Die Vermischung von Auftrag und Betroffenheit. Von Arbeit und Spiel. Hier geht's um den notwendigen Abstand. Keine von uns kann es sich leisten, aus der Rolle zu fallen und sich in einen unserer Gehilfen zu verschießen, ohne dass das gesamte Vorhaben gefährdet würde.«

»Hör dir mal gut zu, Madame!«

»Es dürfen unter keinen Umständen Abhängigkeiten entstehen, Gefälligkeiten zirkulieren, was auch immer.«

»Und da glaubst du also, solch drakonische Maßnahmen ergreifen zu müssen?«

»Die Nacht, die du erlitten hast, wirst du so schnell nicht wieder vergessen. «

»Ich hab geschlafen, Christiane, nicht gelitten. – Und du hast gut reden, hast über kurz oder lang immerhin deinen Wilhelm im Bett. Vertraglich zugesichert sozusagen. Also komm du mir nicht mit irgendwelchen Vorhaltungen.«

»Sakrament, wir kehren sofort um – nichts wie zurück zum Gerbermeister!«

Friederike

Bloß das Band von ihrem Mieder! Dass sie das aber auch – und diese verbogene Schnalle – irgendwo unter seinem majestätischen Schreibtisch wahrscheinlich. Womöglich. Eventuell. Und wenn nicht, so ließe es sich doch glaubhaft behaupten. Als Gerücht in die Welt setzen. Den Herrn der Bücher hinterrücks in die Enge treiben. Zumal sie alle zusammen ja genügend Männer als wackere Vorbilder bei der Hand hatten, die genau so etwas – so was Ähnliches – die genau diese verqueren Wege zum Erfolg den wenigen Künstlerinnen abverlangten, die es wirklich zu was bringen wollten und die das Zeug dazu hatten. Warum also sollte sie ihn nicht auch …?!

Auf einen mehr oder weniger kam es doch nun wirklich nicht an.

Johann Gotthelf

Das Leben geht weiter, irgendwie, dachte er. Wieso geht das Leben weiter? Dieser Abgrund, dieses Aufschlagen und noch und noch mal Aufschlagen, dieser Flug durchs Nichts, das nächste Aufschlagen, der nächste schwerelose Flug. Das Schwarz, dieses Pechschwarz. Nein, das konnte nicht weitergehen. Von Leben keine Spur. Aber dass er eben das dachte, zeigte doch, zeigte unmissverständlich das Gegenteil. Das Leben geht eben doch weiter. Fragte sich: Wohin? Wohin, verflucht, würde dieses Leben weitergehen? Und wie? Und warum eigentlich? Wieso war er schon wieder irgendwie davongekommen?

Er wagte es, die Augen zu öffnen. Sah Gestrüpp, undurchdringliches Gestrüpp, Brombeerzeugs und was nicht alles, ein ziemliches Gewirr. Womöglich war es genau dieses verhakte, verstachelte, verworrene Gesträuch und Geäst, das ihm das Leben gerettet, das Weiterleben geschenkt hatte. Er blinzelte leicht. Da oben, oberhalb seines grünen Totenlagers, hinter seinem Lebensbett: die grauen Felsen. Die Brocken, die er runtergedonnert sein musste. Wo es, beflügelt von bald kurzem, bald längerem Abheben, ein Aufschlagen nach dem andern gehagelt hatte. Knochenhart, unnachgiebig. Unbarmherzig. So unbarmherzig wie diese eine Frage im Kopf, die keine Ruhe geben wollte: Wie zugerichtet mochte sein Körper sein?

Also gut. Er wusste, wie das Grünzeug, auf dem er gelandet war, aussah und wie die Steinwände, die er abwärtsgeschossen sein musste, also würde auch rauszukriegen sein, wie es um seinen Körper bestellt war. Er musste bloß hinsehen, musste es nur wagen hinzusehen.

Noch einmal nahm er die dornigen Federn in Augenschein, die ihn aufgefangen hatten, diese lebensgnädigen Kissen aus Stacheln und verknoteten Ästen. Noch einmal blickte er zu den steinernen Widersachern hinüber, die sich zu Wänden und Türmen und Erkern aufwarfen, in denen monströse Figuren hausten und lauerten und herüberblickten. Eine jede ihr abgrundtiefes Zyklopenauge genau auf ihn gerichtet, die felsigen Krallen geschliffen, die Fänge ausgefahren. Und plötzlich war er froh, sich abwenden zu können, den Blick woanders hin auszurichten. Und sei es auch auf seinen vermutlich grauenhaft zugerichteten Körper.

Er versuchte, den Kopf leicht abzuknicken. Wartete auf die schreiende Antwort der Halswirbel. Aber nichts. Ruhe. Auch das also kein Grund, nicht an sich hinabzublicken. Das aber, was sich ihm da in seiner verqueren Lage bot, war denn doch ein Bild des Grauens. Sämtliche Gliedmaßen irgendwie falsch ab- und angewinkelt; überall, wo sich seinen Blicken freie Haut darbot: ein Meer von kleinen, blutigen Rissen, in denen teilweise noch Dornen steckten. An beiden Knien die Beinkleider zerfetzt, wo sich rotgeränderte Schürfwunden auftaten. Das Weiße, was ihn links aus der klaffenden, talergroßen Wunde ansah, musste der blanke Knochen, musste die Kniescheibe sein. Der linke Ärmel seines Wamses hatte sich in Fransen und Fetzen aufgelöst, gab den Blick auf einen entstellten Arm frei. Aber die ersten Schmerzensschreie stießen jetzt plötzlich, als wären sie soeben aus traumtiefem Schlaf erwacht, die Rippen aus. Und der Rücken, verflucht, konnte der brüllen! Bei jedem Atemzug. Brüllen wie am Spieß. Und trotzdem, trotzdem versuchen, das rechte, wenigstens das rechte Bein zu bewegen! Probeweise. Nur einige Millimeterchen.

Das ging sogar. Ohne maßloses Geschrei und Gebrüll. Und das linke?

Sofort wurde ihm wieder schwarz vor Augen. Oder vielleicht doch nicht so ganz schwarz. Nur unendlich müde. Grau vor Müdigkeit. Rotgrau wie der Fels. Blausilbern wie unten das Band der Elbe. Wo blickte er und wieso jetzt hinab? Er war doch bereits unten. Tiefer ging es nicht. Stand er also wieder oben? Spürte noch mal den Boden unter den Füßen in Grieß zerfließen, spürte das Stochern der Füße im grusig butterweichen Nichts des Untergrunds. War noch einmal mittendrin in der Suche nach Halt, nach irgendeinem verfluchten Halt. Und dann – was war das? Ja, eindeutig, jetzt merkte er es deutlich. An der Schulter. An beiden Schultern. Plötzlich war er sich felsenfest sicher, einen Stupser zu spüren. An beiden Schultern einen Schubser weich wie von Frauenhand. Er war sich nicht darüber im Klaren, kein bisschen, ob es dieses Schulterstübers noch bedurft hätte. Aber dass es einen gegeben hatte, das war mit einem Mal sonnenklar. Keine Frage. Seine Erinnerung war wieder zur Stelle. War Gegenwart. Kein Grund, nicht der geringste Grund, Zweifel aufkommen zu lassen.

Sie hatte ihm den letzten Schub verpasst!

Und ja, sapperlot, sie hatte, was sie wollte. Auch da war er sich sicher, auch daran war nicht zu zweifeln. Wenn er das hier überlebte, wenn man ihn finden würde, hier unten, jämmerlich verrenkt, von Blessuren und blutigen Schraffuren gezeichnet, das Bein, die Rippen, die Wirbel, wer weiß was alles gebrochen, wenn er aus dieser schmerzschreienden Apokalypse irgendwie rauskommen, dem Untergang entgehen würde, er würde zeit seines Restlebens an den Schreibtisch gefesselt sein. Denn bei nichts anderem würde sein geschundener Körper noch mitspielen als bei krakliger Schreiberei. Potztausend, dieses hintertriebene Gustchen! Wenn sie – und er wollte mal so guten Willens sein, das anzunehmen –, wenn sie nicht wirklich sein Ende im Blick gehabt hatte, dann doch zumindest, dass er von Stund an auf dem Stuhl hocken würde. Hatte sie nicht irgendwas gefaselt, seinerzeit, als sie ihn bekniet hatte und er sich hatte rumkriegen lassen, einer der Geistschreiber eines gewissen Goethe zu werden, da hatte sie doch irgendwas gefaselt von wegen, dass ihn schon der vielversprechende Vorname – jedenfalls der erste Teil – geradezu verpflichte. Und die drei, vier Gedichte, an denen er herumdilettiert hatte und die tatsächlich das matte Licht irgendeiner Nische der literarischen Welt erblickt hatten, sodass Augusta darüber gestolpert war. Diese »Verse eines Genies« – ihre Worte! – wiesen Fähigkeiten aus, bezeugten, dass er hinreichend mit Talent gesegnet sei, um sich dieser Lebensaufgabe zu stellen. Alles Honigseim, wie er jetzt wusste. Der ihm damals allerdings in seiner grenzenlosen Eitelkeit hinreichend geschmeichelt und der ihn auf diese Irrsinnsschiene gesetzt hatte. Von der er nicht mehr runterkam. Jetzt schon gar nicht. *Die ich rief, die Geister, werd ich nun nicht los.*

Und dort – in weiter Ferne – was war das? – Ja, dieser Hund, dieses aufgeregte Bellen, das kam näher. Immer näher.

Wagner

Also bitte, kommt rein!« Ihre Stimme klang freundlich. Und, ja, so wie sie aussah – schön wie der junge Morgen –, konnte man sich sofort vorstellen, dass sie der Anlass sein mochte für gleich welchen Ortswechsel. Zu ihr hin oder von ihr weg, gleichviel. Offenbar hatte der alte Goethe so unrecht nicht.

Wagner zögerte nicht lange und folgte schnurstracks dem einladenden Schwung ihrer Rechten, trat über die Schwelle und stand in einem kurzen Korridor. Von den drei Türen standen zwei offen. Sie wies ihn mit langem Arm dorthin, wo sich im Türrahmen ein Mixtum compositum aus Küche und guter Stube auftat. Wiederum eine Einladung, der Wagner keinen Augenblick widerstand. Nur wenige Schritte, und er befand sich in der Mitte des Raums. Um die nächste Einladung abzuwarten, aus der hervorgehen mochte, wohin er sich wenden solle.

Aber nichts da.

Keine Friederike. Sie war ihm augenscheinlich nicht gefolgt. Ließ ihn wie Falschgeld in der Küchenstube herumstehen. Ahnte sie was? Wollte sie Zeit gewinnen?

Sie musste hinter einer der anderen Korridortüren verschwunden sein. Jedenfalls hörte Wagner in einem der Nachbarzimmer irgendwas rumoren, Schranktüren auf- und zuknirschen.

Er stand und wartete. Opfer des Gebots der Höflichkeit, nicht Platz zu nehmen, bevor die Dame des Hauses ihn dazu auffordern würde.

Er stand.

Und blickte mit gedankenvernebeltem Blick durch die offenstehende Küchentür zurück und rüber durch die ebenfalls einen Spalt offenstehende Tür auf der anderen Seite des Korridors. Offenbar so etwas wie der Salon. Jedenfalls fiel sein Blick direkt auf die nicht gerade große, aber wacker ticktackende Standuhr. Weshalb, fragte er sich nach einer Ewigkeit, weshalb kriegte er den Blick nicht von dieser Uhr los? Pures Funktionieren. Sechzig schmucklose Striche im schlichten Rund. Zeiger, an Gradlinigkeit nicht zu übertreffen. Zeiger, die weitergehen, weiter und vorwärts, und auch nicht wissen, warum sie immer im Kreis laufen. Statt geradeaus, vorwärts, hinaus in den Kosmos.

Er stand. Und die Zeit ging und verging. Er wusste nicht, wie lange er jetzt schon dumm herumstand. Eine Stunde? Anderthalb? Plötzlich war da diese Zeit. Einfach Zeit, eine Stunde, von der er nichts wollte, von der er nichts wusste. Wohin damit? Zeit, die sich dehnte, sich zog. Was tun? Nichts tun. Treiben, treiben lassen wie 'n Kieselstein. Einfach die Stunde lassen, wie sie ist: ungefüllt. Gedanken kreuzen auf und vergehen, zersplittern, zerstäuben. Gedanken, die nachdenken. Die worüber nachdenken? Jetzt über das, gleich über das. Er wusste es nicht. Er bekam keinen Gedanken zu fassen. Die Augen unscharf gestellt, stumpfe Blicke stierten ins Nichts. Irgendwann in der Leere der Zeit würde die Seele anfangen zu quasseln. In seinem Schädel würden Wolkenkuckucksheime errichtet, ausgemalt, eingerissen werden. Ideen rumspinnen, Utopien, Lebensentwürfe Gestalt gewinnen. Der große Wurf würde nach vorn fliegen, nach hinten weg im nächsten Moment.

Trotzdem nicht lustig die endlose Warterei auf diese Friederike, die es vielleicht genau darauf angelegt hatte, ihn aus dem Konzept zu bringen. In die Verwirrung zu stoßen. Mit jedem unsichtbaren Ruckeln der Zeiger. Ihn das nachgerade schmerzhaft langsame Verstreichen der bleiernen Zeit spüren zu lassen. Sicher, es war Wagner natürlich wohlbekannt: Warten ist eine notwendige Übung. Vor allem aber denn doch lästig! Eine Lähmung auf Zeit: Er konnte nichts machen, hier in der Küche. Außer warten. Auf diese Friederike, die ja wusste, dass er hier blödsinnig rumstand, die ihn also bewusst warten ließ. Nach ihr zu suchen in ihrer Wohnung verboten Höflichkeit und Stolz. Also war er zur Passivität verdammt. Diese Friederike musste schon von selber kommen.

Er starrte die Uhr an. Stillgelegte Zeit in festgelegtem Maß. Noch vier, noch drei, noch zwei Minuten, dann würde die vierzehn kommen. Warten gegen das Tick, das Tack der Zeitspur. Warten in Zeithäppchen unterteilt, müsste eigentlich leichter zu verkraften sein. Berechenbar, also beherrschbar. Die Ziffern dieser verdammten Uhr holten das unendliche Zeitkontinuum aus dem Horizont des Diffusen, des Unkalkulierbaren. Teile und herrsche. Die Zeit kleinteilen, bis das Ende in absehbare Nähe rückt. – Aber hier rückte eben kein Ende in Sicht. Blieb im Dunkeln welcher Zukunft auch immer. Seit wann eigentlich stand er hier? Stunden, inzwischen mussten es Stunden sein. Er starrte die Standuhr unverwandt an. Er wollte bloß eins, dass wenigstens seine Erinnerung bittschön bei irgendeiner Uhrzeit hängen bleiben würde. Dass er wüsste, woran er war, seit wann er in diesem Zeitloch stand. Aber die Striche sahen alle verflucht gleich aus.

Es gab keinen Raum, in dem man derart langsam älter wurde wie hier in dieser Küche mit Blick auf diese Salonuhr, die nicht voranmachte, einfach nicht in die Gänge kam. Dabei hätte das Warten, so er die verfluchte Ruhe gehabt hätte, ein Hort der Kreativität sein können. Natürlich. Die Leere, aus der die Idee sickert, blitzt, knallt. Nur die Hälfte seines Lebens schließlich wartet der Mensch vergebens. Und die andre? Die andre Hälfte? Ist das die Zeit, die er nicht verwartet?, fragte Wagner sich. Oder wartet er da erfolgreich? Muse, Muße, Müßiggang. Spinnen ziehn durch lange Weilen lange Fäden, fangen, fädeln fixe Ideen auf; Träume dämmern, Geistesblitze schlagen ein, Gedanken ziehen auf, formen sich, vergehen. Das siebentorige Theben wird aus flirrenden Träumen errichtet, ausgemalt, eingerissen. Einfälle spinnen sich fort, ganze Utopien, Lebensentwürfe gewinnen Gestalt und werden wieder verworfen.

Könnten jedenfalls. Wenn Wagner nicht diesen Ärger gespürt hätte, wie der langsam emporkroch, durch die Adern sickerte, sich im ganzen Leib ausbreitete. Ärger darüber, dass er nichts tun konnte, als dem grausamen Spiel der uferlosen Zeit zuzusehen. Rumstehen und sinnen. Wer warten kann, hat viel getan. – Um den Preis allerdings, stehen zu bleiben, das Weitergehen und sich selbst zu verpassen.

Die Hände vorm Bauch, auf der kleinen Wampe ruhend. Die Daumen drehten sich um sich selbst. Er starrte durch Luftlöcher, baute Luftschlösser. Die hohe Schule des Wartens. Der Dinge harren, die da kommen oder ausbleiben werden. Die Kunst des Gedankenverlierens pflegen. Eigentlich ein Genuss, die Auszeit, die er aber verflucht noch eins nicht genießen konnte. Denn – die Welt war schlecht, einfach schlecht. Hatte sich gegen ihn, den geplagten Wagner, verschworen. Und das Hexchen, auf das er wartete, hatte sich verschworen. Mit einem Zirkel anderer Hexen. In diesem Pavillon auf diesem Blocksberg. Deshalb ging dieses Warten auch nicht vorwärts. Weil man die ganze Zeit aufs Ende hoffte, aufs baldige. Auf ihr Erscheinen; darauf, dass diese Friederike zwischen ihn und diese verhexte Uhr da drüben treten würde. Ihn erlösen würde.

Hier in dieser Küche auf die Erlöserin warten bedeutete, die Hoffnung hegen, dass sie kommen und ihn erlösen werde von der jämmerlich langsam vorwärtsschleichenden Salonuhr. Von dieser Krücke jener längst vergangenen Zeiten, als das Warten noch geholfen hat.

Ihm, Wagner, war es nicht gestattet, einfach zuzusehen, wie die Zeit verstrich. Wie die Zeiger ihre ewigen Kreise zogen. Wagner drohte neidisch zu werden auf die spitzen und sich doch stumpf und selbstzufrieden der Kreisbewegung hingebenden Uhrzeiger.

Warum, wenn er sie schon nicht suchen konnte, warum rief er nicht einfach lauthals nach dieser Friederike? Nein. Rufen, nach der Erlöserin rufen, ging auch nicht. Hätte er sich damit doch ein Armutszeugnis erster Ordnung ausgestellt. Nein, noch stand sein Stolz aufrecht. In dieser Hexenzickenküche. Und plötzlich nahm Wagner sich ein Herz, drehte sich um. Warf einen Blick durch die matten Butzenscheiben des Küchenfensters raus, einfach raus. Stellte die Augen unscharf, sah die Wolkenschlieren da hinten, da oben ziehen. Hörte die hohen Lüfte flüstern. Er solle nicht mehr warten, sondern sich die Zeit vertreiben. Vertreiben? Wohin treiben? Musste denn die Zeit vertrieben, in die Flucht geschlagen werden wie ein erbitterter Feind? Doch ja, genau den Anschein hatte es.

Mitten im Blick aus dem Küchenfenster wagte er es, für einen Moment die Augen zu schließen. Einen unsichtbaren Fluchtpunkt zu fokussieren. Nur einen Moment. Einfach diese Vorstellung genießen: Er macht alles anders. Rennt runter, nimmt die zwei, drei Stufen der Treppe draußen mit einem Schritt, läuft raus, läuft rüber, wirft diesem Friederikehexchen, die da oben hinterm Vorhang steht, einen schnellen, einen letzten Blick zu und springt mit einem langen Satz in die Kutsche und wirft sich aufs miese Polster der Bank. Irgendwohin, egal, bloß dem Warten entkommen, raus da aus der leeren Zeit, dem Zeitloch entfliehen. Den Tag, das Ziel, den Ausgangspunkt: Alles übern Haufen schmeißen! Traumhaft.

Aber. Er stand immer noch da. Regungslos.

Sah dem Warten zu, wie es schillerte zwischen Tugend und Laster, wie das Uhrpendel hin- und herschaukelte zwischen Geduld und langem Atem einerseits und fatalistischer Trägheit andererseits. Wie es Keile der Verzögerung ins Tempo des Lebens trieb, Kontrapunkte zur zeitgeistigen Rasanzeleganz. Und doch landete Wagner mit all den ehrenwerten Bemühungen, diese Rumwarterei hier schönzudenken, auf der schier endlosen Warteliste jener Gedanken, die seit jeher das Warten durch fleißige Aufwertungsbemühungen zu flankieren, umgarnen, hofieren suchten. Nur nützen taten sie alle nichts. Das zappelige, ärgerliche, endlose Zeitvertrödeln war und würde eines ewig bleiben: lästig, langweilig, erbarmungslos nervtötend.

Um dem eigenen Zorn zu entgehen, stellte er die Augen beim nächsten Blick aus dem schmutzigen Küchenfenster zur Abwechslung mal scharf. Immerhin ließ es einen verschwommenen Ausblick auf die Dächer der engstehenden Häuser zu und auf den spitzen Turm der baufälligen Kirche drüben. Ziemlich schief die Turmspitze, wenn ihn nicht alles täuschte. Und ihn täuschte selten alles. Stellte sich die Frage, warum sich wieder mal niemand dafür zuständig fühlte – die Stadt, die Klerisei, die Bürger, egal –, den Kirchturm geradezurücken. Wieder ein Beleg dafür, wie schlecht die Welt geworden war. Überall Verfall und Lug und Trug. Nichts stimmte mehr. Einfach nichts. Zeit ging massenweise einfach so verloren.

Gut bloß, dass es Leute wie ihn, Wagner, gab! Umso mehr war es einfach keine Art, Leute wie ihn warten zu lassen.

Der große Zeiger rückte vor, die Stundenglocke schlug viermal an.

Wagner wartete.

Bis es plötzlich hinter ihm klingelte. Das Geschirr auf dem Tablett, das die junge Brion auf beiden Händen balancierte und, obwohl sie ordentlich zitterte, so leidlich in der Waage hielt. »Pardon«, nuschelte sie angestrengt, »hat ein bisschen gedauert, aber natürlich möchte ich Euch nicht mit dem Alltagsgeschirr abspeisen. Das hier, müsst Ihr wissen, ist von meiner Großmutter, Gott hab sie selig.«

Aha, schoss es Wagner durch den Kopf, also war sie tatsächlich aus dem Salon mit der Standuhr gekommen. Hinterrücks, während er sich in den Blick aus dem Küchenfenster verlor. Aus dem Salon, der vermutlich mit Sofa, mit großer Tafel und mondäner Kredenz ausgestattet war, wo das gute Geschirr aufbewahrt wurde. Wo sie ihn, Wagner, allerdings nicht einzulassen wünschte. Wofür er wieder mal nicht gut genug war. Warum? Was an ihm vermittelte den Eindruck, man könne ihn nicht in den Salon lassen?

Seine trüben Gedanken brodelten wie das Wasser, das seit Ewigkeiten auf dem Ofen stehen mochte und das Friederike Brion jetzt vom Feuer nahm, um Kaffee aufzugießen. Kaum stiegen die ersten Duftschwaden in die Nase, war Wagners Missmut besänftigt, verflogen wie ein Schwarm Stare im November beim Start in Richtung Süden. Was hieß hier Süden? Tropen, in Richtung Tropen! Kaffee, goldenes Getränk; für Wagner, wenn er ehrlich war, ein höchst seltenes Gaumenvergnügen. Er war augenblicks mit der schönen Brion versöhnt. Trotz der Wartezumutungen, die einem Wagner so übel aufstießen, wie ihn Kaffee zur Verzückung bringen konnte. Also wollte er angesichts der aufsteigenden Düfte fünfe mal grade sein lassen. Er war schließlich weder nachtragend noch ein Unmensch.

Die junge Brion schüttete den Kaffee in die feinen Porzellantassen mit dem fast unbeschädigten Goldrand. Der Dampf schraubte sich in feinen Kringelfäden in die warme Luft der Stube, war unmittelbar über den Tassen noch einen Augenblick lang sichtbar, bevor er sich schließlich vollends in Wohlgefallen auflöste.

Wagner konnte es kaum erwarten, stand aber immer noch unschlüssig in der Mitte des Raums, da die Frau des Hauses es vor lauter Kaffeegeschäftigkeit versäumt hatte und weiterhin versäumte, ihm einen Platz zuzuweisen. Vom Kaffeedunst umnebelt und gefesselt, hielt Wagner sich nicht länger im Zaum, machte einen Schritt auf den Tisch zu und rückte, unverblümt und forsch, wenn nicht frech, einen Stuhl ab und ließ seinen kantigen Allerwertesten darauf nieder.

»Ach, Ihr setzt Euch schon?«, kam die Quittung.

Als hätte ihn eine Wespe in den Hosenboden gestochen, sprang Wagner auf, um sich hinter seinem Stuhl aufzustellen, als Friederike ein »Behaltet ruhig Platz!« trällerte und ihn damit noch mal mit der Nase draufstieß. Halb mit dem Hintern in der Luft schwebend, befand Wagner sich in einer wenig kommoden Lage, die für die anstehenden Händel nichts als Stolpersteine verhieß.

Endlich nahm auch die Brion Platz und kredenzte nicht ohne eleganten Schwung aus dem Handgelenk den Kaffee. Jetzt aber war Wagner Manns genug, trotz Hochspannung der vom immer stärker werdenden Duft angestachelten Geschmacksknospen an sich zu halten und abzuwarten, bis die junge Frau ihm zuzwinkerte und sie genau zeitgleich die Tasse hoben und zum Mund führten.

Eine Offenbarung! Ein Kaffee, der die Versprechungen seines Duftes mehr als erfüllte. Der den gesamten Mund, den Rachen, den ganzen Schädel mit schwarzbraunem Samt auskleidete. Der alles eintauchte in eine furiose Geschmackswolke, die aus der Kaffeerösterei selbst entfleucht sein mochte. Fantastisch! Ein Geschmackserlebnis, das Wagner fast vergessen ließ, in welch unangenehmem Auftrag er eigentlich hier war.

Fast.

Der erste grandiose Kaffeegeschmack wurde vom zweiten Schluck zugleich hinabgespült und erneuert, war auf jeden Fall aber etwas weniger markant – sei es, dass der goldene Gout von Schluck zu Schluck weniger wurde, sei es, dass bereits ein Gewöhnungsprozess einsetzte. Nicht ganz übel, wenn er ehrlich war, immerhin konnte er nun mit weniger Furcht davor, ein weiteres kulinarisches Erleuchtungserlebnis zu verpassen, angehen, was ihm anzugehen geboten war.

Und so fragte er, ohne ein weiteres Kaffeeblatt vor den Mund zu nehmen: »Kennt Ihr einen gewissen Goethe?«

»Was wollt Ihr?«, lautete die prompte Gegenfrage. Wieder ein Beleg dafür, dass Friederike Brion möglicherweise Zeit gewinnen wollte.

Das aber, genau das durfte Wagner nicht zulassen. »Ich habe eine einfache Frage gestellt. Kann ich vielleicht mit einer einfachen Antwort rechnen?«

»Vielleicht.«

»Genauer, wenn ich bitten darf.«

»Wer kennt den nicht?«, konterte sie, offensichtlich nicht gewillt, weiter Auskunft zu geben, bevor sie nicht wusste, worauf das hier hinauslaufen sollte.

Wagner schlürfte einen weiteren Schluck Kaffee, ließ das edle Getränk im Mund Blasen werfen und aufreizend gluckern, um noch die letzten Nischen der Geschmacks- und Geruchssinne mit den zwar schwächeren, aber immer noch großartigen Aromen zu erhellen. Vielleicht auch, um sich das letzte Gran Mut anzutrinken, das er für seinen Angang brauchte. »Mir wurde berichtet, dass er Euch in Straßburg vor nicht allzu langer Zeit den Hof machte«, legte Wagner in wenig virtuoser Waghalsigkeit vor.

»Da fragt Ihr ihn am besten selbst. Niemand anderer kennt sich in seinen Gefühlswelten aus«, sagte die Brion, offenbar froh, einen Weg gefunden zu haben, wie sie sich das Thema vom Hals halten konnte. Was allerdings der Nachsatz, der ihr jetzt über die Lippen rutschte, gründlich vermasselte. »Ach, was sag ich, nicht mal er selbst kennt sich in sich selbst einigermaßen aus.«

»Dann ist er ja wohl der Letzte, den zu fragen sich lohnt«, quittierte Wagner. Andererseits war ihm wohlbewusst, dass die Hartnäckigkeit sein bestes Schwert war – immerhin war er weder freiwillig noch zum eigenen Vergnügen hier und stand unter erheblichem Erfolgsdruck. Also hakte er kurz entschlossen nach: »Ihr werdet ja wohl wissen, ob Ihr mit ihm ein, sagen wir: Verhältnis, *›das das Herz näher angeht‹*, unterhalten habt.«

»Was ich weiß«, lenkte sie ein, »ist, dass ich in Sessenheim ein wunderbares ›Verhältnis‹ zu einem wunderbaren jungen Mann unterhalten hab. Aber ich weiß nicht, ob es derselbe Mann war, mit dem ich es beendet hab. Oder besser: der es seinerseits beendet hat, indem er sich durch Flucht entzog.«

»Und wisst Ihr denn, ob er Goethe hieß?«

»Nein, auch das weiß ich nicht. Ich weiß nur, dass er sich so genannt hat.«

Wagner rückte seinen Allerwertesten auf dem Stuhl zurecht, sodass er kerzengerade saß. Ein weiterer Schluck von dem flüssigen Gold und ein weiterer Schub Genussmut im Abgang. »Und wisst Ihr denn, wohin ihn besagte Flucht führte? Oder: Wo er sich zurzeit aufhält?«

»Auch das entzieht sich meiner werten Kenntnis. Was ich nun allerdings wiederum weiß, ist, dass ich beileibe nicht die einzige Frau bin, der's mit ihm so oder so ähnlich ergangen ist.« Friederike Brion erschrak über sich selbst. Ihre Hand schnellte in Richtung Mund, als wollte sie sich die geschwätzigen Lippen zuhalten. Auf halber Strecke aber hielt die Hand inne, als Friederike begriff, dass das nun auch nichts mehr nützte, im Gegenteil, die Sache eher schlimmer, weil verräterisch machte. Auf halber Höhe also blieb die Hand in der Luft hängen und wusste nichts mit sich anzufangen. Was eben auch die Sache nicht wesentlich besser machte.

»Nicht die Einzige – was sagt ihr da?«, stieß Wagner unbarmherzig noch mal nach.

»Nichts. Ich will nichts gesagt haben.«

»Habt Ihr aber. – Raus mit der Sprache: Welche denn so alles? Und versucht nicht, um den heißen Brei herumzureden!«

»Wieso?«, schnellte es aus der Brion hervor. Und der Trotz konnte ihrer Schönheit nichts anhaben. Eher im Gegenteil. Wer immer dieser Goethe sein mochte, Geschmack hatte er. Das musste man ihm lassen.

Der jungen Frau aber schien es die Kaffeelaune endgültig verhagelt zu haben, und sie machte Anstalten, Wagner des Feldes zu verweisen.

Was dieser zum Anlass nahm, noch einmal schnell nachzuhaken, bevor es zu spät sein würde. »Und wer außer Euch, welches Weibsbild hat besonders unter diesem Goetheknilch« – ein Wort, dessen er sich freilich nicht ohne Bedacht bediente – »hat besonders unter diesem Goetheknilch gelitten?«

»Schon mal was von *Werther* gehört? Und von dieser Lotte, die darin vorkommt?« Offenbar hoffte sie, indem sie ihm ein kleines Rätsel aufgab – ein, ehrlich gesagt, allzu kleines –, den Kopf aus der Schlinge der eigenen Gesprächigkeit ziehen und weitere Rückfragen abwiegeln zu können.

Wagner, mit entschieden mehr Auskünften bedacht, als er zu hoffen hatte wagen dürfen, ließ sich nicht ein zweites Mal bitten, die gastliche Stätte samt ihrer olfaktorischen Genussdunstglocke zu verlassen, trank seinen Kaffee aus, bedankte sich gebührlich und ging seiner Wege. Werthers Lotte aus *Werthers Leiden* – war doch längst kein Geheimnis mehr, dass es dafür ein lebendes Vorbild gegeben hatte, dass das weniger aus der Luft gegriffen war als womöglich dieser Dichterkerl selbst.

Lotte Sophie Henriette

Mach uns nichts vor, Lotte! Auf keinen Fall können wir das dulden.« Charlotte von Stein war klipp und klar wie eh und je. Was sie sagte, nahm sofort den Charakter eines Evangeliums an.

Sie hatten sich wieder mal getroffen. Die ganze Sache war schließlich äußerst schnell und vehement in Schwung gekommen und drückte den Bundesgenossinnen eine ganz eigene Geschwindigkeit auf. Eine Dynamik im Selbstlauf, der sie sich nicht entziehen konnten. Nicht mehr. *Die ich rief, die Geister …*

Heute hatte es mal wieder der Pavillon sein sollen. Wo sie sich ohnehin am allerliebsten trafen. Begleitet vom emsigen Gezwitscher der Vögel, die all das geheime Getuschel zwar von Baum zu Busch, von Gesträuch zu Gestrüpp trugen, indes so verschlüsselt, dass kein Vertreter, keine Vertreterin der menschlichen Art in der Lage sein würde, die Geheimbotschaften der Verschwörung ins Reich verständlicher Wortlaute zu lupfen. Nirgends waren die Verknotungen des Spinnennetzes, das sie fortwährend webten, um der Bitternis ihrer Enttäuschungen Herr – oder Frau – zu werden, so sicher wie in den Schnäbeln der geschwätzigen Spatzen, die's vom Pavillondach pfiffen.

»Aber was, Hühnerkacke noch mal, gibt euch das Recht, über das Leben jeder Einzelnen aus unserm erlauchten Kreis zu bestimmen? Mein Liebesleben und das Liebesleben jeder anderen von uns ist keine Frage der Beschlusslage in unserem geheiligten Gremium.« Lotte hielt es nicht mehr auf der buckligen Bank, die kreisrund längs der Innenwände des Pavillons aufgestellt war. Sie drückte mit so viel Schwung die Kniekehlen durch, dass es knackte. Dann stolzierte sie über die Beine hinweg, die kreuz und quer auf den Mittelpunkt des Spinnennetzes zuliefen, das sie im Pavillon quasi aufgehängt hatten. Zum Weiterweben, wenn der Tau ihrer üblen Gefühle, ihres Unglücks, ihrer Verzweiflungen abgetrocknet sein würde.

Lotte trat nach draußen. Stellte sich, ohne mit der Wimper zu zucken, in den Regen, der in der letzten halben Stunde deutlich an Heftigkeit zugelegt hatte und vom Pavillondach ebenso herabtroff wie von den Tannen des Walds, der die hintere Seite des Pavillons umschloss. Sie war nach vorn ins Helle, ins einigermaßen Helle getreten, blickte hinaus auf die triefendnassen Wiesen, die sich noch vor der Hügelkette im Nebel verloren, und schien den Regen geradezu zu genießen. Was sie allerdings nicht davor bewahrte, dass ihr die Anwürfe von Charlotte von Stein, Christiane Vulpius und selbst von Elisabeth in den Nacken hagelten.

Und natürlich beteiligte sich auch Katharina, die bekanntlich Haare auf den Zähnen hatte: »Lass die krüppligen Finger von unserm Wilhelm!«

»Wieso von ›unserm‹?«, nuschelte Lotte ins Regenrauschen, ohne sich zu den anderen Spießgesellinnen umzudrehen. Sie musste ja ihr Gesicht nicht immer und in jeder Situation offenbaren.

»Das hab ich auch schon mal zu hören bekommen«, juchzte Elisabeth. Offensichtlich war es ihr nicht ganz unangenehm, dass sie im Moment nicht im Visier stand.

»Himmel, Gesäß und Nähgarn, Wilhelm steht in unsern Diensten! Und es gibt keinen, hörst du, keinen Grund, ihn durcheinanderzubringen und ihm den Kopf zu verdrehen. Der muss sich konzentrieren, darf einfach nicht auf abwegige Gedanken kommen. Der Mann ist unser Goethe. Und nichts sonst. Begreif das endlich!«, predigte Käthchen mit erlesenster Ziegenmeckerstimme.

Es reichte. Lotte reichte es schon lange. Die Beschränkungen, die ihnen diese ganze bizarre Aktion abverlangte, hatten sich längst zur Bevormundung aufgeschaukelt. War das noch ihr Leben? Sie war inzwischen fast so weit, dass sie sich manchmal diesen Satanskerl herbeiwünschte. Aber natürlich wusste sie, dass er hier kaum auflaufen würde. Er hatte schon ein paarmal laut und vernehmlich gesagt, dass er Menschenansammlungen hasste. »Wo zwei in wessen Namen auch immer versammelt sind, bin ich nicht mitten unter ihnen. Definitiv nicht.« Und dass er am liebsten mit ihr allein unterwegs war. Fast so etwas wie ein anzügliches Kompliment. Das sie natürlich nicht ernst nahm. Nicht ernst nehmen konnte. Durfte.

»Pass auf!«, kam jetzt eine Ansage von Christiane Vulpius. »Es gibt kein Vertun: Entweder du lässt unsern Wilhelm Wilhelm sein, oder wir weihen deinen Albert ein. Ich nehme an, dass das nicht so ganz in deinem Sinne wäre.«

»Untersteht euch!«, zeterte Lotte. Es war doch wohl nicht zu glauben! Was erdreisteten die sich? Was war denn bitte schön vorgefallen? Ein paar schöne Augen, ein Lächeln von einem Ohr bis zum andern, ein Satz frohgemute, einvernehmliche Worte. Und auch sowas fiel unter den Bann, gehörte zur Verbotslitanei eines erfolgreichen Ränkespiels? Nein, das konnte sie nicht glauben.

Jetzt war es an Charlotte von Stein, sich einzuschalten und die ungeschriebenen Statuten ihrer, sagen wir: Verschwörung des weiblichen Furors in Erinnerung zu rufen. »Ganz klar, ganz eindeutig: Liebeleien mit einem unserer mühselig angeworbenen Ausführungsorgane sind tabu! Sowas, und das müsstest du eigentlich wissen, sowas führt bloß zu Komplikationen, zu Kumpanei und Verwicklungen, die wir nicht gebrauchen können. Jetzt, wo wir unseren Goethe endlich installiert und etabliert haben. Was ja nun wahrhaftig kompliziert genug war. Und erfolgreich genug. Und das lassen wir uns von einer liebestollen Libelle hier, Libelle da nicht vermasseln!«

Für heute, das hatte Lotte nun endgültig begriffen, für heute war das letzte Wort in dieser Sache gesprochen.

Anna Sibylla

Treffen folgte auf Treffen. Man hatte eben zu reden, weitere Pläne zu schmieden. Das Karussell wollte am Laufen gehalten werden. Dem Affen musste man Zucker geben, solange er noch Zähne hatte.

Diesmal war sie an der Reihe mit dem Zuspätkommen. Was wollte sie machen? Das Leben war nun mal eines der zeitraubendsten. Und schließlich musste sie ja mal erst über alle Berge, um hierher zu gelangen an den, Verzeihung, Arsch der Welt. Und dann kam zu allem Überfluss die Kutsche nicht weit genug. Oder der Kutscher. Der jedenfalls wollte partout nicht weiterfahren. Nein, diese Riesenpfütze, wer denn möge wissen, was darin los sei. Welche Abgründe sich da auftun möchten. Und ob sie, die verehrte Frau Münch, vielleicht für den Achsbruch aufkommen werde. Nein, das könne er nicht riskieren.

Also musste sie im Schweiße ihrer Füße das letzte Stück Wegs zu Fuß zurücklegen.

Aber sie hatte Glück. Noch hatte es nicht angefangen zu regnen. Das würde noch kommen, keine Frage. Aber wenn es gut ging, würde sie gerade noch trockenen Fußes ankommen. Sie blickte ein bisschen rechts, ein bisschen links des Wegs. Was sie niemals nicht begreifen würde: Wieso die Stürmer und Dränger, von denen sie ja schließlich den wichtigsten selbst installiert hatten, wieso die eigentlich regelmäßig ins Schwärmen gerieten, wenn sie durch die Natur talpten. Gesträuch, Gestrüpp, unerfindlich verknotetes Irgendwas in Grün, Grün, Grün.

Angereichert von sommerkackbraunen Halmen, Büscheln, aufgegebenen Blütenständen. Wenn's hochkam, ein paar gelbe, ein paar lila Farbtupfer. Ja, und? Das gab es schließlich überall. Waldrand am Wegesrand. Ja, Himmel noch mal, was war daran besonders? Ein paar bewaldete Hügel, ein paar abgemähte Wiesen, Felder mit aufgestellten Weizengarben, ein Tal, wo sich ein schlappes Flüsschen durch seinen verworrenen Auwald schlängelte und schnörkelte. Nein, die Begeisterung konnte sie nicht nachvollziehen. Und in des Dramas erstem Teil zumindest, wofür sie zuständig war, würde man denn auch vergebens nach Naturschwärmerei suchen. Empfindlichkeitsgesülze, ausgeleiertes! Vielleicht einen Osterspaziergang. Ihretwegen, wenn's denn gar nicht anders ging, ihretwegen würde sie beschreiben, wie vom Eise befreit Flüsse und Bäche ihrem frühlingsgeschuldeten Tagesgeschäft nachgingen. Das aber würde, so wahr sie Anna Sibylla hieß, das würde – was war das da vorn? –, würde das höchste der Gefühle sein.

Tatsächlich, das da vorn, das war nicht nur ein Blumenfleck, ein Häuflein elendig angefaulter Blütenblätter, das war – gehörte womöglich einer von ihnen. Die womöglich wie sie nicht über die Pfütze hinaus hatte kutschiert werden können, und die sich freuen würde wie eine Schneekönigin, wenn man ihr das Tüchlein nachtragen würde, das sie irgendwo am Wegeswaldesrand verloren hatte.

Anna unterzog sich unverzüglich der Mühe, in die Knie zu gehen, in die Hocke, und das buntklecksige Tüchlein aufzuheben. Sofort war ihr klar – ein einziges Näschen – einmal schnuppern –, nein, das war mitnichten nicht ein Weibertuch! Das roch nach Mannsbild. Nach strengem Nackenschweiß, nach lange in den Halsspeckfalten angesammeltem, abgelagertem Hochsommerschweiß, der sich vor einer halben Ewigkeit mit dem Straßenstaub zusammengetan hatte und zu einer Emulsion verschmolzen war, die auf dem Tüchlein schwarze Streifen hinterlassen hatte. Völlig ohne Zweifel: Das Ding war von keiner ihrer Gespielinnen. Aber von wem dann?

Noch bevor sie sich die denkwürdige Frage gestellt,

geschweige denn beantwortet hatte, ob sie sich nicht mal langsam ekeln solle, hatte sie das Corpus Delicti bereits fallen gelassen, zurück ins halme- und ästeverworrene Grün. Eben dorthin, wo es zuvor seine zwischenzeitliche Heimstatt gefunden hatte.

Corpus Delicti? Wie kam sie jetzt – Donnerschlag! – darauf? Beweismittel welchen Deliktes denn? Was denn mochte der Besitzer des Tüchleins im boshaften Schilde führen oder geführt haben? Und was vor allem hatte der Übles wollende Bursche in der Nähe des Pavillons, ihres Pavillons verloren? Und wo mochte er just im Moment stecken?

Sie musste nicht lange suchen. Dieser Ast vorn – konnte noch nicht lange her sein, dass den wer abgeknickt hatte. Also stammten die Spuren im Waldboden da und dort und da vorn auch von ihm. Sie kam sich richtig wichtig vor. Wie ein waschechter ermittelnder Richter, ein Gendarm, ein Sergeant, was wusste denn sie, welcher Dienstgrad welcher Aufpasserbehörde in einem solchen Fall zuständig war und die Ermittlungen an sich gezogen hätte. Wenn nicht, ja, wenn nicht sie, Anna Sibylla Münch, zur Stelle gewesen wäre.

Problem nur war, dass sie keineswegs angemessen gekleidet war für dergleichen kriminalistische Untersuchungen, dass ihr der Rock im Weg war und sie ihn eigentlich mit beiden Händen raffen müsste, nein, musste!, dass sie aber einen Arm zum Ausbalancieren brauchte, während sie mit ihren Ausgehschühchen wie ein Tollpatsch mit Storchenbeinen durchs Unterholz turnte. Sie kam kaum vorwärts, stakste Schrittchen für Schrittchen durchs Getöse und hatte die Spur des Tüchleinverlierers natürlich längst verloren. Und den rechten Pfad ebenfalls. Hatte nur noch eines im Hoffnungsvisier: möglichst bald, möglichst heil am Pavillon anzukommen, der sich irgendwo da hinten, hinter diesem verhexten Wald hier befinden musste. Irgendwie irgendwo, sobald sie dieses schäbige Unterholz und die hochgeschossenen Tannen, oder was das für Gestelle waren, hinter sich haben würde – hoffentlich: dereinst hinter sich haben würde –, wenn … Da war er!

Das musste er sein. Der Bursche, der da vorn im Gestrüpp hockte und sich wie ein Luchs in Lauerstellung nicht regte und nicht bewegte. In ziemlich unbequemer Position, wie's aussah. Und – hatte er tatsächlich – ja, hatte er: ein Fernrohr nach Piratenart vor dem einen Auge, während er das andere zugekniffen hatte, um alles aufs Genaueste beobachten zu können, alles, was sich – in der Tat, er hatte ihr Treffen im Visier, Anna konnte es nur unscharf erkennen, nur soweit es die Löcher und Ritzen im Laub und Geäst zuließen, aber es gab keinen Zweifel –, um alles beobachten zu können, was sich drüben im Pavillon abspielte.

Was oder wen um des wolkenbruchfinsteren Himmels willen hatte der Kerl dort auszuspionieren?

Um der anderen Frauen, um der Geheimhaltung der bislang doch so erfolgreichen Goethe-Verschwörung wegen konnte sie diesen unmöglichen Voyeur nicht gewähren lassen. Auf den Tod nicht.

Aber: Was tun?

Hier war guter Rat nun wirklich teuer. Obwohl – apropos Tod –, sei's drum, wenn's denn sein musste, dann musste es eben sein. Diese hinterhältigen Machenschaften jedenfalls mussten unterbunden werden.

Sie wusste auch nicht, wozu, aber sie griff sich geradezu zielsicher zum rechten Schuh, wo doch eben irgendwo im verschlungenen Geäst irgendeiner kürzlich vom Sturm niedergerissenen Tanne der Stöckel abgerissen war, wo lange Schuhnägel aus der Sohle staksten, sodass der Schuh zur perfekten Schlagwaffe geworden war, so man ihn nur mit sattem Schwung auf seine todbringende Reise schickte.

Sie wartete nicht lange, wollte keine Gewissensbisse entgegennehmen, wollte die Überraschung auf ihrer Seite haben. Und sie hätte auch nicht lange warten können. Denn indem sie mühselig versuchte, sich ohne Ästeknacken auf leisen Sohlen hinter seinem Rücken anzuschleichen, kam sie ins Stolpern, ins Stürzen, fiel mit großem Hallo, das zum Schrei im Kampf gegen den Säbelzahntiger geriet, nach vorn. Den Schuh mit den Stöckelnägeln voraus in der hocherhobenen Rechten, während sie versuchte, mit der Linken den nächstbesten Halt zu finden, um sich abzufangen. Der nächste Halt war jedoch die dürre

Schulter dieses Waldspions. Sie drosch ihm, beschleunigt vom eigenen Sturz, den demolierten Schuh gegen den Hinterkopf, wo er auf dem Glatzenansatz ins Rutschen kam und mit den drei blanken Nägeln bis abwärts ins Nackenfleisch schrammte, eine blutige Spur hinter sich herzog. Oder deren gleich drei, als hätte ein kränklicher Geierfuß versucht, sich in seinen Hals zu krallen.

Der Dreckskerl schrie auf. Und Anna Sibylla überließ in grenzenloser Großzügigkeit ihren Schuh seinem aufgeschlitzten Nackenspeck. Sie kümmerte sich nicht weiter um Schuh und Dreckskerl, registrierte im Augenwinkel allerdings mit Wohlwollen, dass er erfolglos versuchte, den hübschen Schuh mit den hässlichen Nägeln aus dem Halsfleisch zu zerren. Indem er, die Hand am blutenden Nacken, nach hinten weg retirierte und in der Tiefe des Walds verschwand, nahm sie ihr Ziel wieder ins Visier und hinkte durchs Unterholz in Richtung glückliche Verschwörung. Den ganzen beschwerlichen Weg jedoch mit der Frage im Kopf, ob sie den anderen von dem Vorfall gerade berichten sollte, von dem aus dem Blick genommenen Voyeur. Wie tiefgreifend würde die Verunsicherung sein? So tief, dass eine Fortführung des Goethe-Spektakels infrage gestellt oder gar vereitelt werden könnte? War es das wert?

Andererseits hätte sie natürlich eine hieb- und stichfeste Erklärung und Entschuldigung für ihr Zuspätkommen. Und sie würde sich rühmen können, einen gefährlichen Angriff abgewehrt zu haben, die Attacke eines Ungeheuers mit wer weiß wie vielen Armen, Augen, Ohren und was für gefährlichen Körperteilen auch immer. Endlich würde sie als Jüngste im Bunde im Vordergrund stehen, würde womöglich genügend Vorschusslorbeeren eingefahren haben für den Tag, an dem rauskommen würde oder sie anderweitig bekennen müsste, dass sie wahrhaftig ihr eigenes Süppchen kochte, ihr eigener Skribent war, dass sie ihren *Faust* nicht schreiben ließ, sondern selber schrieb. Dass sie am allerwenigsten einen Spion der Wahrheit gebrauchen konnte.

Unschlüssig und unentschlossen setzte sie ihren Weg mit nur einem Schuh fort. Über Stock und über Stein, durchs verknäulte Dornengestrüpp im Unterholz. Mit einer Zielstrebigkeit, als habe sie die Entscheidung, alles auszuplaudern oder sich in Schweigen zu hüllen, längst getroffen.

Lotte Sophie Henriette

Sie hatten es spitzbekommen. Natürlich hatten sie es spitzbekommen. Schon wieder. Das war so klar wie nur was. Sie hatten ihre Augen eben überall. Und ihre Ohren. Dieses halbe Schäferstündchen, oder was das hätte werden wollen, hätte werden können, wenn sie nicht schon diesen vorauseilenden Kadavergehorsam im Kopf gehabt hätte. Die Zensur funktionierte. Schickte sich an, ihr Leben von innen heraus anzukratzen. Sie hatte sich nach der letzten Gardinenpredigt in ihrer Not zurückgehalten, soweit es denn ging. Und selbst das, dieser eisern gedrosselte Ansatz eines winzigen Vergnügens auf Abwegen, war ihnen nicht entgangen.

Und also würde das nächste Pavillon-Treffen genutzt werden, um ihr erneut die Leviten zu lesen und sie auf den rechten Pfad zurückzulotsen. Das war so sicher wie das Amen in welcher Kirche auch immer. Und natürlich würde sie nicht umhinkommen, an dem vermaledeiten Treffen teilzunehmen. Ansonsten kam sie ohne jeden Zweifel in ernste Bedrängnis. Sie musste sich entscheiden.

Und ja, sie hatte sich bereits entschieden. Bei diesem Treffen überhaupt anzurücken war bereits die Entscheidung.

Und es kam, wie es kommen musste.

Aber erstmal kam der Regen. Würde jeden Augenblick kommen. Ihr ständiger Begleiter bei diesen Pavillon-Treffen. Die unabdingbare Kulisse. Warum, wusste keiner. Keine. Sie war als Erste dort. Schneller beim Pavillon angekommen als der Regen, der sich aber von Minute zu Minute unmissverständlicher ankündigte. Weißgraue Wolken mit ausfransenden pechschwarzen Blattern.

Schon, als sie auf den Pavillon zuging, auf den letzten Metern, hatte sie das Gefühl, sie gehe nicht allein. Er nutzte die Gelegenheit. Das war offensichtlich. Sah auch, dass von den anderen Frauen noch keine da war. Der Pavillon war ausgestorben, wie man problemlos erkennen konnte. Kein Wunder; wer, wenn er oder sie keine Verschwörung im Schilde führte, wollte sich bei dem aufziehenden Sauwetter hier draußen am Waldrand niederlassen. Und sei's auch nur für kurze Frist.

»He, Lotte«, sagte er und setzte die gefährlich spitze Tonart an, »Charlotte Sophie Henriette Buff, heute ist dein Tag! Your turn. Der Tag, auf den es ankommt. An dem du echt beweisen kannst und musst, dass du wer bist, dass deine Loyalität zwar, okay, meinetwegen, dass die auch deinen Bundesgenossinnen und der Weiberverschwörung gehört, aber eben nur *auch*!«

Was erdreistete sich dieser Satan Kerl, sie jetzt auf einmal zu duzen? Von Anstand keine Spur. Von Achtung schon gar nicht. Ach, was redete sie! Respekt, ja, ein Hauch von Respekt würde ihr schon reichen.

»Deine Loyalität hat vor allem dir selbst zu gelten. Okay, das bedeutet, dass du mit echter Frauenpower zu deinen Ausflügen stehst. Energisch wie eine Bitch.«

»Was geht das, Hühnerkacke noch mal, dich an?« Gleiches mit Gleichem vergelten. Dann duzte sie eben zurück. Sollte er doch sehen, dass sein ungebührliches Verhalten Konsequenzen nach sich zog.

»Die nehmen dir das echt krumm, das sag ich dir. Auch wenn sie – Memmen, die sie sind – deinen Albert ja nun doch aus dem Spiel gelassen haben. Vorerst jedenfalls. Weiß der Deibel …«

»Der wer?«

»Keine Ahnung, was die jetzt für Geschütze auffahren. Aber, he, du musst einfach gewappnet sein, schöne Braut. Und komm deinen Mitverschworenen bloß nicht mit großen Gefühlen, mit echter Liebe und so 'm Scheiß!«

»Alle strategischen Erwägungen, schwarzer Gesell, kannst du getrost mir überlassen. Stattdessen könntest du dich mal wieder rasieren! Mal ein bisschen auf dein Äußeres achten, wenn du dich schon unter Menschen begibst. Zumindest mir unter die Augen trittst. Abgemähter Stoppelacker im schmutzig schwarzen Gesicht, ich könnte mir was Schöneres vorstellen. Ich hab's mit Schönheit, musst du wissen«, setzte sie mit Nachdruck an die Luft und wischte sich die ersten Tropfen aus der Stirn, die der Platzregen als Vorboten aussandte. Jetzt konnte es nur noch Minuten dauern, bis der Pavillon sich füllte. Bis sie sich dem Tribunal würde stellen müssen. Bis sie nach dem Abebben der Empörungswelle Nummer zwo die nächste Stufe der Goethe-Schikane für alle Schlauberger des Planeten aushecken würden. Worauf sie sich naturgemäß geradezu diebisch freute. Und selbstredend auch darauf, dass dieser Satan endlich begreifen würde, was der Regen für eine Stunde anschlug. Dass er sich a tempo zu verdrücken hatte, wollte er der versammelten »Frauenpower«, wie er das nannte, nicht übern Weg laufen. Und das wollte er nicht, nein, das konnte er nicht wollen.

Und richtig, er war schon nicht mehr da. Sie wusste es, sie spürte ihn nicht mehr.

Aber – nein, das konnte nicht sein – wieso hörte der Regen auf, bevor er wirklich angefangen hatte? Wieso verzogen sich die schwarzbedrohlichen Wolken? Ohne einen anständigen Guss. Ohne der Welt die Reinigung angedeihen zu lassen, die sie so dringend brauchte. Auch sie, Lotte, unbedingt und dringend.

Aber die Blitze, die durch die finstren Wolken zuckten, blieben unbeantwortet; die Donner blieben stumm, ihre frohe Botschaft ungesagt und ungehört.

Und die Frauen kamen nicht.

»Siehste«, zischelte diese Stinkmorchel nach Art einer pechschwarzen Viper, »was sag ich? Die kommen nicht. Die haben dich schon aufgegeben. Strafen dich durch Missachtung, machen dich fertig, fix und alle, indem sie dich einfach nicht mehr einbeziehen. Du bist schon zur Nullnummer geworden für die, bist ausgestoßen, weggemobbt, eh du dichs versehn hast. Lange Nase, Arsch lecken.«

So was musste sich kein Mensch anhören. Sie schon gar nicht. Sie ging. Ließ den Schwarzen stehen.

Wilhelm

Die Gewitterwolken zogen merkwürdigerweise unverrichteter Dinge wieder ab, wie's aussah, was recht eigentlich so gar nicht ihre Art war, jedenfalls nicht hier, jedenfalls nicht, wenn sie sich dermaßen unheilverkündend zusammengebraut hatten. Und doch war es so. Was keineswegs nach seinem Geschmack war. Er liebte es vielmehr, wenn es so war, wie es sein könnte.

Zumal an einem Tag wie heute, wo sich seine Goethe-Verpflichtungen in Grenzen hielten. Bloß dieser eine, jetzt auch schon wieder ein paar Wochen alte Auftrag, im Geheimen diese Italienreise vorzubereiten. Sodass weder Herzog Carl August noch das gesamte Umfeld davon Wind bekommen würden. Schließlich war die Tour ja gedacht als Flucht vor den Mühen der Regierungsgeschäfte, der Militärverwaltung, der Finanzverwaltung, dem Kleinklein der Tage. Auch der Tage mit Christiane. »Ein Überraschungscoup«, wie die von Stein'sche sich ausgedrückt hatte, den er nicht mal in einem Brief an sie ankündigen durfte. Man wisse ja nie. Was wieder mal zeigte, dass sie manchmal nicht alle Tassen im Schrank hatte. Aber nun, wenigstens stand sie für das, was war, wie es sein könnte. Hatte genug Fantasie und Saft und Kraft und Rückgrat, um die Welt aus den Angeln zu heben.

Trotzdem auch mal nicht übel, wenn diese Frauensleut ihn für einen Tag oder zwei, drei, vier aus den Klauen irgendwelcher Verpflichtungen entließen. Wenn er Goethe mal Goethe und Gott einen guten Mann sein lassen konnte.

Er saß im Rosengarten und sah den schwarzen Wolken zu, die mit ihrer Auflösung beschäftigt waren. Die sich wahrhaftig in blauen Himmel verzauberten, über den sich noch ein paar brave weiße Fäden zogen. Wie eine weiche Erinnerung an ein hartes Donnerwetter, dass es nicht geschafft hatte zu halten, was es versprach. Zu sein, was es hätte sein können.

Aber – vielleicht drohte Ungemach von anderer Seite.

Wieso lief hier diese ganze Phalanx von Weibsbildern auf? Jetzt und hier, wo er mal einmal eine Viertelstunde oder zwei im Rosengarten den Rosen beim Verblühen und den Wolken beim Sichverziehen zusah.

»Wilhelm?«, keifte es denn auch schon aus einiger Entfernung. Keine Chance mehr, Reißaus zu nehmen. Sie hatten ihn nicht nur gesehen, sondern erkannt. Und Charlotte die Steinin und Augusta die Gräfin rahmten ihn schneller, als er gucken konnte, auf seiner Rosenbank ein. Die eine nahm rechts, die andere links neben ihm Platz. Auf Tuchfühlung. War nur noch die Frage, was sie von ihm wollten. Konnte nichts Gutes sein, wenn sie hier in großer Besetzung aufliefen. Obwohl – wo war Lotte? Alle waren sie da, die ganze Corona, Elisabeth, die von Stein, die Vulpius natürlich, Gräfin Augusta von Gustchen, sogar die Maximiliane Euphrosyne, ihres Zeichens die Sanftmut in Person, und diese und jene. Aber Lotte glänzte durch Abwesenheit. Nun gut, sei's drum. Viel Zeit zum Nachsinnen blieb ihm sowieso nicht.

»Kann das sein, Wilhelm«, fragte mit scheinheilig interessiertem Blick Augusta derer von und zu, »kann es sein, dass die eine oder andere von uns ihn in unzweideutig zweideutigen Verrichtungen mit einer gewissen Charlotte Sophie Henriette Buff beobachtet haben? Beobachten mussten. Oder sollten wir uns da geirrt haben?«

»Ja, wenn's denn man bloß so weit gekommen wäre. Damit sich dieser Aufmarsch hier auch lohnen würde.«

»Und damit Ihr auch auf ein vergnügliches Abenteuer zurückblicken könntet«, lachte Maximiliane Euphrosyne. Und ihr Lachen war wie gewohnt warmherzig. Wofür sie postwendend abgewatscht wurde.

»Kann er doch! Kann er doch; wir haben's mit eigenen

Augen …«, erwiderte die Vulpius, brachte ihren Satz aber nicht zu Ende. Was so gar nicht ihre Art war.

Maximiliane von La Roche kam ihr in die Quere, hatte offenbar kein Interesse, sich vorführen zu lassen. Vielleicht, dachte Wilhelm bei sich, vielleicht sogar wollte sie ihn in Schutz nehmen. Auch als mehr oder weniger Außenstehender wusste er, dass sie im Gegensatz zu allen anderen keinerlei Groll auf welchen Mann auch immer hegte. Jedenfalls grätschte sie mit ihrer Erwiderung mitten rein in Christianes Erwiderung: »Nichts habt Ihr gesehen. So viel Ehrlichkeit muss sein. Elisabeth hat's Euch bloß erzählt.«

»Was fällst du uns so blödsinnig in den Rücken!«

»Er streitet das Ansinnen ja nicht mal ab. Aber …«

»So. Und jetzt mal Ruhe im Karton!«, ging die von Stein'sche dazwischen. »Wir müssen uns hier nicht mit Kindereien aufhalten. Eines ist klar, Wilhelm, Ihr steht in unseren Diensten und werdet wahrlich fürstlich dafür entlohnt. Und eine Bedingung des Auftrags war und ist die Tatsache, dass Ihr Euch im Sinne unseres Goethe-Spielchens ausschließlich, ich wiederhole: ausschließlich mit Johanna Christiane Sophie …«

»Aber gerne«, ging Wilhelm dazwischen, »mit dem größten Vergnügen. Aber wieso ausschließlich? Wer sagt mir, dass ich ausschließlich …«

»Wir!«, war mit felsenfestem Nachdruck noch mal Charlotte von Stein zu vernehmen. »Wir sagen Euch, dass Ihr Euch – auch wenn noch nicht offiziell geehelicht – ausschließlich mit Johanna Christiane Sophie Vulpius zu begnügen habt. Ihr müsst euch nicht gezwungenermaßen Geschlechtsvertraulichkeiten mit ihr hingeben, aber …«

Das war der Moment, wo Christiane – erwartbar – auf die Palme ging und loszeterte: »Was heißt hier ›begnügen‹? Ich betrachte mich nicht als Notlösung. Schließlich hab ich ihm – vorehelich hin oder her – schon das eine oder andre Kind geboren, verflucht und zugenäht!«

Wilhelm überlegte kurz, ob er ihr die Totgeburten vorhalten sollte. Oder ob er die Frauenzimmer nicht getrost sich selbst und ihrer Zickenzwistigkeit überlassen könne. Aber indem er sämtliche Fluchtmöglichkeiten sondierte, musste er noch mal und noch mal feststellen, dass er sich hier auf dieser verfluchten Rosenbank auf Gedeih und Verderb mit den verrückt gewordenen Weibern auseinandersetzen musste.

»Empfindlichkeiten, nichts als persönliche Befindlichkeiten, Mesdames«, fiepte die von La Roche und ließ ihr vergnügliches Lachen folgen. »Wir sind eben doch ein Hühnerhaufen.«

»Und so gackern wir ganz unmissverständlich: Solltet Ihr nicht gebührend Abstand halten, geneigter Wilhelm alias Johann Wolfgang von, gebührend Abstand von allen weiblichen Wesen …«

»… außer meiner Wenigkeit«, meinte Christiane sich noch mal in Erinnerung bringen zu müssen.

»… natürlich gebührend Abstand außer von Frau Vulpius, solltet Ihr das nicht hinbekommen, habt Ihr Euch für diese, zugegeben, anspruchsvolle Aufgabe endgültig als ungeeignet erwiesen«, statuierte die von Stein'sche Furie.

»Was soll das heißen?« Wilhelm wurde es zusehends ungemütlich. Für die Rosenpracht neben der Bank hatte er schon länger keinen Blick mehr, jetzt aber sah er nur noch verwelkte und verweste Blüten.

»Dass Ihr Euch mit diesen unsinnigen Weibergeschichten um Lohn und Brot, um Eure Existenz bringt.«

Und Anna Sibylla zwitscherte noch: »Dass wir uns in diesem Fall gezwungen sehen, ihm den Auftrag wieder zu entziehen.«

»Es ist zwar nicht an einem solchen Küken, so schwerwiegende Ankündigungen in den Raum zu stellen, aber wir wollen es mal ausnahmsweise so stehen lassen.«

»Und, kommt ja nicht auf die Idee, unser großes Geheimnis in die Waagschale zu werfen, sprich: zu lüften! Dann hättet Ihr Euch um den letzten Rest Eurer Existenzberechtigung gebracht. Dann würde es plötzlich auf Eurer Seite um Leib und um Leben gehen.«

»Was Euch allerdings auch die Schlinge um den Hals legen würde«, wagte Wilhelm einzuwenden.

Die von Stein und die Augustagräfin standen mit einer einzigen gleichzeitigen Bewegung auf: »Ende des Palavers.«

Doch Anna Sibylla hob beide Hände, legte sie in Schulterhöhe quer und wippte damit, um Silentium bittend, auf und ab. »Ich muss euch unbedingt noch was erzählen«, sprudelte sie los.

Für Wilhelm der rechte Moment, sich fein stille zu verkrümeln.

Maximiliane

Das war zu früh. Auf alle Fälle. Nein, sie wollte noch nicht abdanken. Sie war schließlich noch längst keine vierzig und hatte noch so viel vor. Vor allem auch mit den anderen Frauen. Auch wenn die ihr eigentlich hier und da und dann und wann übers Ziel hinausschossen, so genoss sie dieses aufregende Abenteuer doch in vollen Zügen. Nun schon seit Jahren, und sie wollte es auch weitere Jahre in vollen Zügen genießen. Aber sie hatte dieses Gespür, das *all ihren Sinn gefangen genommen*, das sie nicht mehr aus den Klauen ließ. Und das sie mit dieser dumpfen, kloßschweren Trauer erfüllte.

Sie war jetzt erstmal froh, dass sie heil von ihrem einstweilen letzten Pavillon-Treffen zurückgekehrt war. Ohne zusätzliche Blessuren, ohne Einbrüche und Schwächeattacken über das bekannte Maß hinaus. Das immerhin. Aber das nächste Treffen – würde sie das nächste Treffen noch schaffen? Würde sie die Frauen, die ihr über all die Jahre so ans Herz gewachsen waren, noch mal wiedersehen? Würde sie weiter mit ihnen unter einer Decke stecken können?

Obwohl, natürlich, natürlich war nicht immer alles eitel Sonnenschein unter dieser Decke. Oder besser: darüber. Gerade erst, erst gerade hatte sie doch im Pavillon mit all der Kraft, die ihr zu Gebote stand, die Wogen glätten müssen. Ein Riesenaufruhr, als Anna Sibylla von ihrer wagemutigen Großtat im Hinterhalt des Hinterwalds berichtete. Selbstredend war die Angst gewaltig, dass das Ganze auffliegen würde. Erst recht, weil keiner wusste, wer dieser Kiebitz war.

Bis plötzlich Friederike sich an die Stirn fasste und ein »Natürlich« herauspresste. Ob es diese Dumpfbacke von dürrer Gestalt gewesen sei? So dürr, dass man ständig das Gefühl habe, die unzweifelhaft vorhandenen Knochen möchten durch die Pergamenthaut stechen und, kantig wie sie waren, auf ganzer Länge blutlose Risse verursachen. Ob es ihr, Anna Sibylla, auch so gegangen sei, dass sie meinte, jeden Moment damit rechnen zu müssen, dass die über der Schädeldecke zum Bersten gespannte Haut aufplatzen würde? Und dass knapp darunter die spitze, mit einem messerscharfen Höcker bestückte Nase das Gesicht in seine Einzelteile zerlegen würde? Dass er aber gleichzeitig eine kleine Plauze vor sich hertrug und dass sein hagerer Giraffenhals in einen speckigen Stiernacken auslief?

»Ja«, hatte Anna Sibylla bestätigt, »ja, genau das.«

Und ob dieser abgehalfterte Schnüffler elegant gekleidet gewesen sei, setzte Friederike nach, weit erlesener gekleidet, als man angesichts seines ausgedörrten Körpers meinen möchte. Und als es mit Blick auf sein schmutziges Geschäft, das er offenbar betrieb, angemessen wäre. Auf alle Fälle so, dass aus jeder Pore dieses Kerls eine pedantische Ordnungsliebe spreche.

Und als Anna Sibylla auch das bestätigte, da endlich hatte Friederike den Deckel vom siedenden Topf gehoben. Dann könne es sich um niemand anderen gehandelt haben als um Wagner, den kauzigen Famulus von Verleger Weygand. In dessen Auftrag nämlich solle dieser komische Vogel eruieren, wer oder was dieser Goethe eigentlich, recht eigentlich sei, der da durch die Literatur- und Weltgeschichte turne, tobe, turble.

Die Verwirrung war groß, mündete binnen kürzester Zeit in einen Aufschrei des Entsetzens, in ein Einknicken der bislang doch so hochgereckten Rücken, in ein vollkommen fahriges Hin- und Hergedenke, auf der Suche nach einer wie auch immer gearteten Lösung, die geeignet sein würde, trotz

Spionageattacke den Popanz Goethe aufrechtzuerhalten. Und damit ihr gemeinsames, ja, sollte man sagen: Lebenswerk? Ja, irgendwie schon. Ihr Geschöpf, ihre Schöpfung.

In den verzweifelten Trubel hinein – vor allem damit wieder jene Ruhe einkehren würde, die ihrer Abwehr gegen Übelkeit und unterirdische Leibschmerzen doch immer äußerst zuträglich war – hatte Maximiliane sich angeboten, mit dem Verleger selbst zu sprechen und ihn auf andere Gedanken zu bringen, damit er seine kostbare Zeit nicht mit unsinnigen Nachforschungen vertue. Sie selbst wolle Weygand offerieren, eine mindestens fünfhundert Seiten starke Biografie über diesen Goethe zu schreiben, die alle Zweifel an seiner Identität und erst recht alle Zweifel an seiner Existenz ausräumen werde.

Worauf sich Anna Sibylla wieder zu Wort gemeldet hatte: Daran wolle sie aber auf alle Fälle mitwirken, sie könne schließlich wie keine Zweite schreiben.

Allgemeines Aufhorchen. Wenn nicht Aufschrecken! Schon wieder eines. Mindestens eines zu viel für diesen einen Tag, der doch eigentlich, wenn man sich recht erinnerte, dem weiteren Fortgang des so erfolgsverwöhnten Goethe-Dings gewidmet war, insbesondere dem Zusammenführen der beiden *Faust*-Konzepte, die immer noch mehr oder weniger unzusammenhängend durch den Raum waberten.

Aber dazu kam es nicht. Und jetzt war zu allem Überfluss gänzlich unklar, ob es dazu kommen würde, dass sie, Maximiliane, dem knorrigen, allenthalben übelwollenden Verleger ihre Aufwartung würde machen können. Obwohl ihr Vorschlag bei den anderen auf einhellige Zustimmung gestoßen war. Ohne Wenn und Aber. Sie hatte also freie Bahn. Und sei es mit einer Anna Sibylla im Schlepptau. Das war also nicht das Problem.

Das Problem war ihr Leib. Die Frage war, ob sie überhaupt noch aus dem Haus kam. Wie viel weniger, ob sie und wie sie die so komplexen Verhandlungen mit dem so komplizierten Johann Friedrich Weygand durchstehen sollte!

Sie hatte ja schon den ganzen Tag versucht, die Schmerzen zu überhören, die Knoten im Gedärm, oder wo sie denn sitzen mochten, durch Missachtung zu strafen, die Übelkeit geflissentlich zu übergehen oder anzugehen, indem sie Kamillen-, Kamillen- und Kamillentee trank. Alles nicht von Erfolg gekrönt. Und jetzt?

Jetzt das! Jetzt im schieren Gegenteil diese furchtbaren, diese furchterregenden Krämpfe da irgendwo unter und hinter dem Magen. Jetzt – wo es schon nicht mehr gelang, auf dem Rücken liegend, die Füße, die Beine anzuziehen, was doch sonst immer einigermaßen, zumindest für eine Weile geholfen hatte, das Knäuel wenn nicht aufzulösen, so doch zu entspannen. Aber jetzt – das war eine neue Dimension, eine andere Tiefendimension!

Wenn sie die Knie nicht mehr hoch, die Fersen nicht mehr an den Hintern gezogen bekam, wie sollte sie dann, wollte sie dann, wie würde sie dann den schmuddeligen, den stinkenden Deibel loswerden, der da in ihrem Unterbauch hockte, griente, rumorte, fröhliche Urständ feierte, nach dem Unrechten sah? Wie sollte sie – was für ein Schrei da unten, was für ein Gebrüll im Gedärm! Ein einziges Grauen. Die Hölle im eigenen Inneren. Das Reich des Satans, der da in den Höhlen und Gängen, Tiefen und Untiefen angriff, sich immer mehr ausdehnte.

Jetzt war ihr schon verwehrt, die Arme zu heben. Wieso waren die aus so hartem Holz geschnitzt? Und so bitter kalt, wie festgefroren, zu Stein geworden. Blieben regungslos, obwohl sie sie doch unbedingt brauchte, um wenigstens kurz die Bauchdecke durchzukneten, um zumindest den Versuch zu unternehmen, von außen diese eine besonders verzwirbelte Verknotung zu lösen. Aber es war und blieb ein Ding der Unmöglichkeit.

Und das, was da zwischen den Flammen des Schmerzes emporkroch, was war das? Eine Müdigkeit, bleierne Müdigkeit, die sich einfach so am helllichten Tag ihres Schmerzkadavers bemächtigte.

Was? Wie redete sie denn von ihrem Leib! Auch wenn er unter all dem Ziehen und Krampfen wechselweise laut schrie oder leise vor sich hin wimmerte, so war er doch immer noch ihr Körper. Obwohl, konnte sie sich da noch so sicher sein, wenn er jetzt vor ihren Augen versteinerte?

Trotz allem ein kleiner feiner Lichtblick: Die Müdigkeit war eindeutig im Begriff, gegen den Schmerz zu gewinnen. Und es fühlte sich anders an als der wohlige, für gewöhnlich jedoch kurze Augenblick, in dem sich der Schlaf herabsenkte und das Schmerzgetümmel in den gnädigen Mantel des Vergessens hüllte. Und sei's auch nur für eine halbe Stunde. Jetzt, das hier, das fühlte sich nach einer längeren Zeitspanne an, die mit den betäubten Schmerzen aufzuziehen schien. Das war nicht ein kurzer Moment, das war eine Endlosigkeit, eindeutig, womöglich die Auflösung der Schmerzkrämpfe, die Befreiung, die Heilung. Endgültig. Oder, gottgütiger Himmel, sollte das etwa keine Endlosigkeit sein, sondern das Ende? War das, was da hinten vor ihren Augen lag, war das das Schwarze, wo man noch hindurchmusste, um ans Licht zu gelangen? Ins Weiß?

Kaffeeklatsch

Du hast dich also tatsächlich nicht …«

»Nicht im Geringsten. Ich gehe meinen Weg. Gern mit Euch zusammen, ein Stück, aber …«

»Was heißt hier ›Weg‹?« Friederike war mächtig angefressen und sah sich nicht veranlasst, irgendeinen Hehl daraus zu machen. »Du wirfst dich mit ihm in die Kissen!«

Und Anna Katharina pflichtete ihr eifrig bei: »Dabei haben wir doch, ich meine, unmissverständlich klargemacht, dass Geschlechtsvertraulichkeiten mit einem unserer, sagen wir: Bediensteten, mit einem unserer amtlich bestellten Schreiber sich entschieden, aber ganz entschieden nicht vertragen mit der Teilnahme und Teilhabe an unserer, an unserem, ähm …« Käthchen suchte, was für alle offensichtlich war und der einen oder anderen ein Lächeln aufs Gesicht zauberte, Käthchen suchte nach geeigneten Worten, um ihre geschwollene Schimpf- und

Schandrede fort- und zu Ende führen zu können. »… sich nicht vertragen …«, setzte sie tapfer noch mal an, »… mit unserem geheimen Gemeinheitenhäkeln.« Worauf sie sich sofort zurückpfiff: »Mit unserer großen Sache!« Endlich konnte sie das Eis in den zusammengezogenen Augenbrauen auftauen lassen und eilends noch ein »Himmel, Arsch und Wolkenbruch« an die Luft setzen. Froh, wieder in ihrem Element zu sein. Alles Weitere war jetzt Sache der Oberstrateginnen.

Augusta, eben mit ein paar dampfenden und einladend klingelnden Tassen auf dem Tablett aus der Küche kommend, fing Friederikes in die Luft geworfenen Feuerball mit einem genüsslichen Zucken der Mundwinkel auf und setzte die Abkanzeltirade mühelos fort: »Dreimal vermaledeit, dass wir uns da ganz klar verstehen, Lotte, wenn du deine missratene und deplatzierte Liebelei mit unserem Goethewilhelm nicht schnurstracks und spornstreichs an den krummen Nagel hängst, bist du …«

»… bist du schneller raus aus unserem Komplott, als du drin warst«, übernahm Freifrau von Stein, um die Schraube noch einmal anzuziehen.

Und Augusta, die soeben damit fertig geworden war, die Kaffeetassen in der Runde zu verteilen, ging die paar Schritte zu Lotte Sophie zurück, um ihr den Kaffee wieder zu entziehen, noch bevor sie einen Schluck genommen hatte.

Augusta

Also gut, es war selbstverständlich einer Gräfin nur angemessen, die anstehenden Verhandlungen zu führen. Und da wollte sie natürlich, wo Maximiliane Euphrosyne von La Roche diesen allzu frühen Tod gestorben und die Jahresfrist für die Trauerwürde verstrichen war, ihrer Verantwortung gerecht werden. Und sei's auch gemeinsam mit dieser Äffin namens Anna Sibylla, die meinte, sich als Selbstschreiberin aufwerfen zu müssen, nicht nur als

Faust-Verfasserin, sondern auch als große Goethe-Biografin. So sei es denn. Immerhin war sie, Augusta, als strategischer Kopf, der sie unter den anderen auszeichnete, selbstredend diejenige, die prädestiniert war für diese so anspruchs- wie wertvolle Aufgabe, für diese schwierige und zugleich entscheidende Herausforderung, von deren erfolgreicher Bewältigung schließlich nicht weniger als die Zukunft des gesamten Goethe-Phantasmas abhing.

Und so hatte sie denn, kaum, dass sie die traurige Nachricht von Maximilianes überaus tragischem Ableben erreichte, sofort und umstandslos zugesagt, in die Bresche zu springen. Inzwischen ein ganzes Jahr her. Jetzt also war es nun wirklich an der Zeit!

Freilich verfügte sie über die Mittel, nach Leipzig zu reisen und auch dem jungen Reh Anna Sibylla ein besseres Logis für ein, zwei Nächte zu gönnen als die erstbeste Poststation. Und so standen sie denn anderntags, in edle, doch nicht übermäßig schmuckvolle Kleider geworfen, vor dem Kontor des Verlegers. Ließen sich von seinem Famulus Wagner nach oben führen, der redlich bemüht war, ihnen nicht seinen vernarbten Hinterkopf samt Nacken zuzuwenden – ob er Anna Sibylla nun als die Übeltäterin mit dem abgebrochenen Stöckelschuh erkannt hatte oder nicht.

Ein zaghaftes Klopfen, ein gelangweiltes »Herein«.

Weygand saß, gebeugt über ein wogendes Meer aus Papieren, tunkte die Schreibfeder ins Tintenfass und krakelte zwei, drei Hieroglyphen auf irgendeinen Zettel. Ein zweites, ein drittes Mal die gleiche Prozedur.

Dann endlich blickte er auf, sparte sich indes jede Grußformel. »Die Damen kommen schon wieder, um den leidigen Casus Goethe aufzurufen, richtig?«

»Was heißt hier ›leidig‹?« Worauf sollte Augusta warten? Gleich loslegen! »Mit seinem *Werther* habt Ihr ja nun reichlich abgesahnt. An Ertrag kann wahrlich kein Mangel sein!«

Weygand bequemte sich, ihr einen weiteren Blick zuzuwerfen. »Wer sagt denn, dass es um den pekuniären Erfolg oder Misserfolg geht?«

»Worum denn geht es?«, beeilte sich Anna Sibylla, auch vorzukommen.

Weygand aber hatte sich wieder seinen Papieren zugewandt, von denen er dieses und jenes aufnahm und an der rechten Ecke des Schreibtisches auf einen, wie es schien, beliebigen Papierstapel flattern ließ. Während er links zwei, drei weitere Zettel zusammenschob, bloß um sie dann wieder in die Ausgangsposition zurückzuverfrachten. Nach einigen weiteren solchermaßen sinnfernen Verrichtungen ließ er sich widerwillig dazu herab, die immer noch im Raum ihre Runden drehende Frage zunächst mit einem endlos gedehnten »Nuuun« zu beantworten. »Mir ist zu Ohren gekommen«, und dabei warf er einen kurzen abschätzigen Blick auf Famulus Wagner, der neben der Tür Position bezogen hatte und sich vor allem still verhielt, »dass dieser Goethe womöglich gar nicht existiert. Dass er eine Erfindung ist, Hirngespinst eines Weiberschädels. Dass das Land der Dichter und Denker nichts als einer Schimäre aufsitzt. Daher meine Bereitschaft, Euch zu empfangen.«

Schweigen.

»Nun, also?«

Schweigen.

Er konnte doch nicht so töricht sein, nicht zu begreifen, dass sie, Augusta Gräfin zu Stolberg, mehr von ihm erwartete als das jämmerliche Weiterköcheln dieses Gerüchts, das ja in Gestalt von Wagnern längst zu ihnen durchgedrungen war.

»Mein ehrenwerter neunmalkluger Gehilfe«, wieder dieser Blick knapp neben die Tür, »hat mir die Ergebnisse seiner mäßig erfolgreichen Erkundungen zu diesem Gockel namens Goethe rapportiert, und dabei kommt Ihr«, jetzt traf der stechende Blick sie, »dabei kommt Ihr nicht gerade gut weg. Von weiblicher Unbescholtenheit jedenfalls kann die Rede nicht sein.«

Zugegeben, es war schon etwas härterer Tobak, sie beide hier als Beteiligte eines Lügenkomplotts hinzustellen. Aber war das genug an Herausforderung für eine von Stolberg?

Weygand trippelte ungeduldig mit den Fingern über seine Papiere. »Wie steht Ihr zu diesen Anwürfen, wenn ich fragen darf?«

»Wir kündigen den Vertrag, den Ihr mit Goethe geschlossen habt. Wir beenden die Zusammenarbeit.« Augusta verlagerte ihr Gewicht vom linken aufs rechte Bein.

Anna Sibylla war sichtlich vor den Kopf gestoßen. Womöglich war sie der irrigen Annahme gewesen, dass sie, Augusta, die Strategie vorher mit ihr absprechen würde. Unnötig, vollkommen unnötig. Viel wirkungsvoller, so hatte sie sich ausgerechnet, wenn sowohl der Verleger als auch die Münch mit einer Pistolenschussüberraschung zu kämpfen hatten. Wobei ihre Mitstreiterin nach anfänglichem Zusammenzucken eine deutlich bessere Figur machte als Weygand, der schier fassungslos war, dessen Augenlider sich selbstständig machten und Konvulsionen in alle Himmelsrichtungen vollführten, in atemberaubender Schlagzahl. Er setzte wieder ein »Nun« an die Luft, das allerdings keineswegs für weitgehende Beruhigung stand, wie es der Natur des Wortes entsprochen hätte. »Nun, dann sehe ich mich gezwungen, Eure Reaktion, Gräfin von Stolberg, als Bestätigung des angeführten Gerüchts zu werten und sodann in der Öffentlichkeit mit der Wahrheit rauszurücken, dem Land und der Welt reinen Wein einzuschenken und diesen ganzen Popanz über den Jordan gehen zu lassen.«

»Was Ihr schön bleiben lassen werdet!«, war Augusta zur Stelle. »Denn solange sie von Goethe sind, sind seine Sturm-und-Drang-Werke bares Gold wert. Sobald aber der Name zerpflückt wird, ist es um Eure Erträge geschehen. Besser also, wir trennen uns gütlich.«

»Und im Zuge dieser gütlichen Trennung«, Anna Sibylla hatte sich so weit gefasst, dass sie glaubte, wieder ins Geschehen eingreifen zu können, »biete ich Euch eine Goethe-Biografie an …«

»Eine Biografie aus Weiberhand, ich lach mich tot!«

»… eine Goethe-Biografie von sagen wir: mindestens fünfhundert Seiten, die jeden, aber auch jeden Zweifel an seiner

Identität ausräumen wird. Und die ein vollständiges Goethebild zeichnen wird. Aus erster Hand gewissermaßen.«

»Aus erster Hand? Also doch, also tatsächlich.«

»Glaubt dieser eitlen Pute kein Wort!«, sah Augusta sich genötigt dazwischenzugehen. »Eine Biografie meinte sie, die von einem Höchstmaß an Vollständigkeit gezeichnet sein und von direkter Anschauung zeugen wird. Da wir selbstredend mit Goethen in unmittelbarem, persönlichem Austausch stehen.«

»Die Biografie also«, bekräftigte Anna Sibylla, »kann hier in Eurem Hause erscheinen, sofern Ihr …«

»Sofern ich was?«

»… sofern Ihr den Namen Goethe unangetastet lasst.«

»Nun … sagtet Ihr nicht grade eben, Ihr wollt den Vertrag mit mir außer Kraft setzen?« Weygand rückte den nach vorn gerutschten Allerwertesten auf der Sitzfläche nach hinten und drückte den Rücken durch, wieder ganz der Geschäftsmann. »Nun, wie kommt Ihr eigentlich zu der vermessenen Annahme, für einen von Goethe die Verlagsverhandlungen …«

»Wir sind im Besitz einer entsprechenden Vollmacht«, unterbrach Augusta ihn und kramte in der Innentasche ihres Oberteils, aus dem sie ein Papier hervorzupfte und mit einem einzigen Schwung aus dem Handgelenk aufschlug.

Ein Papier allerdings, dass Weygand keines Blickes würdigte. »Blödsinn alles, wo er doch vor, was weiß ich, zwei Jahren persönlich hier mit geschwollenem Kamm auflief, um Tantiemenerhöhung zu erbetteln.«

»Wie bitte, was hat er?«, fuhr Augusta aus der Haut. Wer, dreimal vermaledeit, mischte sich denn alles in die Verhandlungen ein? Wilhelm war doch wohl der Letzte, der darin rumzustochern hatte.

»Keine Sorge«, grinste Weygand von dem hohen Ross herab, das er glaubte, gesattelt zu haben, »ich habe ihn und seinen waghalsigen Vorstoß zu bremsen gewusst. Er schob unverrichteter Dinge wieder ab. Es gelten also unverändert die vertraglichen Bedingungen, wie sie festgeschrieben waren, bevor sein *Werther* das Licht der Welt erblickte.«

»Und eben diese vertraglichen Bedingungen haben die längste Zeit Bestand gehabt und sind mit dem heutigen Tag verwirkt. Makulatur. Da Ihr ja offensichtlich weder an sein Werk noch an seine Identität glaubt, wird er Eurem Haus kein weiteres Skript mehr zur Verfügung stellen. Die Erstangebotsklausel halten wir hiermit für hinfällig. Für ›Schimären‹, um Euch zu zitieren, dürfte sie ja wohl keine Gültigkeit haben.«

»So war das alles nicht gemeint.«

Augustus Blicke trafen Anna Sibyllas, und sie sah ihre eigene Verwunderung darin. Die Verblüffung darüber, dass es so einfach war, diesen Papst vom Sockel zu stoßen. Nicht mit Vorwürfen und Kritik, sondern mit klaren Tatsachen. Jetzt, von besagtem hohem Ross gestürzt und in sich zusammengefallen, konnte er einem fast leidtun.

»Natürlich bleiben die vertraglichen Festlegungen zum *Werther* wortgetreu bestehen. Wir sind ja keine Halsabschneiderinnen.«

»Dafür gibt es andere Leute«, pflichtete Anna Sibylla bei. »Und selbstverständlich stehe ich zu meinem Wort, Euch spätestens, wenn Goethe sich aufs Altenteil zurückzieht, das Manuskript für eine ausführliche Biografie aus nächster Nähe …«

Sie kam nicht dazu, den Satz zu vervollständigen, denn Weygand griff denn doch wieder auf bewährte Verhaltensmuster zurück, reckte die Nasenspitze gen Himmel und sah sie beide an, über den hochgereckten Nasenrücken hinweg. Er glaube keineswegs, dass sich der *Werther* noch weiterverkaufen werde. Jeder, der ihn lesen wolle, habe ihn doch längst gelesen. Für die Zukunft also mehr ein Ballastsack als alles andere. »Und jetzt raus hier!«, brüllte er sie aus dem Zimmer. »Aus den Augen, aus dem Sinn. Aber a tempo«, fügte er als Schlussstrich hinzu. Worauf er den regungslos dastehenden Wagner andonnerte, er solle für einen geordneten Abgang der beiden Weibsbilder sorgen, die sich wisse der Teufel was einbildeten und glaubten, den berühmten Verleger der jungen deutschen Literatur in die Knie zu zwingen.

Weygand

Kaum war die Tür ins Schloss gefallen, schrie Weygand diesem drömeligen Wagner hinterher, er solle die Frauen noch einmal herbeibringen. Ja, und wenn sie denn weg seien, dann solle er gefälligst die Beine unter die Arme nehmen und kantapper, kantapper hinterherrennen! Sicher, könne sein, dass das nicht leicht sei. Und wenn schon, er sei doch wohl Manns genug, zwei Weibsbilder einzufangen. Im Übrigen habe er auf die Weise eine Chance, sein klägliches, freilich schon eine Zeitlang zurückliegendes, aber nicht vergessenes Versagen vor diesem Frauenpavillon oder was auch immer für eine Bude das gewesen sein möge, wiedergutzumachen. Wenigstens ansatzweise.

Worauf Weygand sich zurücklehnte, fürs Erste, und sich in sich versenkte. Wo nicht allzu viel zu finden war, wenn er ehrlich war. Außer wegschwimmende Felle. Wenn diese durchgedrehten Frauenzimmer tatsächlich ihren Goethe abzogen, wäre er um verdammt nicht wenig Ertrag gebracht. Denn selbstredend waren die Einnahmen und die Identität des besten Pferds in seinem Stall unmittelbar aneinandergekoppelt. Er kramte unter den Papierfluten nach seiner Pfeife. Und irgendwo musste doch auch noch Tabak zu finden sein. Ein paar Fussel mussten noch da sein. Wieso ging ausgerechnet jetzt die Tür auf? Immer und immer und grundsätzlich im falschen Moment.

So unwillig wie unschlüssig bezogen die beiden Frauen genau dort Position, wo sie eben gestanden hatten, und sahen ihn aus schmalen Augenschlitzen an. Das würde wahrhaftig nicht einfach werden.

»Was denn noch?«, schoss es denn auch gleich aus dem Spitzmaul dieser von und zu. Was es denn dreimal vermaledeit noch zu besprechen gebe. Von ihrer Seite sei alles gesagt.

»Nun, Mesdames, wir haben ja völlig versäumt, uns den Höflichkeitsgepflogenheiten entsprechend zu verabschieden«, raspelte er nach Kräften Süßholz, »nachdem wir uns schon nicht begrüßt haben.«

»Und das gedenkt Ihr jetzt nachzuholen?«

»Kommt zur Sache! Uns ist nicht nach Kreidefressen, und wir haben unsere Zeit nicht gestohlen«, fügte dieses gräfliche Luder an und rückte noch einen halben Schritt näher an ihre Kombattantin, an diese augenscheinlich etwas jüngere Zimtzicke, die sich hier als Biografin – es war alles einfach nicht zu glauben – aufspielen wollte.

»Nun«, setzte er mit weicher Sonntagsstimme an, »wenn Ihr denn sofort auf der profanen Geschäftsebene einsteigen wollt, dann bitte sehr: Ich möchte Euch einen Vorschlag zur Güte unterbreiten, den Ihr nicht abweisen könnt, wenn es nach den allgemeinen Vernunftgesetzen geht und Ihr einer schlüssigen Gedankenführung zugänglich zu sein geruht.«

»Kein Interesse«, krächzte es. Was natürlich das Gegenteil meinte. Jedenfalls blieben die beiden unverwandt stehen – schon mal ein gutes Zeichen.

»Nun, als Handelsvertreterinnen eines gewissen Goethe dürfte es Euch nicht entgangen sein, dass ich ihm stets ein grandioses Salär ausgezahlt habe, das weit über das Maß des Üblichen hinausging.«

»Das wollen wir zu eurer Ehrenrettung mal annehmen. Für die Auszahlungsmodalitäten sind unsere niederen Schreibkräfte zuständig.« Die Spitzmaus wieder. Ein Wort des Dankes wäre auch nicht fehl am Platze gewesen.

»Nun, ich bin natürlich nicht bereit, weiterhin Spitzenhonorare zu zahlen an jemanden …« Eigentlich wich er schon wieder von seiner eben noch gefassten Strategie ab, aber es gelang ihm nicht, sich zurückzupfeifen. »An jemanden, von dessen Identität und Integrität ich nicht wirklich überzeugt bin.«

»Was muss Goethe denn noch tun, um Euch von sich zu überzeugen? Er legt Euch doch schon ein grandioses Werk nach dem andern vor!« Diesmal nicht die Spitzmäulige, sondern die Spitzfindige. »Wenn Ihr ihm immer noch nicht glaubt, kann das nur bedeuten, dass Ihr von Neid zerfressen seid, dass Ihr es auf jeden Fall nicht wert seid, ihn zu verlegen.«

»Das Auszahlen des gewohnten Höchstsatzes also ist unter

diesen Umständen nicht möglich. Aber ich will Güte walten lassen und erkläre mich schriftlich bereit, den Aufschlag, den Prominenzbonus, auf einem Treuhandkonto zu hinterlegen …«

»Welch außerordentliche Großzügigkeit.«

»… wo sich das Geld anhäufen wird und zur Auszahlung kommt, sobald sich Euer Goethe für eine Woche hier im Verlag einfindet und unter meinen Augen seine *Iphigenie* fertigstellt. Sobald ich ihm also bei der Federführung über die Schulter schauen konnte. Zum einen. Und wenn zum andern drei Viertel der Neuauflage des *Werther* über den Ladentisch gegangen sind.«

»Das war's?«

»Wie habe ich diese Nachfrage zu verstehen, hochwohlgeborene Frau Gräfin?«

»Weitere Bedingungen fallen Euch nicht ein?«

»Für nichts ist nichts zu haben. Das wird den Damen sicherlich einleuchten.« Nein, verdammt noch eins, es war einfach kein Tabak zu finden, nicht ein letzter Krümel. Trotzdem steckte er die Pfeife zwischen die Lippen und paffte in aller Gelassenheit zwei, drei leere Züge.

»Nur um die Verhältnisse zurechtzurücken: Ihr seid es, der hier Bedingungen zu erfüllen hätte. Erst recht, nachdem Ihr unser Vertrauensverhältnis auf so drastische Art und Weise erschüttert, um nicht zu sagen: zerrüttet habt. Ja, vernichtet habt.«

»Nein, mit Konten und windigen Auszahlungsmethoden lassen wir uns, lässt ein Goethe sich nicht abspeisen«, pflichtete der aufgeblasenen Gräfin die aufgeblasene Jungbiografin bei.

»Nun«, hob er noch einmal an und zog an seiner kalten Pfeife, die noch entschieden kälter wurde, als er eher beiläufig diese Augustagräfin anblickte.

Energisch zog sie den Blick ab und drehte sich auf der Hacke um. Exakt im gleichen Rhythmus von ihrer Busenfreundin gefolgt. »Nichts ›nun‹!«, grummelte es noch, dann schoben sie an Wagner vorbei und strebten zur Tür.

»Aber Mesdames«, startete er noch einen Versuch – das sollte, das musste dann aber auch der letzte sein, der allerletzte –, mein Gott, wie weit wollte er vor diesen Weibsen hier denn noch zu Kreuze kriechen! Aber nichts schien die beiden Schnepfen noch aufhalten zu können.

»Mesdames, ich bin sogar bereit, Ihnen insoweit entgegenzukommen, als ich …« Hopfen und Malz verloren. Die Tür fiel ins Schloss.

»Und? Soll ich meine Erkundungen nun weiter fortsetzen?«, fragte Wagner. »In Eurem Auftrag? Oder auf meine Kappe?«

Charlotte

Es war ihre neue, nun auch schon wieder alte Zofe. Vermutlich wieder mal. Zum wiederholten Mal womöglich. Das jedenfalls, was sie da anstellten, war völlig unmissverständlich. Schon wieder und noch mal.

Sie hasste sie. Und liebte ihn. Immer noch. Dumm genug. Liebte ihn dumm und dämlich. Noch dämlicher aber war, dass sie die neue alte Zofe nicht gleich beim ersten Mal, dass sie sie nicht sofort das Laufen gelehrt, nicht achtkantig gefeuert hatte. Dass sie, obwohl doch die gruseligen Erinnerungen von vor Jahren gleich wieder hochkochten – wie auch nicht!? –, dass sie ihr dieses einmalige Vergehen, wie sie anfangs noch dachte, verziehen hatte – nun, was hieß hier verziehen, dass sie es jedenfalls nicht mit sofortigem Rausschmiss geahndet, sondern ihr eine zweite Chance zugestanden hatte. Dass sie sie nicht aus ihren Diensten verbannt hatte, weil sie doch inzwischen mit allem vertraut war, also nur unter beträchtlichem Umstand und erheblichen Unannehmlichkeiten zu ersetzen gewesen wäre. Genau wie damals. Genau wie sie sich seinerzeit davor gescheut hatte. Wo sich ja dann, weil die Ziege abgetreten war, abgetreten worden war, wo sich also der Rauswurf erübrigt hatte. Jetzt aber stand genau das an.

Aber zunächst und zuvörderst musste sie ihn zur Rede stellen.

Gott, gütiger, hatte sie nicht all die Jahre – hatte sie ihm nicht Jahr über Jahre die Stange gehalten? Im wahren und im übertragenen Sinne. War sie ihm trotz ihrer kinderreichen Ehe mit Gottlob von Stein, trotz der unverdrossenen Avancen vonseiten dieses Wilhelm und trotz so einiger anderer Verführungen nicht treu geblieben? Hatte sie nicht all die Schwierigkeiten mitgetragen, die eine solche, sicherlich, natürlich, ja, auch körperliche Verbindung mit einem katholischen Pfarrer für eine verheiratete Frau mit sich brachte? Hatte sie sich nicht allzeit bereit gezeigt, mit ihm durch diesen Sündenpfuhl zu waten? Hatte sie die Geheimniskrämerei, das Hinterrücks-ins-Pfarrhaus-Schleichen, das Vor-dem-ersten Hahnenschrei-den-unsichtbaren-Rückzug-Antreten, all das Blickevermeiden bei der Messfeier, das unsinnige Abstandhalten beim Pfarrfest und was nicht alles, hatte sie das nicht vollkommen klaglos mitgetragen? Ganz zu schweigen davon, dass sie sich ein ums andere Mal unter den verschiedensten Ausflüchten aus dem Haus ihrer eigenen Familie stehlen musste. Hatte sie sich jemals verquatscht? Oder beklagt? Jemals unter Tränen der Traurigkeit oder des Zorns gefordert, gefleht, gequengelt, er solle sein Amt niederlegen und sich ihr, ganz ihr widmen? Nein, hatte sie nicht. All das hatte sie nicht. All das hätte ihr ferngelegen oder hatte sie sich doch erfolgreich und entbehrungsreich verkniffen. Er hatte nicht den geringsten Grund, sich zu beklagen. Geschweige denn, sie zu hintergehen.

Und trotzdem also! In ihrem Haus, unter ihrem Dach. Unter dem Dach ihrer Familie. Wieder mit einer Zofe. Einfach, weil er schon mal im Haus war, vermutlich, weil ihm die Zofen so einfach über den ohnehin verqueren und verbotenen Weg liefen. Einfach, weil es so einfach war zuzugreifen.

Sie wartete nicht, bis die beiden fertig waren. Nicht mal, bis er fertig war. Was, wie sie leidvoll wusste, nicht lange auf sich warten lassen würde. Sie zog einfach ihren Blick durchs Schlüsselloch zurück und schoss, noch ehe sie die gebückte in eine elegant aufrechte Haltung fertig überführt und die Türklinke vollständig runtergedrückt hatte, nach vorn! Rumste mit der Schulter, ohne den Schmerz, diesen höllischen Schmerz zu spüren, gegen das Türblatt und fiel sprichwörtlich mit der Tür ins Haus. In diese gottverdammte, verruchte Zofenkammer.

Das Kreischen dieses Weibsstücks und seine entsetzt verzerrte Fratze machten ihr keine Angst, sondern bereiteten ihr diebisches Vergnügen. Wenigstens das.

Dieses niederträchtige Miststück von einer Zofe schnappte sich irgendeinen Lumpen vom Bett, warf ihn über Schultern und Brust, um eilends aus der Kammer in die Weitläufigkeit des Korridors zu fliehen, als Charlotte – diebisches Vergnügen hin oder her – wutentbrannt brüllte: »Nichts da! Hiergeblieben! So leicht kommst du mir nicht davon.«

Gehorsam widmete sich die unmögliche Person, halb nackt wie sie war, dem Kleiderkorb, den sie eben in der Eile des Gefechtseifers schnell in die Ecke gepfeffert haben musste, und nestelte an den Nähten von Charlottes Blusen, Röcken, Schlüpfern herum, um sie, so exakt ihre nervösen Finger es zuließen, zu falten und übereinanderzulegen. Eine Verrichtung, die nun wahrlich nicht unbedingt jetzt angezeigt war, der sie aber mit großem Eifer nachging.

Was Charlotte mit Nichtachtung strafte. Stattdessen wandte sie sich nicht minder giftig dem Herrn des Sündenpfuhls zu. »Du Dreckkübel, Ausgeburt der Armseligkeit, wie kannst du so deinem himmlischen Herrn vors Angesicht treten? Ins Angesicht treten – besser gesagt. Die Sündenlast, die du auf dich lädst, ist ohnehin unermesslich! Und du packst jeden Tag noch ein Bündel drauf«, brüllte sie, kreischte sie. So laut, so schrill, dass sich ein Schwarm Krähen, wie sie durchs halboffene Fenster sah, draußen aus den Ackerfurchen erhob und mit seinem Geschrei für die angemessene Begleitmusik sorgte.

Während sich besagter Dreckkübel in aller Seelenruhe die Socken anzog und die endlose Knopfreihe seiner Soutane von unten nach oben zufriemelte. Nicht, ohne immer wieder ins Stocken zu geraten, wenn einer der Knöpfe sich den

Bemühungen seiner Finger widersetzte und im Knopfloch teuflisch verkantete. Der Mann hatte also reichlich zu tun.

»Hörst du mir eigentlich zu?«

»Nein«, kam es trocken von der Front des Kriegs der Knöpfe.

»Du hörst mir jetzt verdammt noch mal zu!«, trommelte sie wild entfesselt mit beiden Fäusten auf seine Brust.

Christiane

Es war unerträglich. Sie brauchte unbedingt einen Melissengeist. Jetzt! Sofort! Es war einfach höllisch, und sie wurde das Gefühl nicht los, es könnte erst der Anfang sein. So etwas wie eine Ankündigung. Sie hatte ja mitbekommen, wie es bei Maximiliane gegangen war. Schon einige Jahre her, aber sie hatte es noch immer sinnfällig vor Augen. Denn je näher Maximilianes Ende gerückt war, desto mehr hatte sie darüber salbadert. Und natürlich hatte sie, Christiane, wie alle fleißig Interesse geheuchelt und sich Maximilianes gesamte Passionsgeschichte immer wieder erzählen lassen. Aber merkwürdigerweise – aiih, da, wieder so ein Stich –, merkwürdigerweise war sie offenbar die Einzige, die sich das ganze Zeug hatte merken können. Und wie sie jetzt wusste, hatte sie jedes Detail behalten, konnte zusehen, wie die leidvollen Einzelheiten wieder auf die Jetztebene des Oberstübchens gekrochen kamen. Und sie wusste auch, warum. Bloß, dass sich das Drama bei Maximiliane im unteren Drittel des Leibs abgespielt hatte und bei ihr – aah – irgendwo ein Stück weiter oben. So oder so, es war unerträglich. Überschattete das ganze Leben. Dunkelte die gesamte Welt ab. Aber sie wollte nicht klagen. Hatte vielleicht von ihnen allen das größte Los gezogen. Hatte kein Theater mit irgendwelchen schreibgehemmten oder schreibfaulen Schreibern, die partout nicht in die Gänge kamen. Hatte nicht irgendwelche Händel mit unwürdigen, aber geldgierigen Literaturmaklern durchzustehen. Hatte mit diesem Wilhelm alias Johann Wolfgang sicherlich nicht den allerschlechtesten Fang gemacht, seit etlichen Jahren ja sogar Johann Wolfgang von. Und sie selbst, »Geheimrätin Christiane von Goethe«, das hörte sich ja so schlecht nun wahrlich nicht an.

Immerhin konnte man sich – wuuf, wie das zog, irgendwo in der Schulter oder unter der Achsel –, konnte man sich mit ihm blicken lassen. Wilhelm war wirklich ein guter Schauspieler, hatte sich binnen weniger Wochen, allenfalls Monate in seine Vierundzwanzig-Stunden-am-Tag-sieben-Tage-die-Woche-Rolle eingefunden und spielte seinen Goethe perfekt. Nun schon seit Jahren und Jahrzehnten. Das musste man sagen. Der große Schwätzer, der schlagfertige Hans Dampf in allen Gassen, der galante Charmeur, wo immer sich eine Gelegenheit bot. – Aaarr, es war die Hölle! Warum sie? Warum hatte sie diese derben Schmerzattacken zu ertragen? Vielleicht genau deshalb, gerade weil sie das große Los gezogen hatte?

Denn natürlich, woraus sie wahrlich keinen Hehl machte, natürlich genoss sie es, wenn Wilhelm hier am Weimarer Hof ein- und ausging, mit Schiller parlierte, mit dem Herzog spaßte, Schabernack trieb und doch auch ganz ernsthaft den Regierungsgeschäften nachging, soweit sie ihm noch oblagen.

Und es beglückte sie sogar, wenn er bloß auf seiner Stube saß, um den Eindruck zu erwecken, dass er schwierigstes Dichten und Denken zu verrichten habe. Während er in Wahrheit doch nur die gerade fabrizierten oder eingereichten Machwerke seiner Zuarbeiter las, woran er sie, Christiane, oft genug teilhaben ließ. Wenn sie sich nicht gerade – wie jetzt wieder und schon wieder und noch mal – vor Schmerzen krümmte und sich kaum bewegen konnte.

Eine Arbeit, sicher, bei der man ihm den Nacken freihalten musste, ihn nicht mit solchem Schmerzgejammer belasten konnte. Denn natürlich musste er wissen, worüber er des Abends schlauschwätzen musste. Er musste, wenn's drauf ankam, Frage und Antwort stehen, ohne Reibungsverluste, ohne Wissensrisse, ohne Lücken in der Kenntnis dessen, was sich gerade im Literaturtreiben in Weimar und weit darüber hinaus abspielte. Und in der Kenntnis dessen, was sich an den einschlägigen Höfen deutscher, französischer, schwedischer, vielleicht auch österreichischer Lande tat. Nicht einfach das alles. Was wollte er da mit so einem greinenden Weib?

Und doch, bei aller Mühe, die sie sich gab, diese Körperqualen waren nicht auszuhalten!

»Eine Frau, die lacht, die sich des Lebens freut, wäre für einen Dichter von Bedeutung «, pflegte er zu sagen. Und bereitete gleichzeitig mal wieder unsichtbar für alle Außenstehenden die nächste Italienreise vor, seine dritte, wenn sie richtig mitgezählt hatte. Wieder die Flucht nach vorn, die Flucht vor den Quisquilien der Tage. Vorm Palaver mit Schiller, vor den Neckereien mit dem Herzog, vor den stillen Stunden in der Dichterstube.

»Eine Reise nach Italien, nach Rom ist für einen Dichter vom Kaliber Goethes unumgänglich. Zumal ich ihn ja schon seit Jahren, seit seiner ersten Reise davon schwärmen lasse«, flüsterte er ihr ins Ohr des stillen Vertrauens. »Es muss um alles in der Welt vermieden werden, dass der Eindruck entsteht, ich habe mich mit dem fortgesetzten Italiengewäsch nur wichtig machen wollen. Das würde unser gesamtes Unternehmen gefährden. Und wollen wir das riskieren, nur weil ich meine geliebte Umgebung nicht für ein paar Monate allein lassen kann?!«

»Und deine geliebte Frau, versteht sich«, hatte sie erwidert und musste unangenehm aufstoßen. Sie hatte offenbar denn doch wieder mal zu tief ins Glas geschaut.

Für heute Abend nun – ein inzwischen seltener Fall – hatten sie sich auf eine Stunde am Kamin verabredet. Worauf sie den ganzen Tag ausgerichtet, unter anderem schnell die noch anstehende Korrespondenz absolviert hatte. Darunter ein paar Briefe an sich selbst, die sie für Goethe vorzuformulieren hatte. Nachgeholte Briefe aus ihrer Anfangszeit, als er noch mit brieflichen Komplimenten aufwarten musste, um mit geistreichen Formulierungen bei ihr Eindruck zu schinden. Ein paar wenige wunderbare Nachmittagsstunden, in denen sie nicht den geringsten Schmerz spürte, in denen sie sich wie befreit fühlte, ohne es recht zu merken. Denn natürlich, sicher, wenn jeder Tag davon geprägt ist, überprägt ist und sich plötzlich genau dieser Schmerz aus dem Gefecht nimmt, sich ins Nichts zurückzieht, dann merkt man zuerst überhaupt nicht, dass was fehlt. Schon gar nicht macht man sich bewusst, was da fehlt. Man vermisst ihn natürlich nicht, den – oha, da meldete er sich mit Nachdruck zurück, als wollte er sie Lügen strafen –, den rauen, den boshaften Gesellen.

Jetzt, wo sie am Kamin alles hergerichtet hatte, hatte sie Gustav, dem Diener, für den Abend freigegeben. Hatte sich aber vorher noch eine Flasche Rotwein öffnen und zwei langstielige Gläser bereitstellen lassen. Ja, sie hatte Gustav nicht nur freigegeben, sondern ihn ausdrücklich gebeten, das Kaminzimmer für heute nicht mehr zu betreten. Während sie wartete.

Und das erste Glas Rotwein schon mal zu sich nahm, um den Hexenmeister namens Schmerz wenn nicht zu ertränken, so doch in die Schranken zu weisen.

Sie wartete.

Und Wilhelm?

Kam nicht. Der Abend wurde spät und später, der Schmerz bohrte und zog und schien sich über die Rotweingaben eher zu amüsieren oder dagegen aufzubäumen, was aufs Gleiche hinauslief. Irgendwann, als der Schmerz ihr eine kurze Pause gönnte, sprang sie auf, machte ein paar Schritte – und merkte im gleichen Augenblick, dass –, nein, das waren keine Schritte, keine, die auch nur ansatzweise diesen Namen verdient hatten – das linke Bein war ganz taub, gehorchte nicht, auf den Tod nicht, ließ sich kraft- und saftlos nachziehen, hinterherschleifen wie Ballast. Statt vehement aufzutreten, wie es gerade jetzt, Teufel noch mal, notwendig, bitter notwendig gewesen wäre. Aber es tat partout nicht, wie ihm geheißen. Stellte dem Vorwärtskommen ein Bein. Irgendwie, unter irrsinniger Anstrengung, schaffte sie es trotzdem, sich bis zur Tür zu schleppen, sie aufzureißen und durchs ganze Haus zu schreien: »Gustav! Gustav! So lass er sich sofort blicken!«

Sie ächzte ein paar Stufen hinauf, indem sie sich mehr am Treppengeländer hochzog, als mit den Beinen, mit dem einen ihr verbliebenen Bein, aufwärts zu asten. Noch mal schrie sie aus Leibeskräften nach dem Diener. Und endlich, endlich hörte sie es rumpeln.

»Verzeiht, Madame, Ihr sagtet …«

»Wieso findet er sich nicht im Kaminzimmer ein, wenn man ihn ruft? Sofort, wenn ich bitten darf!«

»Stehe zu Diensten, Madame.« Und er polterte – auch nicht mehr der Jüngste –, polterte die Treppe herunter und nahm Haltung an. Bevor er begriff, dass hier Tatkraft gefragt war. Gerade noch rechtzeitig griff er ihr unter die Arme und schleppte sie mehr, als dass er sie gestützt hätte, zurück ins Kaminzimmer. Wo sie sich auf der Chaiselongue niederließ, gekrümmt vor Schmerzen, die sich für ihren Treppenhausausflug offenbar rächten.

»So steh er nicht da wie ein belämmertes, ein steinernes Abbild seiner selbst!«, knurrte sie. »Sag er mir lieber, wo sich Johann Wolfgang rumtreibt! Ihr wisst doch, dass wir verabredet sind. Verabredet waren.«

»Sehr wohl, Madame. Sehr wohl. Der Herr von Goethe geruhte bereits heute Vormittag, das Haus zu verlassen, um die Elf-Uhr-Kutsche zu nehmen. Ich sollte es niemandem sagen, aber …«

»… aber richtig: Ich bin sein Weib! Wohin also ist er aufgebrochen, und wann gedenkt er zurückzukehren?«

»Er wird wohl so bald nicht zurückkommen. Er ist gen Italien aufgebrochen. Aber das nur unterm Siegel der Verschwiegenheit«, lispelte Gustav und verneigte sich.

»Raus hier!«, schrie sie. So laut ihr lädierter Leib es zuließ.

Der Schmerz steigerte sich ins nun wirklich Unermessliche. Kaum dass der Diener die Tür hinter sich ins Schloss gezogen hatte, schrie sie erneut los, jetzt in sich hinein, gegen diese ätzende Emulsion aus Zorn und Schmerz. Gegen die wild um sich beißende Erkenntnis, dass Wilhelm nicht nur vor den Arbeitslästigkeiten, sondern auch vor ihr auf der Flucht war. Vor ihr! Vor dem jaulenden, heulenden, wimmernden Weib. Dem der Schmerz – aah –, der grauenhafte, immerwährende, noch mehr zulangende und noch mehr –, dem der Schmerz in den Knochen saß und durchs Mark schoss.

Und das Schlimmste: Wilhelm alias Johann Wolfgang von hatte es nicht zugeben wollen! Er war ein Schlappschwanz, ein Schlierenkacker. Dachte sie oder brüllte sie, sie wusste es nicht genau. Und kniff die Lippen zusammen. Gegen den Schmerz und gegen die Unflätigkeit ihrer Wut. Vielleicht hatte er es ihr ja schon längst sagen wollen, vielleicht hatte er mit ihr darüber sprechen wollen in stillen Kaminstunden, vielleicht hatte es ihm ja auf der Zunge gelegen, vielleicht hatte sich bloß keine rechte Gelegenheit ergeben.

Jedenfalls, er war nicht da. Wilhelm war nicht da. Einfach nicht da. Wie immer. Immer wenn man ihn brauchte, war er einfach nicht da.

Sie erhob sich ächzend, drückte das rechte Bein durch, während das linke wie ein schlaffer Sack herabhing. Noch einmal gab sie Druck auf den rechten Oberschenkel, dann beugte sie sich über die drei auf der Chaiselongue in einer Linie gelegten Kissen. Drückte, presste, prügelte sie. Malträtierte sie. Drosch mit den Fäusten auf sie ein.

»Memento mori«, schrie sie in die Federn, »memento mori – vergiss nicht zu sterben!«

Sie heulte.

Jetzt nicht mehr aus Zorn. Zugegeben, nicht der erste Ausbruch dieser Art. Mitunter überkam es sie in schwachen Momenten, wenn ihr klar wurde, dass es so ganz einfach mit dem großen Los nicht war. Sie schrie vor Schmerzen, die sich immer öfter, immer vehementer bemerkbar machten, die immer mehr quertrieben, das Leben aufrissen. Die Wilhelm immer mehr zum Rückzug trieben, getrieben hatten, soweit es mit seiner Rolle als ihr verdammter Ehemann gerade noch vereinbar war. Zum Rückzug ins gelehrige Salbadern vor egal welcher versammelten Mannschaft, in die Langeweile der Geheimrats- und Ministerialgeschäfte, in die dumpfe Vereinsamung seiner Dichterstube.

Himmel, Himmel, tat das weh! Schreckensschmerz, unbändiger. Sie biss sich auf die Zunge, um nicht schon wieder losschreien zu müssen. Um mit Beelzebub den Satan auszutreiben, um den einen Schmerz im andern zu betäuben. Sie biss, so fest es nur ging. Bis es plötzlich salzig schmeckte. Salzig, rot, nach Eisen. Und dann hatte sie ein Stück Fleisch im Mund. Wieso das jetzt, woher – bis sie begriff: Sie hatte durchgebissen, abgebissen – schreiender Schmerz. Aber als sie schrie, sprudelte es, spritzte es – sie verschluckte den Schrei mit einem Schwall Blut.

Sie blickte entsetzt auf das Stück Zunge, das sie in der Hand hielt.

Charlotte

Diesmal lief das Fass einfach über. Diesmal schaffte es ihre Zofe, sich zumindest bis zur Türschwelle zurückzuziehen, bevor Charlotte losbellte: »Morgen früh, halb sieben, wie immer zum Ankleiden!«

»Wie immer zum Ankleiden«, lispelte es, bevor die Tür ganz zugezogen war und sich den Korridor durchmessende Schritte eilends entfernten.

Nein, sie konnte sie beim besten Willen nicht einfach dahin schicken, wo der Pfeffer wachsen mochte. Sie mir nichts, dir nichts zu entlassen hätte die verfluchte Gefahr heraufbeschworen, dass sie plaudern würde. Dass ihre Ehe von jetzt auf gleich platzen würde. Und ihre große Liebe sowieso. Dass vor allem aber das ganze Komplott aus den Angeln gehoben würde. Dass sie alles ausposaunen mochte, was den anderen und ihr hoch und heilig war. Ein falsches Wort an der falschen Stelle, und die ganze Tarnung würde auffliegen, die erfolgreichste Schimäre aller Zeiten würde ihre ganze Täuschungskraft verspielt haben. Nein, sie musste das sündige Mensch zwar in die Schranken weisen, selbstredend, aber sie musste sie in Diensten und im Zaum halten. Charlotte lauschte noch kurz den Schritten, die sich wie zur Bestätigung draußen im Flur entfernten.

Gelegenheit genug, sich jetzt in aller Ausschließlichkeit mit dem übelsten der Vertreter des Priesterstands zu befassen. »Das war das letzte Mal«, jaulte sie.

Was er mit einem »Weiß ich nicht« quittierte.

Charlotte nahm die Diagonale der Zofenkammer mit drei Schritten und stand vor ihm. So nah, dass seine Mundgeruchfahne sie anwehte, die offenkundig aus den Säften dieses schauderhaften Weibsstücks gespeist war. Sie musste, sie konnte nicht anders, sie pfefferte ihre flache Hand in sein dämliches Grinsen. Er wich mit dem Gesicht, dem Schlag folgend, leicht zurück. Augenscheinlich froh, an ihr vorbeisehen zu können.

»Ich verlange eine Antwort!«, fauchte sie.

Er aber schien diesem Verlangen nicht im Geringsten nachkommen zu wollen. Zumal sie gar keine Frage gestellt hatte. Außerdem musste dringend, und zwar jetzt, der Soutanenkragen zurechtgezupft werden.

Charlotte nahm all ihre Kraft zusammen, stieß ihm mit voller Wucht beide Fäuste gleichzeitig gegen die Brust, sodass er ins Straucheln geriet und hinterrücks aufs aufgewühlte Bett schlug. Und noch ehe er recht begriff, wie ihm geschah, hockte sie rittlings auf seiner Brust. Sie packte irgendein Stück Stoff – das schlüpfrige Mieder der Zofe. »Gottverflucht, aber Stoff ist Stoff«, raunte sie sich zu, bevor sie ihm das verbeulte Wäschestück um den Hals wrang und zuzog. Und, noch mal all ihre Kräfte zusammennehmend, zog. Und zog. Grinsen musste, weil die Körbchen sich brav und unanständig auf sein Gesicht gelegt hatten und die Wangen umschlossen hielten. Bevor er keine Luft mehr bekam. Und keine Anstalten mehr machte, welche bekommen zu wollen.

Was hatte sie getan? Um des hohen Himmels willen, was war da gerade geschehen? Was für eine Endgültigkeit hatten ihre Hände in die Welt gesetzt? Hatte sie den Mann nicht geliebt? Hatte sie nicht grade eben noch die Gefahren durchdacht, die eine plappernde Zofe für das Goethe-Komplott würde heraufbeschwören können? Wenn nicht: müssen. Und jetzt das! Ihrer eignen Hände Werk.

Wohin also mit der Leiche?

Zuallererst musste der Sabber gründlich abgewischt werden, den er bei seinen hektischen letzten Atemzügen auf dieses Mieder geprustet hatte. Dann war da die über die Schulter gerutschte Soutane zu richten, die Schuhe mussten angezogen und zugeknotet werden.

Aber jetzt wohin damit? Und wie transportieren? Musste man eigentlich auf einen solchen Körper noch Rücksicht nehmen, wenn die Seele entfleucht war? Oder konnte man ihn einfach durch das Gaubenfenster auf den Dachvorsprung rutschen lassen und von dort aus auf die Reise hinab in die Rosensträucher schicken?

Man konnte. Sie konnte. Unter erneuter Aufbietung sämtlicher Kräfte.

Es gab einen satten Plumps, ein wüstes Rosenzweigeknacken, ein wildes Spatzen- und Meisengezeter. Und dann war es still. Gespenstisch still. Der Gärtner hatte sich erst für morgen angesagt, die Zofe würde sich ins Ankleidezimmer verfügt haben, um endlich die Winterkleidung auszusortieren. Die Rosenzweige waren zurückgewippt und hatten sich über dem zur dornigen Hölle gefahrenen Mann Gottes wieder geschlossen – mit stillem Vergnügen die Plätze einnehmend, die die unter der plötzlichen Last abgebrochenen Kollegenzweige hinterlassen hatten.

Jetzt galt es nur noch, den Handschweiß abzuputzen, den sie auf dem Fensterrahmen hinterlassen hatte, ihre zerzauste Frisur einigermaßen zu richten, das Mieder der Zofe wieder so zu drapieren, wie ihre fahrigen Hände es vor wenigen Minuten vorgefunden hatten. Und die Zeit bis zum Einbruch der Dunkelheit rumzukriegen. Bevor sie, um ein viertes und letztes Mal alle Kräfte zu bündeln, den leblosen Brocken aus den Rosen ziehen und auf die Schubkarre zerren konnte, mit deren Hilfe sie gedachte, ihn die ein, zwei Meilen bis zu diesem finstertrüben Weiher drüben zu manövrieren. Wo ihn die Schlingpflanzen und das Gewirr aus Seerosen in Empfang nehmen würden. Unrühmliches Ende eines wahrhaft geliebten Mannes.

Vermisst, gesucht und nicht gefunden, bis üppiges Schilfgras über ihn gewachsen war. Aufgelöst im Wohlgefallen seines nassen Grabs.

Cotta

Ihr sagt also, da kommt noch was?« Cotta hatte seine Lieblingsposition bezogen: Stand am offenen Fenster, die Rückseite des Halbprofils ins Außenlicht getaucht, und blickte auf diese Weise lichtumkränzt ins Innere seines Büros, wo er die beiden Besucherinnen auf die wackligen Stühle verwiesen hatte. »Noch nicht leer geschrieben, der Mann?«, setzte er noch nach.

»Keineswegs«, wusste Gräfin Augusta.

»Wie man hört, befindet er sich derzeit auf einer ausgedehnten Italienreise«, zeigte Cotta sich von der informierten Seite. Vor allem aber wollte er sichergehen, dass das alles hier Hand und Fuß hatte.

»Italien ist ja nicht aus der Welt. Und die Reise beflügelt Goethe und seine Feder erneut nach allen Regeln der Kunst, wie er uns von unterwegs geschrieben hat. Nicht nur, dass seine naturkundlichen, in Sonderheit geologischen Beobachtungen und Betrachtungen eine völlig neue Stufe erreicht haben und zu ganz wesentlichen Erwägungen führen werden. Auch literarisch sind vollkommen neue Vorhaben in Arbeit und solche, die seit Ewigkeiten geruht und auf die Vollendung gewartet haben«, zählte diese Anna Sibylla auf, von der Cotta noch nie etwas gehört hatte, die sich aber durchaus in Szene zu setzen wusste.

»Ihr werdet also von reicher Ernte ausgehen können«, bestätigte auch die Gräfin, die ihm allerdings ein Begriff war, zumal sie es gewesen war, die um den Gesprächstermin nachgesucht hatte.

»Wie Euch nicht entgangen sein dürfte, ist es mir ein wahres Herzensanliegen, die Dichtung deutscher Sprache zu fördern.

Und zu verlegen, was nur geht. Ihr rennt bei mir offene Türen ein. Und ich werde die Werke Goethes wie die der anderen Weimarer Größen mit einem Bonus erster Güte bedenken. Ihr seid also bei mir an der richtigen Adresse.«

Die beiden Frauen lächelten sich verstohlen, aber doch unübersehbar zu, als könnten sie ihr Glück kaum fassen.

»Ja, bester Cotta, das genau denken wir auch«, nickte die Gräfin. Vielleicht ahnte sie bereits, dass ein Aber folgen werde.

»Aber es ist mir natürlich auch nicht entgangen, dass der Kollege Weygand …« Cotta blieb nichts anderes übrig, als den Satz unvollendet in der Luft hängen zu lassen. Denn das Klopfen war nicht mehr zu überhören und wuchs sich zu einem regelrechten Poltern aus, das er mit einem markerschütternden »Herein!« bedachte.

Woraufhin die Tür jammerquietschend aufgestoßen wurde – ja, er musste dem Faktotum unbedingt mal auftragen, mit einem Tropfen Öl für Abhilfe zu sorgen.

Noch auf der Schwelle legte der Eindringling los: »Gott zum Gruße, verehrter Herr Cotta, bevor Ihr einen großen Fehler macht: Hier werden neue Werke annonciert, aber sie sind aus anderer Werkstatt. Goethe ist nicht Goethe.«

Entstelltere Gesichter als die der beiden Frauensleute waren kaum vorstellbar. Das blanke Entsetzen: zusammengekniffene Augen, in tiefe, kreuz und quer verlaufende Falten gelegte Stirn, halb offenstehender Mund, als wolle er im nächsten Moment Schreie ausstoßen. Die allerdings ausblieben. Augenscheinlich den Gesetzen der Höflichkeit gehorchend.

»Das Gerücht, das von Leipzig aus gestreut wird, ist auch mir zu Ohren gekommen. Aber: Mit wem haben wir eigentlich das Vergnügen? Wenn's erlaubt ist zu fragen.« Cotta blinzelte leicht, versuchte, die Augen scharfzustellen.

»Das kann ich euch sagen«, ging diese Anna Sibylla dazwischen.

»Nicht nötig. Gestatten: Wagner, Famulus des Verlegers Weygand in Leipzig.«

»Weygand? Der Name ist mir noch nie untergekommen.«

»Aber, verehrter Herr Cotta«, posaunte Wagner, offenbar nicht recht wissend, ob er vor Erstaunen die Atmung nicht vorsichtshalber einstellen sollte, »der Verleger, der sich wie kein zweiter um Dichter und Dichtung des Sturm und Drang verdient gemacht …«

»… und besagte Dichter über den Tisch gezogen hat, wo's nur ging«, ergänzte die Gräfin zu Stolberg.

Von Wagners Fingern wedelnd in die Schranken verwiesen. »Papperlapapp, immerhin hat er den *Werther* verlegt, davon werdet Ihr wohl gehört haben.«

»*Werther?*«, antwortete Cotta und fügte noch ein weiteres Fragezeichen hinzu und noch eines.

»Goethes *Werther*!«, krähte Wagner völlig aufgebracht.

»Ich denke, es gibt keinen Goethe.« Cotta konnte sich ein Grinsen nicht verkneifen.

»Alles unter falschem Namen! Das ist es ja. Deshalb bin ich hier, um Euch im Namen Eures Kollegen Weygand …«

»Den ich nicht kenne.«

»… zu warnen, auf dass Ihr nicht diesem Irrtum aufsitzt, auf dass Euch diese Weiberverschwörung nicht zum Verhängnis …«

»Was bitte?«, traute sich jetzt auch die Gräfin wieder aus der Deckung.

»Und wer, wenn nicht ein gewisser Goethe, soll dann diesen *Werther* verfasst haben? Und wieso konnte Weygand so dämlich sein, sich von ein paar aufgeregten Weibern an der Nase rumführen zu lassen?«

»Mir scheint, Ihr seid an der ehrlichen, an der gut gemeinten Warnung, die ich aussprechen wollte, an der kollegialen Unterstützung nicht im Geringsten interessiert«, resümierte Wagner, und die Enttäuschung war ihm auf die Stirn geschrieben.

»So ist es«, lautete Cottas Quittung.

Und Wagner, jetzt nicht mehr nur enttäuscht, sondern zutiefst beleidigt, trat den ungeordneten Rückzug an, empfahl sich mit kurzen Worten und zog die Tür hinter sich zu.

Die Frauen atmeten auf. Aber auch ihre Verunsicherung war unverkennbar. »Wie kommt es, Herr Cotta, wir verstehen nicht recht …«

»Na, ich glaube eben an die Autonomie der Literatur. Dass sie ihren Wert und ihre Wirkung auch ohne Kenntnis der Person des Verfassers entfaltet. Dass sie kein Eins-zu-eins-Abbild der biografischen Voraussetzungen ist, die der Dichter mitbringt und womöglich nicht anders kann, als sie zumindest ansatzweise zwischen den Zeilen unterzubringen. Aber die Kraft der Fantasie ist immerhin in der Lage, sich darüber zu erheben. Also ob Goethe nun Goethe ist, ist zwar beileibe nicht uninteressant, für die Bedeutung der Dichtung selbst aber zweitrangig.«

»Das heißt, Ihr bleibt dabei, dass Ihr das weitere Werk Goethes …«

»Wer immer das sein mag. Schließlich wissen wir das auch im Falle eines William Shakespeare nicht letztgültig. Zumindest geistern auch da Gerüchte durch die Weltgeschichte, dass der historische Shakespeare all die Werke, die kreuz und quer an den Höfen des alten Europas spielen, nicht alle geschrieben haben kann. Und trotzdem: Will denn irgendjemand allen Ernstes deshalb die Großartigkeit ebendieser Werke infrage stellen? – Ob Ihr also diesen Goethe beibringt, wiegt weit weniger, als ob Ihr seine Skripte hier abliefert.«

Die beiden Frauensleute waren's augenscheinlich zufrieden, sahen ihre Mission als erfüllt an und verabschiedeten sich in aller Ausgiebigkeit und aller Form, sodass den Gesetzen höflicher Verbindlichkeit in jeder Hinsicht Genüge getan war.

Wagner

Was konnte das bedeuten? Dass er jetzt, dass er plötzlich ganz und gar auf eigenen Füßen stand. Auf sich gestellt war. Dass er von Weygand rausgeschmissen worden war. Er lehnte sich zurück in seinem Lehnstuhl und wechselte die Beine, legte jetzt das rechte übers linke. Was er immer tat, wenn die Gedanken die Richtung wechseln sollten.

Immerhin war er verewigt worden. Obwohl die Frauenmeute eigentlich nicht den geringsten Anlass dazu hatte. Längst musste ihnen doch klar sein, wer er war. Und trotzdem hatten sie ihm in diesem Drama einen Platz eingeräumt. Freilich nicht die prominenteste aller Rollen. Und sicherlich nicht die vorteilhafteste. Als Biedermann dermaßen rechtschaffen, dass es schon an naive Tumbheit grenzte. Aber immerhin. Außerdem: Hätte er denn lieber dieser Faust sein wollen? Der doch so richtig auf Abwege geriet. Kenntnis- und Ergebnisgier bis zum Sündenfall.

Oder etwa dieser Untersatan, serviler Diener der ungezügelten Gemeinheitslust seines ins Höllenversteck zurückgezogenen Vorgesetzten? Dieser Teufel im zweiten Glied. Mit spitzer Stimmbruchstimme, klebrigem Grinsen, schmierigen Verführungskünsten. Eine derart widerwärtige Figur zwischen leibhaftigem Sündenpfuhl und Widersacher, ein solcher – Verzeihung – Schleimscheißer zu sein: auch keine Ehre. Wahrlich nicht.

Und Gretchen, also bitte, ein Weibsbild, das sich ja wohl von selbst verbot! Dann doch lieber ein Wagner. Dann doch lieber eine Parodie seiner selbst. Zwischen den Zeilen, zwischen den Stühlen. Zwischen den Zeiten. Und diese Marthe – nun, ihr den Hof zu machen, wenigstens in Ansätzen, das war ihm wirklich und wahrhaftig eine Ehre. Warum nicht?

Aber – bei Lichte besehen und mit kühlem Kopf betrachtet – war das ein Grund, seine Ermittlungen einzustellen? Jetzt, wo er nicht mehr in Weygands Diensten stand. Wo er sein eigener Herr war. Nichts mehr zu verlieren hatte.

Wagner wechselte die Beine.

Was also sprach dagegen, rauszubekommen, wer dieser Kackvogel war, dieser angebliche von Goethe? Nichts und noch mal nichts. Man musste bloß entscheidend entschiedener sein als dieser Faust: auf eigene Faust!

Nochmals Beine wechseln.

Die Schwierigkeit aber dürfte sein, noch mal an diese Krähen ranzukommen, die selbstredend einander kein Auge aushacken würden. Im Gegenteil, die zusammenhielten wie Pech und Schwefel. Bei denen er, einmal in Verruf geraten, keinen Blumentopf mehr würde gewinnen können. Und sich noch mal an diesem verrückten Pavillon auf die Lauer legen – niemals!

Es gab nur eines.

Aber welche von ihnen? Mit der Gräfin und dieser Anna Sibylla hatte er ja schon Bekanntschaft gemacht, die schieden aus. Maximiliane von La Roche hatte Freund Hein ausscheiden lassen. Die Vulpius und die von Stein führten das Regiment an vorderster Front an, wenn ihn seine seinerzeit jäh unterbrochenen Pavillonerkundungen nicht täuschten. Sie dürften also fürs Dichten nicht zuständig sein. Nichts sprach für Ämterhäufung im Krähenschwarm. Und so weiter und so fort.

Wagner kreuzte die Beine andersrum.

Also war es wohl angezeigt, dass er selbst ein Frauensmensch ins Spiel brachte. Eine Dame von Rang. Die mithalten konnte. Die hinreichend Anmut in die Waagschale werfen konnte. Die einen Goethe aus dem Konzept bringen würde, gründlich. Und welche Holde kam einem Wagner da in den Sinn? Die Schönste war gerade schön genug.

Er löste die übereinandergeschlagenen Beine, schob sie unter den Schreibtisch und griff zur Feder, die schon viel zu lange im Tintenfässchen gesteckt hatte und aufzuweichen drohte, tupfte sie ab und begann, den entscheidenden Brief zu schreiben. Einmal war sie ihm begegnet, besser gesagt: er ihr. Freilich hatte sie keine Notiz von ihm genommen, freilich würde sie ihn niemals wiedererkennen, vermutlich würde sie nicht mal wissen, wer ihr da schrieb, wie sie ihn einzuordnen hatte.

Konnte er es sich leisten, den Brief mit diesem ungeheuerlichen Angebot, mit dieser Auskunft darüber, wann und von wo aus dieser windige Gockel die letzte Etappe seiner Rückreise aus bella Italia antreten würde – konnte er diesen Brief noch im Namen, im Auftrag Weygands abschicken?

Unvollendeter Dinge erhob sich Wagner, schob mit den durchgedrückten Kniekehlen den Stuhl nach hinten weg und ging zum Fenster. Frische Luft, große Güte, er brauchte frische Luft! Riss das Fenster auf. Merkte den kühlen Lufthauch merkwürdigerweise zuerst unter den Achseln, die, nass wie sie waren, kalt antworteten. Erst jetzt begriff er, wie viel Anstrengung und Anspannung in diesem Brief steckten. Und auf dem Schreibtisch warteten die Feder zur Unterzeichnung und das Siegel, das Weygand vergessen hatte einzukassieren.

Die Frauen

Wo ist eigentlich Deiner?«

»Meiner? Wo soll der sein?« Charlotte war mit dem Hammer vor den Kopf getroffen, versuchte aber, sich nichts anmerken zu lassen. »Geht seinen geweihten Geschäften nach, nehme ich an. Ich hab ihn seit Ewigkeiten nicht mehr gesehen.«

»Was? Kann doch nicht sein! Du warst doch sonst schon immer ganz aus dem Häuschen, wenn du ihn bloß einen Tag nicht hattest sehen und anfassen können.«

Und die Nächste stimmte ein: »Oder hat er deine inzwischen gar nicht mehr so neue Zofe jetzt ebenfalls zwischengehabt?«

»Hat er. Aber zum letzten Mal.«

»Was soll das nun wieder heißen?«, meldete sich Friederike mit deformierten Gesichtszügen zu Wort. Aus ihren schreckgeweiteten Augen sprach die Furcht, es könnte etwas Grauenhaftes passiert sein.

»Was es eben heißt«, erwiderte Charlotte, so unterkühlt es ging. Jetzt, nachdem es raus war, gedachte sie nicht mehr, irgendein Blatt vor den Mund zu nehmen. »Über seinen momentanen Aufenthaltsort und den Verwesungsgrad bin ich nicht informiert. Aber es hat gutgetan, das könnt ihr mir glauben.«

»Nei-ein!«

»Ist ja entsetzlich!«

Und Friederike fügte mit schriller Stimme hinzu: »Du hast ihn doch nicht etwa eigenhändig – sag, dass das nicht wahr ist!«

Und von anderer Seite quiekte es: »Ja, bist du denn von allen guten Geistern verlassen?«

»Ganz und gar nicht«, murmelte Charlotte viel kleinlauter, als sie wollte.

Friederikes erneut einsetzendes Gekreisch entfaltete nun endgültig seine ansteckende Kraft. Die ganze Corona aufgebrachter Bundesgenossinnen – heute allerdings ohne Christiane – stimmte ein, und es erhob sich eine zeternde Klangwolke. Zum Glück waren wegen des Nieselregens draußen sämtliche Fenster geschlossen, sodass mit einigem Fug und Recht davon auszugehen war, dass das Getöse nicht nach außen drang.

Augusta war die Erste, die so etwas wie die Fassung wiederfand und einen einigermaßen klaren Gedanken fasste: »Mal ganz davon abgesehen, dass du ein blühendes Leben auf dem Gewissen hast und der Pfarrersfrau und ihren vier Kindern den liebenden Ernährer …«

»Liebenden?«

»… genommen hast, gefährdest du die große Sache, die wir nun schon seit Jahren mit beachtlichem Einsatz und ebenso beachtlichem Erfolg vorantreiben. Du machst ja genau das, was du jeder von uns stets vorgeworfen hast, so wie wir auch nur einen Hauch von Schwäche zeigten«

»Apropos Erfolg, apropos Schwäche.« Charlotte stampfte auf. Mit einer Widerspenstigkeit, die ihr, das wusste sie selbst, nach der keine halbe Minute zurückliegenden Offenbarung nicht zustand. Doch statt sich beredt schweigend wegzuducken, stampfte sie noch einmal auf und trug den nächsten Angriff vor: »Apropos Schwäche: Das ist doch alles Murks hier!«

»Wie?« – »Was?« Allgemeines Raunen.

»Na, ich meine, was haben eigentlich wir davon? Von diesem Affentheater, das wir da inszeniert haben. Gut, gut, wir haben einen Goethe aus der Taufe gehoben, als lebende Summe unserer miserablen Erfahrungen. Aber bei Lichte besehen hat uns der eigene Erfolg völlig überrollt.«

Eisiges Schweigen. Entsetzte Stille.

Immerhin war es Charlotte von Stein, die hier mit ein paar fahrigen Sätzen alles infrage stellte; dabei war sie doch diejenige, die die Fäden in der Hand hielt und nach Kräften dran zog. Die die ganzen letzten Jahre maßgeblich dazu beigetragen hatte, dass das Unternehmen nicht ins Stocken kam. Die den gackernden Hühnerhaufen stets zusammengehalten hatte. Und jetzt das!

Wobei Charlotte offenbar noch gar nicht fertig war mit ihrer Zwischenabrechnung. »Dass es so perfekt funktionieren würde, dieses Trugbild in Szene zu setzen, damit hat ja wohl keine von uns gerechnet. Und mit diesen grandiosen literarischen Erfolgen erst recht nicht. Und doch hat uns all das keine ruhige Minute mehr gelassen. Einmal losgetreten, die Lawine, blieb uns nichts andres übrig, als hinterherzurennen und weiterzumachen und weiterzumachen. Wir konnten doch, mal ehrlich, gar nicht mehr nach rechts und links blicken, konnten im vollen Galopp die Scheuklappen gar nicht mehr …«

»Und was, bitte«, wagte sich Elisabeth zwischen die Zeilen dieses Redeschwalls, »was hätten wir da links und rechts sehen können?«

»Dass aus unserem Rachescherz längst ein heimtückischer Rückschlag geworden war. Dass unser Vorwärts, immer Vorwärts unversehens zum Krebsgang …«

»Jetzt mach mal halblang!«, krakeelte die sonst bekanntlich eher stille Anna Elisabeth. »Was willst du uns eigentlich sagen?«

Doch es meldete sich Anna Katharina zu Wort. »Mein Gott, merkt ihr nicht, wie recht Charlotte hat? Dass wir wider Willen längst die perfekt funktionierenden Literaturagentinnen geworden sind?! Der verlängerte Arm eines Mannsbilds!«

»Erfüllungsgehilfinnen männlicher Karriereeitelkeit. Wir haben diesen Goethegimpel nicht nur das Licht der Welt erblicken lassen, sondern ihm auch die Ruhmeskränze geflochten. Wir haben seine vermeintlichen Werke zu den Verlegern getragen, uns dabei zerzankt und zerzaust und in Wahrheit nichts anderes zuwege gebracht, als ihn von einer Welle des

Erfolgs zur nächsten zu tragen«, pflichtete Charlotte bei. Und genoss das Oberwasser. Umso mehr, als die anderen so laut schwiegen.

»Egal jetzt. Weitermachen!«, posaunte Käthchen plötzlich und setzte ein Ausrufezeichen dahinter.

Und auch Charlotte machte die Kehrtwende mit: »Ja, weitermachen, lautet die Devise. Es bleibt uns überhaupt nichts anderes übrig. Oder unser jahrelanger Einsatz war umsonst, und wir alle gehen sang- und klanglos vor die Hunde. Und das kann ja wohl keine wollen.«

Aber der Schlussstrich unter der Debatte wollte ihr nicht recht gelingen. Friederike grätschte ihr in den finalen Schulterschlussversuch und zeterte kiebig: »Du wolltest mit dieser ganzen Schimpftirade doch bloß ablenken! – Stattdessen noch mal zurück, marsch, marsch, zum Ausgangspunkt: Was, frage ich dich, Charlotte, was sollen wir jetzt mit dem Wissen anfangen, dass unter uns eine Mörderin weilt? Dass unser Zusammenschluss eine Kardinalsünde beherbergt?«

»Wäre schließlich nicht das erste Kapitalverbrechen«, wagte sich Charlotte nochmals aus der Deckung. »Das ganze Konstrukt fußt doch auf nichts als Lug und Trug. Wo, noch dazu, der Schuss längst nach hinten losgegangen ist.«

»Mag alles sein, aber ›das ganze Konstrukt‹ ist immerhin getragen von edlen Zielen und Absichten.«

Was Charlotte natürlich nicht gelten lassen konnte. Schon, um ihren Hals zu retten. »Wenn Rache für erlittenes Unrecht ein lauteres Motiv ist und die lobenswerte Absicht Untaten adelt, dann darf ich das mit gutem Grund ja wohl auch für mich in Anspruch nehmen.«

»Und wer sagt dir«, ging Katharina dazwischen, »dass wir dich nicht ans Schafott liefern?«

»Dass wir dich nicht mit allen Mitteln unter Druck setzen, dich selbst den Ordnungshütern auszuliefern, um Unrecht mit Recht zu vergelten, und sei es um den Preis des eigenen Lebens!«

Nachdem das allgemeine Gekreische verklungen war,

stimmten jetzt alle laut lamentierend in moralische Vorhaltungen, ethisch aufgeladene Predigten, vehemente Rufe nach Recht und Ordnung mit ein. Was darin gipfelte, dass Anna Sibylla sich auf dem Absatz umdrehte und eben die Stätte des üblen Geständnisses verlassen wollte, nicht ohne angedroht zu haben, dass sie noch heute Nachmittag die Gendarmen aufsuchen werde, um der Wahrheit zu rechtsfester Vergeltung zu verhelfen. Woraufhin Charlotte loszeterte, Anna Sibylla oder wer auch immer solle sich in drei Teufels Namen verkneifen, einen großen Fehler zu begehen. Denn natürlich werde sie in einem solchen Fall nichts Eiligeres zu tun haben, als noch im ersten, im allerersten Verhör das ganze Komplott auffliegen zu lassen. »Ein Wort, das mir den Tod meines so verbotenen wie untreuen Liebhabers in die Schuhe schiebt, und ich decke die ganze Goethe-Verschwörung auf. Und enttarne und entzaubere unseren unsäglichen Betrug an den Grundfesten der Kultur. Wagt es nicht!!«

»Was du deinerseits nun wieder«, zischte Augusta unter spitzfindig zusammengekniffenen Augen, »ganz gewiss nicht tun wirst. Denn …«

»… denn ich stehe zu hundert Prozent dahinter. Hinter unserem Ränkespaß auf Kosten der missratenen Herren der Schöpfung, hinter diesem Sündenbock, den wir da ins Feld geführt haben. Ich wäre ja schön blöd, wenn ich diese glorreiche Idee und ihre ebenso glorreiche Ausführung in den Wind schreiben würde. Also …«

Alle nickten. Auch die, die eben noch mit geschliffener Waffe gegen sie zu Felde gezogen waren. Sie schlugen drei Kreuzzeichen im seligen Angedenken an den armen, vermutlich dahingeschiedenen Pfarrer, von dessen sterblicher Hülle jede Spur fehlte.

Und doch war die Runde nachhaltig erschüttert. Die große Einvernehmlichkeit, das stille Vertrauen, die unausgesprochene Selbstverständlichkeit waren dahin. Drohte die großartige Verbindung und Verbindlichkeit sich selbst zu zerstäuben? Angesichts einer Wort- und Strategieführerin, die sich der schlimmsten aller denkbaren Verfehlungen schuldig gemacht hatte. Drohte ihr Frauenbund auseinanderzufliegen?

Fürs Erste rettete man sich ins Weiter-so. Als wäre nichts gewesen. Fast nichts.

Christiane

Irgendwie wurde sie den Eindruck nicht los, durch das Grauen hindurch eine grelle männliche Stimme zischen zu hören: »Du gehst da jetzt nicht rein!« Nahe der Türschwelle. Aber sie sah keinen Mann, konnte durch den Tränenfilm vor ihren Augen klar erkennen, dass da kein Mann war.

Nur Lotte Buff. Die auf der Schwelle stand und nach hinten, über die Schulter hinweg ins Leere »was ich ganz entschieden doch tue« antwortete.

Augenscheinlich wollte sie ihr einen unangemeldeten Abendbesuch abstatten und hatte dafür den falschesten aller Zeitpunkte erwischt. Oder den genau richtigen, indem sie ihr, Christiane, nicht einen einzigen Augenblick ließ, um sich in den gnadenlosen Doppelschmerz zu vertiefen und darin zu verlieren.

»Schnauze!«, blaffte Lotte nochmals über die Schulter hinweg den nicht vorhandenen Burschen an. »Seht Ihr denn nicht, was hier los ist?«

Mit wem redest du da?, wollte Christiane gerade fragen, als ihr einfiel, dass sie gar nicht wusste, ob sie und wie sie mit der halben Zunge würde sprechen können. Ob das Blut nicht wieder hervorschießen würde. Ob sie nicht wie ein monströses Unwesen aussehen würde. Also schwieg sie und presste die Lippen aufeinander.

»Aber was zum Teufel ist denn hier los?«, druckste es aus dem Hintergrund.

»Ich weiß es doch auch nicht.« Lotte machte eine wegwerfende Handbewegung über die Schulter und wedelte die unsichtbare Gestalt oder was das sein mochte, jedenfalls diese hässlich spitze Stimme unmissverständlich ins Nirgendwo. Jedenfalls so weit weg, dass sie davon ausging, sich nun ihr, Christiane, arg gebeutelt wie sie war, zuwenden zu können. »Um Himmels willen, Christiane, was ist passiert?«

Verbissenes Schweigen. Schmerzverzerrtes Gesicht. Die ganzen Blutsprenkel.

»Christiane, habt Ihr wieder zu tief ins Glas – aber so tief kann man doch gar nicht ins Glas schauen, nicht mal Ihr«, versuchte Lotte, die Ratlosigkeit mit einer Mischung aus Witzig- und Bissigkeit zu bekämpfen, bevor sie begriff, dass das bewährte Mittel hier vollkommen fehl am Platze war. »Oder – nein, n-nein«, stammelte sie, »ist es wieder so schlimm?«

»Das siehst du doch«, rechthaberte die knisternd schrille Stimme aus dem Dunkelfeld. »Wie blind kann man sein!«

Ohne dass Lotte sich befleißigte, darauf einzugehen. Das nackte Entsetzen: »Ist das ein Stück Zunge da? Ein Stück deiner Zunge?«

Verhaltenes Nicken, erneutes Schmerzzucken.

»Und wo ist dein Wilhelm? Hoffentlich unterwegs, den Medikus holen.«

Verlegenes Kopfschütteln.

»Nein? Ja, verdammte Hühnerkacke, kann der sich nicht ein einziges Mal um Euch kümmern, wenn's drauf ankommt! Und jetzt kommt's ja wohl drauf an. Dem werd ich den Marsch blasen! Wo, Christiane, wo ist der Dreckskerl von einem Göttergatten?«

Flaches Schulterzucken.

»Satan, los, wir werden den suchen und auftreiben, und wenn wir dafür Auerbachs Keller stürmen müssten. Was, Kerl?«

»He, stopp, Moment«, wandte die ominöse Schattenstimme ein, »willst du nicht erstmal 'nen Notruf absetzen? Dass man der armen Lady hier zumindest mal die Wunde versorgt. Vergiss Johann Wolfgang von!«

»Italien«, sprudelte es blutunterlaufen zwischen den Lippen heraus. Sie schrie vor Schmerzen, schrie mit ihrer vom grausamen Dämon der Krankheit zerkratzten Stimme und ließ das Blut laufen. Noch ein mumpfiges »Italien«, dann verschloss sie die Lippen wieder.

Jetzt warf Lotte ihre rechte Hand mitsamt ausgestrecktem Zeigefinger über die Schulter und verwies erstmal diesen lästigen Schmeißfliegerich energisch des Felds. Erfolgsgekrönt, wie es schien.

Es konnte Christiane jetzt aber auch egal sein. Musste ihr egal sein. Sie hatte wahrlich andere Sorgen, als sich um hergelaufene Gespenster zu kümmern, die Lotte im Nacken hocken mochten. Sie drückte den Stumpf ihrer Zunge mit aller Gewalt gegen den Gaumen, damit das Blutsprudeln endlich aufhören würde, das ihr die Mundhöhle immer wieder füllte, obwohl sie den salzigen Seim schon zigmal runtergeschluckt hatte. Dabei schoss ihr die so unsinnige wie überflüssige Frage durch den Kopf, ob sie das Bluten wohl stillen könne, wenn sie mit Branntwein gurgeln würde, ob die Zunge durch die beißende Schockwirkung – nein, Schwachsinn, sie wollte diesen Gedanken nicht zu Ende denken. Obwohl sie sich nach nichts mehr sehnte als nach einem guten Glas – nein, das Zeug, das ihre Gesundheit ohnehin lädiert hatte, würde ihr jetzt auch nicht helfen. Nicht gegen die wahnsinnige Bluterei unterm Gaumen und nicht gegen den rasenden Schmerz in der Nierengegend.

Ein weiteres Mal drückte sie die Lippen aufeinander, ein weiteres Mal bog sich ihr Leib, um der Qual irgendwo da innen drin entgegenzuwirken, um sie zum Schweigen zu bringen. Einfach nur zum Schweigen bringen, diese unverschämte Satansbrut, die sich da ihrer Innenwelt bemächtige und kreischte und schrie und im nächsten Moment ein grelles Freudengeheul anstimmte und wahre Hexentänze aufführte!

Aber es wollte und wollte keine Ruhe einkehren.

Lotte Buff sah sie mit großen, hin- und herzitternden Augen an. Und Christiane konnte in den wirr tanzenden Pupillen mehr oder weniger deutlich erkennen, wie es um sie selbst stand. Konnte sehen, dass ihr Gesicht völlig entstellt sein musste.

Nicht nur wegen der blutroten, womöglich schon schwarz verkrusteten Lippen. So, wie es sich in Lottes Augen spiegelte, sah ihr Gesicht vollkommen schräg und schief aus. Kein Wunder, da sich die eine Gesichtshälfte genauso taub anfühlte wie das Bein. Und sie konnte die Wangen beim besten Willen nicht zurechtrücken. Irgendwas funktionierte da nicht. Ganz und gar nicht.

Das Schlimmste aber war, dass das nicht das Schlimmste war. Ganz und gar nicht. Dass das Schlimmste sich unten im Leib abspielte. Dass das immer mehr ausgriff, dass der Schmerz emporgekrochen kam, wuchs, anschwoll, sich nach oben erhob, ohne dass er seine Quelle verlassen, hinter sich gelassen hätte, dass er sich vielmehr anschickte, noch mehr Fuß zu fassen, in ganz andere Regionen vorzustoßen. Dass er jetzt eindeutig eine erste Angriffswelle aufs Herz anbranden ließ. Eine zweite, dritte. An Grausamkeit nicht zu überbieten.

Lotte stand immer noch schreckensstarr da. Streckte ihr beide Hände entgegen, die Handflächen nach oben. Und hielt sie in dieser merkwürdigen Position, obwohl sie, Christiane, nicht in der Lage war, ihre Hände hineinzulegen. Die Hände blieben leer. Lagen quer in der Luft und blieben liegen.

Plötzlich – jetzt – das ging wirklich nicht mehr – das war nicht zu ertragen – das war übermächtig, übermenschlich! Diese unsäglichen Schmerzen, die schrien, immer lauter schrien. Die – denen musste man nachgeben – sie würde aufgeben müssen, sie wusste es – die rissen regelrecht – die zerrissen sie bei lebendigem – sie konnte die Lippen einfach nicht mehr aufeinanderbeißen. Sie schrie – schrie – herzzerreißend –, schrie, und doch schnitt kein kreischendes Schwert durch die Luft. Nichts, es war nichts zu hören. Außer dieses hässliche Gurgeln. Und zu sehen war nur dieser rote Schwall. Und zu spüren nur diese unglaubliche Erleichterung, Befreiung, dieser Pfropfen, der sich plötzlich gelöst hatte. Diese Stille, dieses leise Licht.

Sonst war nichts zu sehen.

Sag, kann es sein – ich meine, du hast doch nun seit Jahr und Tag dein ungeheuerliches Geheimnis, deine Trauer, deinen Verlust, all das, schweigend und überzeugend mit dir spazieren geführt – kann es sein …«

»Und kann es vielleicht sein«, entgegnete Charlotte und blickte Lotte geradewegs in die Augen, als wollte sie mit ihren Blicken bis auf den Grund vorstoßen. Blicke, die schmerzten vor Gemeinheit, vor Direktheit, vor Dolchstoßschärfe. »Kann es vielleicht sein«, nahm Charlotte den in der flirrenden Luft flatternden Faden auf, »dass auch du ein ungeheuerliches Geheimnis mit dir spazieren führst?«

»Und welches sollte das sein?«, versuchte Lotte zu parieren. War nicht eigentlich sie angetreten, um die von Stein ein weiteres Mal zur Rede zu stellen und noch einmal diese todsündige Entgleisung aufs Tapet zu bringen?

»Ich habe dich oft genug beobachtet«, nahm Charlotte es sich heraus, schon wieder am Zug zu sein, »und bin mir sicher, dass du glaubst, verfolgt zu werden. Dass du nicht nur mit einer Schimäre namens Goethe zu tun hast.«

Lotte riss die Augen auf. Sofort wurde sie der Schattenfigur gewahr, die sich jetzt hinter Charlotte von Stein aufgebaut hatte und ihr, Lotte, seiner, wie er zu sagen pflegte: »Leitfigur«, einen Vogel zeigte. Indes Lotte dachte nicht daran, sich ein weiteres Mal ausbremsen zu lassen. »Von was für einer Schimäre redest du?«, platzte es aus ihr heraus.

»Weiß der Teufel«, kam es von Charlotte, »aber sicher ist, dass du nicht eben selten mit jemandem redest, der überhaupt nicht anwesend ist …«

»Ist er doch«, tappte Lotte in die bereitgestellte Falle.

»… der nur für dich sichtbar ist«, ließ sich Charlotte die Freude darüber, dass sie Lotte Buff in der Schlinge hatte, nicht anmerken. »Der aber sehr wohl auf dich einzuwirken weiß. Das heißt ja wohl, dass du diesen Satansburschen, der dir vor Jahr und Tag übern verworrenen Weg gelaufen ist, dass du den immer noch nicht abgeschüttelt hast. Dass er dich nach wie vor in den Klauen hat.«

»Pechschwarze, rabenschwarze Gestalt«, antwortete Lotte, die jetzt das Kind für eh in den Brunnen gefallen hielt. Während sich Satan Kerl hinterm Rücken der von Stein aufführte wie eine Mischung aus Kreisel und enttarntem Rumpelstilzchen. Mit Zeigefinger und Daumen bedeutete er ihr, sofort die Lippen zu versiegeln. Worauf ihr jedoch nur ein freches Grinsen durchs Gesicht huschte. »Ein leibhaftiger Schwefelmistknoten …«

»He, jetzt ist aber verdammt noch mal gut! Genug jetzt! Halt dich geschlossen, du Schlange!«, ließ Satan seine Hutschnur platzen.

Während Lotte unbeirrt fortfuhr: »Diese stockfinstre Figur, die in ihr eigenes Schattenspiel verliebt ist und sich – ich hab nicht den geringsten Verdacht, weshalb –, sich mich als Opfer ausgesucht hat.«

»Dachte ich's mir«, nickte Charlotte von Stein. »Aber fragt sich doch, mein Gott, ob dieser schwefelstinkende Hampelmann, von dem du da faselst, in Wahrheit nicht ein verfluchter Wiedergänger meines Dahingeschiedenen ist. Ob mein treuloser Geliebter einfach nicht klein beigeben will und sich auf diese Weise wieder ins Leben spiegelt. Wobei – wieso tanzt er dann nicht mir, sondern dir wie ein Derwisch auf den Nerven herum?«

»Und wieso«, endlich hatte Lotte das Gefühl, nicht mehr aus dem armseligen Hintertreffen heraus agieren zu müssen, »wieso ist der Kerl mir schon längst auf den Zwirn gegangen, als dein unseliger Pfaffe noch munter vor sich hin lebte und sich so fleißig danebenbenahm? Wie kann einer als Wiedergänger vor seiner Zeit, vorm Ablaufen seines Vorlaufs, durch die Gegend ziehen und ehrbare Leute behelligen, noch bevor er das Zeitliche gesegnet hat?«

»Weil ich«, schrie Satan Kerl aus Leibeskräften, in der Hoffnung, dass auch diese andere Charlotte ihn endlich hören könne, »weil ich immer und überall bin, die verdammte Inkarnation von allem Dreck und Schreck bin, der affengeile Fetzer von dem ganzen Männerscheiß, den ihr für ausgemachte Sache haltet. Ich! Nicht euer Goethe-Spinner. Der Schlappschwanz auf keinen Fall nämlich. Me too! Wenn ihr versteht, was ich mein.«

Aber weit gefehlt.

Wilhelm

Erbaulich. Wahrhaft erbaulich. Sicher, er hatte sich die Reise ja schon seit Ewigkeiten ausgemalt, immer flankiert von begeisterten, von wunderbaren Erinnerungen vor allem an die erste Italienreise. Aber das, was sich aus der Rückschau, jetzt, nachdem er die Kutsche für das letzte Stück Wegs nach Weimar bestiegen und sich einigermaßen zurechtgeruckelt hatte, das, was sich jetzt als Resümee ableiten ließ, übertraf alle, übertraf sämtliche Erwartungen! Und sämtliche Erinnerungen an seine erste, ja nun schon länger zurückliegende Italientour. Ein noch fantastischeres Reiseerlebnis diesmal! Mal abgesehen von dem platten Hintern, den er sich auf den Hunderten und Tausenden von holprig kutschierten Meilen gesessen hatte. Umso grandioser das Ganze, seit er diesen Brief von Charlotte von Stein erhalten hatte, die ihm versicherte, dass die angeheuerten Skribenten während seiner Abwesenheit wie der Teufel weitergeschrieben hatten und nach seiner Rückkehr gleich mehrere Skripte bei seinem neuen Verleger, dessen Namen er sich einfach nicht merken konnte – irgendwas mit »Gotta« –, einreichen würden. Und er solle auf alle Fälle wie seinerzeit nach der ersten Italienfahrt seine Reisenotizen bereithalten, damit sie eilends in vernünftige Dichtung umgesetzt werden könnten.

He, holla, vor lauter Hochstimmung hatte er völlig übersehen, wie schön diese Frau war, die da gegenüber neben diesem komischen Kauz auf der Kutschbank saß. Nein. Und noch mal nein. Er hatte sich hieb- und stichfest vorgenommen, nein, er hatte sich verordnet, kein weiteres Durcheinander anzurichten, um die Goethe-Geschichte nicht zu gefährden, also konsequent allen Versuchungen zu entsagen. Aber, nun gut, ein kurzes Blinzeln musste ja wohl erlaubt sein, ein flinkes Lächeln. Einfach nur so. Ohne abwegige Hintergedanken.

Und es blitzte zurück, eindeutig. Sie reagierte. Das war doch eindeutig ein Lächeln.

Aber wie sollte das jetzt hier weitergehen? Wo doch dieser schräge Vogel mit in der Kutsche saß. Wie sollte er an dem vorbei parlieren? Geschweige denn brillieren. Sich einfach darüber hinwegsetzen! Einfach so. Und seine guten Vorsätze? Wie gesagt, ging ja um nichts. Aber die Frau war auch einfach zu schön. Eine Augenweide. So was konnte man nun wirklich nicht mir nichts, dir nichts links liegen lassen. Man konnte sich ja nicht alles im Leben entgehen lassen, bloß weil man von Goethe war.

»Schöne Frau, wohin des Wegs?«, machte er einen an Plattheit nicht zu überbietenden Versuch. Aber der Einzige, der reagierte, war Merkwürden, der ihn giftig ansah. Als sei es das Allerletzte, die erlesene Unruhe des Kutschengerumpels durch eine so dämliche Frage zu stören.

Sie jedenfalls schwieg eisern. Blickte höchst konzentriert durchs staubverkrustete, völlig erblindete Fenster in die verschmierte Landschaft.

»Wo geht denn die Reise hin?«, machte er noch einen Versuch, diesmal ohne »schöne Frau«.

»Dahin, wo Euch die Kutsche auch hinbringt. Wenn's gut geht«, kam die knappe Antwort, »wenn's denn gut geht.«

»Was, zum Teufel, fürchtet Ihr denn?«

»Ich will es nicht beschreien.« Die Holde wurde geradezu gesprächig.

Wilhelm rückte ein bisschen nach rechts. Gut, nur ein paar Zentimeter. Weiter auf sie zurücken ging nicht, vereitelte dieser Trottel mit seinen langen Gräten.

Und – rums –, womöglich doch der Schlag, den die bildschöne Schnepfe beschrien hatte? Ein gewaltiger Schlag! Irgendein Kutschrad, irgendein Stein im Weg. Alle drei riss es sie von der Bank. Ein kurzer Abflug, eine steinharte Landung. Sie wurde ein Stück nach vorn geworfen, und er hoffte schon, er spekulierte schon … Aber sie fand die Balance wieder, saß am Fleck wie vordem. Er war, nüchtern betrachtet, keinen Deut weitergekommen.

»Maria Antonia von Branconi. Und Ihr?«

Er war völlig vor den Kopf gestoßen, stammelte irgendwas von Johann Wolfgang und war heilfroh, dass er sich beim Nennen seines Namens nicht verhaspelte.

»*Der* Johann Wolfgang? Ihr wirkt gar nicht so abgehoben, sitzt irgendwie gar nicht auf so hohem Ross, wie der Name vermuten lässt. .«

»In der Tat, nein, ich sitze in einer Allerweltskutsche«, schlagfertigte er sie versuchsweise ab.

»Ihr seid doch viel zu menschlich, als dass Ihr dieser Lackaffe sein könntet. Pardon, zu sympathisch, wenn ich das mal so frei raus …«

»Ich – ähm – also – besten Dank –, ich hätte nie gedacht, dass ich mal irgendwann auf Euch – von Angesicht zu Angesicht, auf Tuchfühlung geradezu …«

»Seht Ihr, eben das unterscheidet Euch von diesem Johann Wolfgang.« Die Branconi sah fast verlegen drein. Und er selbst war wahrscheinlich auch puterrot angelaufen; nach der britzelnden Temperatur zu urteilen, die sein Schädel angenommen haben musste. Womöglich waren sie beide nicht ganz zufällig in derselben Kutsche – warum ausgerechnet sie beide? Tatsächlich, wie konnte das sein! So viel Zufall auf einmal. Nein, das konnte nun wirklich nicht sein.

»Ihr seid nicht dieser Johann Wolfgang – richtig?«

He, holla, hatte sie das ganze Spiel durchschaut?

»Das ist nicht Euer echter Name. Sagt schon.«

»Mein Zweitname.«

»Und der Erstname?«

»Wilhelm.« – Was? Was sagte er da? Wie lange hatte er diesen Namen nicht ausgesprochen! Diese Branconi konnte einem das letzte Gramm Verstand rauben. Verhexte Plapperei – verheerend! Ein Flächenbrand, wenn die Weibsbilder davon erfahren würden. Er zog hier sämtliche Hosen aus! Dabei war er doch an Leib und an Seele geläutert. Auf der Rückfahrt von dieser fantastischen Reise.

Es gab nicht den geringsten Grund, das muntere seit Ewigkeiten funktionierende Versteckspiel aufzugeben, das vergnügliche Geheimnis auffliegen zu lassen. Und doch gab er sich hier als Plappermaul mit zügelloser Zunge. Ja, war er denn von Sinnen!

»Wilhelm, der Busenfreund eines gewissen Werther«, staunte die Branconi. »Oder Wilhelm Meister? Wilhelm Meister in persona? Na, jedenfalls Goethe scheint's Euch angetan zu haben. Sieht tatsächlich so aus, als wärt Ihr mit dem Verseschmied und Kriegsminister denn doch verbandelt.«

Wie jetzt? Jetzt wieder andersrum? Nahm sie ihm dieses Theater, das ganze Goethegetue und -gemache also doch ab?

Sie blickte zu dem dritten Kutschgast und sah offenbar mit einigem Vergnügen, dass er eingeschlafen war. Ein Lächeln huschte über ihr Gesicht, vielsagend. Wie das eines Nonnenschulmädchens, das glaubt, freie Bahn zu haben. Losgelöst und freigelassen.

Verdammt, war die Frau schön! Blutjung und bildschön. Sie galt zu Recht, vollkommen zu Recht als schönstes Weib in deutschen Landen. Wie weiland ihre Mutter. Kein Wunder, dass sich der Braunschweiger Erbprinz diese seinerzeit als Mätresse hielt. Und die Tochter, jetzt hier, war weiß Gott auch nicht von schlechten Eltern.

»Beruhigend«, sagte sie, »dass Ihr nicht einfach nur Wilhelm heißt.«

»Wieso das? Gefällt Euch Wilhelm nicht?«

»Nur Bauern geben ihren Kindern bloß einen Namen.«

Das durfte doch wohl nicht wahr sein. Jetzt ging das schon wieder in eine andere Richtung. Wähnte er sich gerade noch im siebten Himmel, platzierte sie jetzt treffsicher diese üble Beleidigung! »Ihr haltet mich also für einen Bauerntölpel?«

»Wie? Was?« Ihr Erschrecken war offensichtlich nicht gespielt. »Ich denke, Ihr habt drei Vornamen! Oder habe ich mich verzählt?«

Wilhelm verschlug es den Atem. Hatte er sich also endgültig um Kopf und Kragen gequasselt. In seiner bescheuerten Eitelkeit. Beleidigte Leberwurst quer im Breitmaul. Ja, war das zu glauben! Diese himmlische Anmut, diese fantastische Schönheit raubte einem wahrhaftig den letzten Fussel Verstand.

Und jetzt – tatsächlich –, jetzt ließ sie ihre Hand auf Reisen gehen. Diese schlanken, ebenmäßigen Finger kamen in bedrohliche Nähe, legten sich auf seine verschwitzte Hand, umschlossen sie. Das Herz trommelte wie verrückt in der Brust.

»Wilhelm«, sagte sie mit weich warmer Stimme, »Ihr müsst raus mit der Wahrheit! Mit falschem Namen – das ist doch kein Leben!«

»Es ging jahrelang gut«, versuchte er, seinen Hals zu retten. Bloß, um zu begreifen, dass er sich damit schon wieder und immer noch mehr reinritt. »Solange, bis Ihr mir übern Weg gelaufen seid.«

Ein Dröhnen, Schlagen, ein Wimmern! Die Kutsche machte einen gewaltigen Satz. Der dritte Fahrgast schreckte auf und war augenblicks hellwach.

Wagner

Oder vielleicht doch oder vielleicht zusätzlich eines von diesen aufgeschreckten Hühnern in Stellung bringen?

Er wusste gar nicht, welchen Glücksgriff er tat, als er sich an Lotte Buff heranpirschte. Glück nicht nur, weil er sie genau dort antraf, wo er sie vermutete; Glück vor allem, weil sie, was er selbstredend nicht ahnen konnte, genau die Richtige war. Angeschlagen, wie sie war.

»Da bin ich außen vor, habe ich nichts mehr mit zu tun. Ich bin raus aus diesem erlauchten Kreis. Als jetzt schon Zweite in Ungnade gefallen.«

»Da geschieht Euch unrecht, junge Frau«, beeilte Wagner

sich. Und ihm war, als höre er den Wind oder wen lispeln: »Worauf Ihr alle einen lassen könnt.«

»Unrecht oder nicht, spielt alles, spielt keine Rolle mehr«, stammelte Lotte. Und wenn auch nur die Hälfte von dem stimmte, was sie hier anklingen ließ, zählte Wagner an fünf Fingern ab, dann war sie gerade dabei, den letzten Rest des Vertrauenskredits zu verspielen, den sie bei den Damen der Goethe-Schöpfung eben noch genießen mochte.

»Was, um des Himmels willen, ist denn vorgefallen?« Wagner perfektionierte seine sorgenvolle Miene und hörte es schon wieder irgendwo im Wind säuseln: »Das wollt Ihr nicht wissen, garantiert nicht.«

»Die haben mich rausgekegelt ...«

»Wer? Wer hätte das Recht dazu?«

»... weil ich – aber wer könnte eine wahre Liebe unterdrücken, bloß weil – bloß, um gefällig ins Bild zu passen!«

»In welches Bild denn?«

»Na ja, nun, das eben, das Pate steht für ...«, doch die offenbar arg in Mitleidenschaft gezogene Lotte Buff ließ den Satz als Bruchstück im Raum stehen. Während der Wind wieder flüsterte, eine Warnung ausstieß, glaubte Wagner zu verstehen, eine Warnung, unbedingt und sofort den Schnabel zu halten! Und, zack, biss die arme Lotte den Rest des noch ausstehenden Satzes ab.

Wagner war klar, dass das hier ganz schnell zu Ende sein würde, wenn er nicht bereit wäre, in Vorleistung zu treten. »Kann es sein, beste Frau Buff, dass diese Frauen, die Euch da aus ihren Reihen verstoßen haben, dass die es mit der Wahrheit nicht so ganz ernst nehmen?«

»Wie meint Ihr?«, hüstelte Lotte Buff.

»Nun, wie ich's sage. Dass diese Frauensleute munter irgendwas, irgendwen erfinden und dann um alles in der Welt an der Lüge, an dem Hirngespinst festhalten, nachdem sie es einmal in die Welt gesetzt haben.«

In ihrer Not schien sich die gute Frau aufs Fragen kaprizieren zu wollen, um nur ja den verhuschten Weisungen des Windes zu entsprechen: »Ein Hirngespinst? Wovon redet Ihr?«

»Von diesem Goethe. Diesem Goethe als Kopfgeburt einer Frauenverschwörung.« Jetzt war es raus und war nicht wieder zurückzuholen. Wagner kniff die Augen zusammen, beäugte Lotte Buff durch dünne Sehschlitze. Die öffnete ihr Kussmäulchen wie ein Karpfen, zwei-, dreimal, ohne dass sie ein Wort rausbrachte. Augenscheinlich wartete sie wieder auf irgendwelche Einflüsterungen von dritter Seite.

Schließlich wischte sie sich mit der Hand über die linke Schulter, als wolle sie ein paar ausgefallene Haare wegwischen. Doch damit nicht genug. Sie wedelte mit den Fingern noch mal hinterher, als ob sie auch noch eine Stubenfliege oder sonst einen Quälgeist verscheuchen müsse.

»Schweigen heißt Zustimmung«, versuchte Wagner es mit neuerlichem Vorpreschen nach Art nassforscher Richter. Beziehungsweise gemäß dem, was er für die Art nassforscher Richter hielt. Ob er es selbst erwartet hatte oder nicht, er traf jedenfalls ins Schwarze: Sie nickte. Lotte Buff nickte. Wenn das nicht Zustimmung bedeutete!

Weygand und er, seine Wagnerwenigkeit, hatten also goldrichtig gelegen mit ihrer Skepsis diesem aufdringlichen Schlawiner gegenüber, der sich Goethe nannte und mit mächtig aufgeblähtem Wams wedelte, wo immer sich eine Gelegenheit bot und wo nicht.

Es war offensichtlich, dass aus der eingeschüchterten Frau nichts mehr herauszubringen sein würde. Jedenfalls nicht expressis verbis. Dafür saß ihr der windig lispelnde, partout nicht wegzuwedelnde Derwisch, wie es schien, zu hart im Nacken. Oder was auch immer das für ein Stimmchen sein mochte, das Wagner sich eingebildet hatte oder nicht, das jedenfalls erfolgreich dazwischengefunkt hatte.

Wagner verabschiedete sich höchst ehrerbietig von Madame Buff. Nicht jedoch von seinen Gedanken und Nachgedanken, wie die soeben abgesicherten Erkenntnisse angemessen zu parieren sein würden. So ausgefuchste Strategien aushecken konnten jedenfalls nicht nur Frauen. Das wäre doch gelacht.

Lotte Sophie Henriette

Jedenfalls ging sie fest davon aus. Felsenfest. Dass Albert den Brief nicht gelesen hatte. Blind und ahnungslos war und blieb und nicht wusste, dass sie sich nach Weimar aufgemacht hatte. Schon gar nicht, zu welchem Zweck. Womöglich war er zu Hause mit Rätselraten beschäftigt. Doch dass sie sich aus dem Staub gemacht hatte, das musste er registriert und inzwischen auch realisiert haben. Waren jetzt schon fast zwei Wochen. Na, sie musste schließlich erst mal überhaupt nach Weimar kommen. Konnte sie ja nichts zu, dass es so weit und die Kutschfahrt so stolperholprig war. Und dass jetzt auch das hier dauerte. Sicher, alles im Rahmen des Erwartbaren. Und natürlich war sie auch nicht die Einzige, die hier herumstand und wartete. Drei Stunden Verspätung bei so einem Schweinewetter und einer ganzen Tagesstrecke waren ja vollkommen normal, konnte man sich beim besten Willen nicht beschweren. Aber der endlose Bindfadenregen war schon eine ausgemachte Sauerei, ganz und gar überflüssig.

Alles drängelte sich in der winzigen Gaststube gegenüber der Poststation. Immerhin war sie in dem Gedränge sicher vor diesem Satanskerl; so was war nicht sein Terrain. Sie verließ sich also wie alle anderen darauf, dass die zwei, drei, vier Figuren, die vorn am Fenster einen Tisch ergattert hatten, es rechtzeitig verkünden würden, wenn die drei Kutschen, oder wie viele es sein mochten, die jetzt zur Mittagsstunde auf den Markt einbiegen und übers regenpolierte Pflaster heranpoltern sollten.

Und genauso war es. Plötzlich zwei Kreischer: »Sie kommen!«

»Da vorn sind sie.«

Sofort griff fiebrige Unruhe um sich. Eine Handvoll Gäste sprangen auf, raunten dem Wirt zu, sie würden gleich, sie würden in zehn Minuten die Zeche begleichen, würden gleich mit Zuwachs zurückkommen und noch was bestellen. Dann stolperten sie zum Ausgang.

Draußen zog der Kutscher eben die Bremsen an, schüttelte das Wasser vom vollkommen durchnässten Cape und mühte sich ächzend vom Bock herab. Unten allerdings, die Fahrgäste und die Leute, die sie abholen kamen, waren zu ungeduldig, um zu warten, bis der Alte seine eingerosteten Knochen in Bewegung gesetzt und aufs Marktpflaster manövriert hatte. Man zerrte von außen und drückte von innen an der Tür. Ungeachtet des Murrens und Zeterns, das der Kutscher beim Abwärtsklettern vom Stapel ließ, um klarzustellen, dass er und nur er berechtigt sei, die Tür der Fahrgastkabine – dass niemand sich erdreisten möge, über ihn hinweg oder an ihm vorbei einfach die Tür …

Doch da war sie bereits offen. Zuständigkeitsbeschwörungen hin, Aufregungsgerangel her. Vornweg stiefelte irgend so eine auf vollkommen überflüssige Eleganz bedachte Hippe die Kutschentreppe herab, staksiges Füßchen vor stöckliges Schühchen setzend. Mittendrin blickte sie sich kurzerhand um, schien aber in der hektischen Abholer- und Zuschauermeute niemanden ausspähen zu können, der sie erwartete.

»Tja, junge Frau«, murmelte es aus Lotte heraus, ohne dass sie sich dagegen wehren konnte, »so ist das mit den Liebhaberknilchen. Machen sich rar, um sich rar zu machen.«

Einige Zuschauer verdrehten den Hals und versuchten auszukundschaften, ob die Reisenden, die sie jeweils erwarteten, hinter der rauschenden Frisur der aufgedonnerten Möchtegern-Schönheit in den Blick kamen. Ein Unterfangen, bei dem Lotte die einzig Erfolgreiche zu sein schien: Wilhelm – da war er! Seine vorwitzige Nase, seine hohe Stirn, noch von einem Rest Italienbräune mit abenteuerlichem Glanz versehen. Die munteren Augen – Moment! Wieso, was war das? Gut, er konnte nicht mit ihr rechnen, aber – aber dass er nicht mal Ausschau nach ihr hielt, nach dieser ewig langen Zeit! – Dass er bloß Augen hatte für dieses Schaufensterpüppchen – dass er bloß der stöckelnden Bachstelze seine Blicke in den Nacken heftete –, das war ja wohl eine Ausgeburt an Frechheit, eine unverfrorene Gedankenlosigkeit, eine – ach, was nutzten die schönsten Schimpfpreziosen!

Hühnerkacke noch mal, tatsächlich, die ganze Zeit sah er dem blöden Weibsstück in den Nacken. – Verdammt, wo war eigentlich dieser schwarze Galan? Jetzt, wo man ihn mal gebrauchen konnte, war er nicht da. Hilfestellung, Zuspruch, Mut anstacheln, irgendwas. Aber der Angsthase zog es natürlich vor, sich im brenzligen Markttumult vornehm zurückzuhalten, durch feige Abwesenheit zu glänzen. Schlaffes Gehopse, der Mann aus der Unterwelt! Bleib mir weg!

Lotte duckte sich in der Zuschauermenge hinter die spitzen Hüte der beiden Gimpel vor ihr. So allerdings, dass ihr der Blick nicht ganz versperrt war. Daher musste sie mitansehen – so neugierig wie entsetzt –, dass Wilhelm hinter dieser Eleganzia von der letzten Kutschenstufe sprang und ihr hinterherrief: »Antonia Maria, Ihr habt Euer Tüchlein hier – das lag auf dem Sitz –, das habt Ihr in der Kutsche …«

Himmel, diese alberne Xanthippe, der billigste der billigen Tricks. Bartwickelmaschine im Keller! Und Wilhelm, schön und schlau, wie er recht eigentlich doch war, dieses Rhinozeros, tappte genau in die breitgrinsende Falle. Ja, war das menschenmöglich!

Aber die hinfortstolzierende Spitzmaus zirpte über die Schulter hinweg: »Behaltet's getrost. Und solltet Ihr mal nach Braunschweig kommen, so habt Ihr schon mal ein Geschenk für den Antrittsbesuch.«

Braunschweig, ja, was hatte sie dann hier in Weimar zu suchen? Hier waren anständige Leute. Keine hergelaufenen Etepetetetanten mit schaukelndem Hintern. Dem unseligen Spiel gehörte ein Ende gesetzt! Sofort.

»Wilhelm!«, rief Lotte und biss sich im gleichen Augenblick auf die Lippen.

»Wilhelm? Da haben wir also die Bestätigung.« Madonna Antonia Maria war abrupt stehen geblieben, ungeachtet der auflaufenden Leute, die ihr folgten. »Ein schlichter Wilhelm bloß. Also kein Johann Wolfgang von. Ist das jämmerlich!«

Dann schob sie ab, die geifernde Heuschrecke, verkrümelte sich irgendwo hinten im Marktgetümmel. Lotte zog die Zähne von den schmerzenden Lippen ab. Prompt hatte sie das dumpfe Gefühl, dass der Finstre – und das mitten in diesem Menschenauflauf, in diesem immer noch wimmelndem Gedränge! Der traute sich was! Traute sich doch was.

»Nur die Ruhe. Bleib mal cremig! Die Schönheitstatuette ist abgezischt. Und keine Vulpius ist eh nicht da. Kann ja nicht mehr antanzen; vor der bist du sicher. Also bitte schön, dein Wilhelm gehört dir. Sack und Asche, hau rein!«

Natürlich kam der Kerl zu spät. Eben hätte sie diesen schwarzen Hanswurst gebrauchen können, eben, jetzt war er überflüssig. Zu spät und überflüssig. Warum blieb er nicht einfach in seinem Höllenloch!

»Soll ich mir diesen Wilhelm mal vorknöpfen?«, meinte der Großkotz sich in Szene setzen zu müssen, zu wollen, zu können. »Ihm bisschen was in den Tee pulvern, paar sexy Sätzchen auspacken?«

»Hüte dich!«, raunte Lotte über die linke Schulter hinweg in den eigenen Nacken. »Das wirst du ganz entschieden nicht tun.«

»Schroffe Ablehnung, lirum, larum, Lotte, dürftest du langsam kapiert haben: Schroffe Ablehnung stachelt mich bloß an.«

Verdammt noch mal, als hätte sie nichts Wichtigeres zu tun, als sich hier mit diesem aufgeplusterten Abgesandten des Satans rumzuschlagen! »Nützt es eigentlich was«, zischte sie, »wenn ich mir sehnlichst wünsche, dass du verschwindest? Kannst du dem Herzenswunsch eines schwachen Weibs widerstehen?«

»Nichts, was unsereiner mehr gewöhnt wäre. Nichts, wo wir uns besser gegen zu wehren wüssten. Brauchste gar nicht erst versuchen. Aber, he, ich bin, Teufel noch mal, dazu da, dir unter die nassen Arme zu greifen. Dass dein Wilhelm-Ding nicht total in die Hose geht. Und immerhin, ich bin verdammt und zugenäht über meinen Schatten gesprungen, bin todesmutig hier durch das ganze Gewusel gerobbt, hab mich mitten ins Getöse gestürzt, weil mir, logo, nicht verborgen geblieben ist, wie du gelitten hast, schöne Braut, wie du leidest. Und da tiger ich also in meiner unermesslichen Güte durch den ganzen Trubel, um mit dir Händchen zu halten und lebensrettende Hilfestellung zu leisten. Und du? Nichts als Undank! Der blanke Hohn, der nackte Wahn! Also *was* nun?«

»Von hinnen, macht Euch von hinnen! Ich hab Euch nicht gerufen.«

»He, he, voll das Missverständnis: Mich ruft man nicht. Ich komme wie gerufen. Aber von selbst, aus eigenen, aus ureigensten Stücken. He, und immer zur falschen Zeit. Kannste machen, was du willst. Aber, okay, das ist Schicksal. Mein Schicksal, mein Los. Mein Job. Kann mich nicht erschüttern. Also gib einfach auf, mich zum Teufel zu wünschen. Das Ding ist: Ich bin der Teufel, kapier das endlich. Und wir Teufel haben nur Gutes im Sinn. Wollen nur das Beste.«

»Und mein Bestes bekommst du nicht. Unveräußerlich. – Auf jeden Fall: Halt dich zurück! Mein ›Wilhelm-Ding‹, das regle ich ganz allein.« Aber sie war sich sicher, dass hier Hopfen und Malz verloren sein würden, dass man reden, reden, reden konnte, dass der Satanskerl sich weiter einmischen würde, dass sie noch so vehement …

»Selbst ist die Frau«, kicherte der Satansbraten, befleißigte sich eines angedeuteten Kratzfußes und war verschwunden. In Luft aufgelöst wie eine faulige Schwefeldampfschwade.

Und ihr war, als würde – schneller auf alle Fälle als menschenmöglich, viel schneller –, als würde Wilhelms Schillerzopf von einem kurzen Windstoß erfasst und zerzaust. Und dann sah sie, noch ganz in Gedanken, mit Verwünschungen und Flüchen und Schimpfkanonaden befasst, sah sie, wie Wilhelm ins Stolpern geriet. Irgendein Korb mit hektisch gackernden pechschwarzen Hühnern war plötzlich im Weg. Sah, wie er der Länge nach hinschlug, wie er im Sturz den Korb zertrümmerte, wie die schwarzen Hühner mit Riesengeschrei und -gezeter, rasend um sich schlagend mit ihren flatternden Stummelflügeln, das Weite suchten. Verfolgt von der mit klumpig dicken Armen rasend um sich schlagenden und ein Riesengeschrei und -gezeter anstimmenden Alten, die das Federvieh zu Markte getragen hatte.

Sah, wie Wilhelm sich aufrappelte und das schmerzende Schienbein rieb. Mit einer Heftigkeit, die – was war das jetzt schon wieder? Da flatterte doch – der Trottel! Lotte lachte lauthals auf. Konnte sie sich einfach nicht verkneifen. Selbst wenn sämtliche Umstehenden sie anglotzten wie einen Papagei, der bei den Lachhyänen in die Schule gegangen war. Da verlor ihr ach so wohltemperierter Wilhelm in schmerzschluchzender Fahrigkeit doch tatsächlich die grandioseste seiner Trophäen. Und sah nicht mal, wie das Tüchlein des verehrten Fräuleins zu Boden flatterte und von den aufgeregten Füßen der Geflügelbäuerin und der amüsiert dem Schauspiel beiwohnenden Marktbesucher untergepflügt und durch den Schmutz gezogen, ja, zerfetzt wurde.

Und Lotte sah, wie in gebührlicher Höhe ein kleines, ganz winziges, ein schwefelgelbes Wölkchen auftauchte und das Geschehen kurz umturtelte, bevor es sich in Wohlgefallen aufzulösen beliebte.

Wilhelm

Gibt es nichts zu lachen!«, zickte sie sofort los.

Gottogott, was für ein empfindliches Seelchen! Wilhelm wechselte die überkreuzten Arme. Die alten Knochen forderten ihren Tribut, mussten von Zeit zu Zeit in eine neue Position gebracht werden. Bevor sie einrosten und noch mehr schmerzen würden.

Heute zeigte sich der Oktober mal wieder von seiner traumhaft goldenen Seite. Die ersten Blätter – stimmt nicht, waren schon längst nicht mehr die ersten Blätter, die da aus dem Himmel über Weimar fielen. Die über die Kieswege eine rot-gelbe Decke zogen. Oder hätten ziehen wollen, wenn der Gärtner nicht den ganzen Tag mit seiner Harke zugange gewesen wäre und nicht, sobald er am einen Ende angekommen war, am anderen wieder angefangen hätte. Die ganze Zeit war das Schrappen seiner Harke zu hören. Penetrant vor sich hin lärmend. So leise die Blätter fielen, so laut musste man offensichtlich zu Werke schreiten, um die wohlgeordnete Welt der Dinge, die Dinge der

Welt vor dem Untergang in diesem tagelangen Dauerrieseln der knallgelben, purpurroten Blätter und ihrem morbiden Matsch zu bewahren. Einem Matsch, der nach jedem denn doch immer mal wieder aus heiterem Himmel hereinbrechenden Schauer auf den Wegen zu einem zähen Brei mit untergerührten Klumpen verschmolz.

Sie saßen auf der Rasenbank in diesem wunderbaren Park am Flussufer. Obwohl ihm die von unten durchsickernde Feuchtigkeit, die kalt in die Hosenbeine kroch und sich ausbreitete, gar nicht guttat. Und auch Anna Sibylla hatte die Hände unter die Oberschenkel gesteckt, vielleicht weil auch ihr die Grasbank doch zu nass oder wegen der Regenwürmer oder wegen was auch immer nicht ganz geheuer war.

»Welche Laus«, fragte er, »ist Euch über die Leber gelaufen?«

»Eure Dreistheit.«

»Aha.« Das sollte Aufforderung genug sein.

»Ich lese ganz was anderes am Ende, als ich geschrieben habe.«

Jetzt war er tatsächlich verblüfft. »Ihr? Was habt Ihr geschrieben?«

Und sie war anscheinend ebenso verblüfft. Über sich selbst. Offensichtlich hatte sie Dinge ausgeplaudert, die sie nicht hatte ausplaudern wollen. Und da seine Frage ebenso offensichtlich ins Schwarze getroffen hatte, konnte es nur um eines gehen.

»Ja, also, ich, ich meine«, stammelte sie, »das, was ich Euch im Auftrag meines Skribenten gegeben hab, damit Ihr es bei Cotta einreicht. Eben das war auf weite Strecken völlig anders als das, was jetzt zwischen den Buchdeckeln zu lesen ist. Worte, Sätze, ganze Abschnitte verändert. Und vor allem, die Grundaussage, die Botschaft vollkommen verzerrt!«

»Nein, kann doch nicht sein«, unternahm Wilhelm einen Rettungsversuch, aber das Augenzwinkern war scheint's nicht zu übersehen.

»Es ist Euch also wohlbewusst, alter Mann! Das heißt: Ihr wart es! Wart es selbst. Ihr habt in meinem Text rumgefingert!

Dabei seid Ihr doch bloß der Schauspieler, das Ausführungsorgan. Ihr habt die Finger davon zu lassen!«

»Ich?«

»Wer hätte sonst noch Zugriff gehabt – auf dem Weg zwischen Schreibfeder und Bleilettern?«

»Und, noch mal, wieso ›*meinen* Text‹?«

Noch ein vielleicht etwas plumpes Ausweichmanöver.

»Das heißt ja dann wohl im Klartext: Ihr habt selbst die Feder geschwungen. Das ist gegen die Abmachung.«

Anna Sibylla sprang auf.

Sie gefiel ihm. Gerade in dieser ungeheuren Energie, die sie versprühte, wenn sie aus der Haut fuhr. Dieses Aufbrausende – was war das, was ihn daran faszinierte? Eben das vermutlich, dessen er sich nun schon seit Jahren zu enthalten hatte. Das, was er ab und an, wenn ihm das Anziehen der Bremsen zu bunt wurde, in seiner Stube explodieren ließ. Des Nachts, wenn er sich im Fenster spiegelte. Wenn er plötzlich, völlig überrascht von sich selbst, den ganzen Ballast der Rolle geschuldeter Zurückhaltung von der Schulter wischte, alle Zügel fahren ließ und loslegte. Einen Teufelstanz aufführte, sich krachend ins Zeug legte, über irgendwas herzog. Am größten freilich war der Ertrag, wenn er sich eine Person vornahm, eine tumbe, niederträchtige, eine eingefahrene oder entgleiste, eine Hassfigur, an der er sich so richtig auslassen konnte, zumal wenn sie nicht da war und nur als Schimäre im Raum stand. Schimären waren ja sowieso sein Steckenpferd.

Und nun also dieses losgelassene Aufziehfräulein namens Anna-Sibylla-Wirbelwind!

Fantastisch anzusehen.

Sie schoss Volten drehend um die Rasenbank und baute sich formvollendet prustend und schäumend vor Wilhelm auf, rammte die Beine in den Boden und die Hände in die Hüften. »Meinetwegen«, kreischte sie, »dann sei hiermit also die Wahrheit an die Luft gelassen: Der Bruder, den ich als Schreiberling ins Amt gehievt habe, existiert nicht. Und ja, der *Faust*, den habe ich geschrieben. Der stammt aus meiner Feder. Ja. Aber nicht so! Da fehlt die Hälfte; anderes ist, ohne dass es abgesegnet gewesen wäre, hinzugefügt. Worte, Sätze, die Moral, wie gesagt. Alles entstellt!«

»Na ja, gutes Kind«, wobei Wilhelm sofort begriff, dass er sich mit dem ›Kind‹ ziemlich verstiegen hatte, aber es war gesagt und nicht wieder zurückzuholen. »Na ja nun, es war aber auch zum Steinerweichen kitschig, was Ihr mir da vorgelegt hattet.«

»Und das also habt Ihr zu befinden?«

»Kreuzkatholisch und einfach nicht zum Aushalten, die Moral von Eurer Geschicht! Pardon, aber da musste nun wirklich nachgefedert werden. Das konnte ich dem Text nicht ersparen, wollte er und sollte er die Höhen tiefgreifender Literatur erlangen.«

Anna Sibylla verdrehte die Augen, fuchtelte mit den Armen, quietschte und kreischte und drehte sich um die eigene Achse. Nein, man konnte sie nur allein lassen. Eiligst. Wilhelm stand auf und überließ die junge Frau sich selbst und ihren wilden Wirbeln.

Mehr vielleicht ein andermal.

Johann Wolfgang von

Goethe war bass erstaunt. Dachte nach, sagte erst gar nichts, schnappte nach Luft und schlug eifrig mit den Flügeln. »*Das Höchste, wozu der Mensch gelangen kann*«, hatte er auf Geheiß dieses kauzigen Johann Gotthelf – wenn er sich recht erinnerte – und im Überschwang irgendeiner seiner erkenntnisgesättigten Naturbetrachtungen zu Kollege Eckermann gesagt, »*ist das Erstaunen.*«

Wie recht er doch gehabt hatte! Indem dieser Satz jetzt wieder zu ihm durchdrang, begriff er, worüber er an diesem nebelverhangenen Tag so erstaunt war. Über diese verrückte Lust, die ihm irgendwie unter der Haut brannte. Die Lust, nicht mehr zu funktionieren, nach all den Jahrzehnten nicht mehr kopfnickend mitzuspielen, die brav eingehaltenen Schranken einfach einzureißen, hochzureißen!

Irrgarten

Vielleicht aus Abenteuerlust, vielleicht weil er ein faunisches Auge auf sie geworfen hatte und ihr den Wunsch nicht abschlagen wollte, ganz sicher aber aus einem nicht zu knickenden Überlegenheitsgefühl heraus – jedenfalls ließ Wilhelm sich nicht lange bitten. Ergriff ihre Hand und ließ sich bereitwillig ins Schlepptau nehmen.

So umrundeten sie zügig das Stolberg'sche Schloss.

Als auf der Rückseite das verschnörkelte Heckenlabyrinth ins Auge fiel, huschte ihm ein Lächeln übers Gesicht. In freudiger Überraschung zuerst und dann in frohlockender Erwartung der Bescherung, die da auf ihn zukommen mochte. Womöglich auch erhoffte er sich ein umso leichteres Spiel, je mehr sie sich verirren und verzetteln würden.

Indes sie kannte sich aus. War schließlich nicht das erste Mal hier. Und sie wusste natürlich, dass sich im Schlossgarten von Augusta dieses Labyrinth aus dichten mannshohen Hecken befand. Nicht groß, das Ganze, aber hübsch verwirrend. Vollkommen undurchsichtig. Ein einziger wuchernder Tumult aus Gängen und Pfaden, Kurven und Kreuzungen, aus Sackgassen, Irrwegen und Finten. Es gab auch nicht das kleinste Zeichen, das verraten hätte, welcher der verworrenen Wege hinaus in die Welt, hinaus ins wohlsortierte Leben führte. Und über die Hecken spähen konnte man auch nicht, waren einfach zu hoch. Hier war, wer sich nicht auskannte, verraten und verkauft. Würde des Abends, wenn die Dunkelheit darüber herfiel und nicht genug Tüchlein zur Hand waren, um sie an den entscheidenden Punkten in die Hecke zu knoten und so wenigstens den zurückgelegten Weg zu markieren, würde sich irgendwo auf den schmalen Trampelpfaden zwischen dem Heckengestrüpp hinhocken und warten müssen.

Warten, bis der Morgen graute und womöglich – so Gott oder der Zufall es wollten – der Gärtner des verqueren Wegs kommen und den verzweifelten Irrläufer aus den grünen Fesseln der Irritation befreien würde.

Erwartungslaune, lüsternes Auge, Sowiesosiegerpose – jedenfalls bedachte Wilhelm die Zielstrebigkeit, mit der sie auf den Eingangsdurchschlupf zusteuerte, mit dem einvernehmlichen Lächeln eines abgebrühten Spitzbuben angesichts des nächsten Coups.

Ein Lächeln, das ihr munteres Wasser auf die geplagte Mühle schaufelte.

Ohne weiteres Federlesen also zog sie Wilhelm hinter sich her und hatte kaum eine halbe Runde durch die hohlen Heckengassen absolviert, als sie nicht ohne Genugtuung auszumachen glaubte, dass er seine Sicherheit bereits eingebüßt hatte. Und es konnte nicht mehr lange dauern, drei Biegungen und zwei Kreuzungen weiter, bis sich auch sein selbstversessener Heldenmut ins löchrige Vakuum der Verzweiflung auflösen würde. Sie brauchte also nur ein paar weitere Um- und Abwege durch die Hecken auszuhecken, und schon würde sie ihn hinreichend zermürbt haben.

Und richtig, die nächste Ecke, das nächste Mal um die eigene Achse gedreht, und er konnte mit seinen Zweifeln nicht mehr hinterm Berg halten: »Anna Sibylla, seid Ihr sicher? Dass es nicht rechts – mir ist, als ob –, kann es sein, dass Ihr auch nicht wisst, wo lang …« Er verschluckte den Rest des Satzes.

Und sie hüllte sich in Schweigen. Bot sich so doch die galante Chance, ihn nach allen Regeln der Kunst auf die Folter zu spannen und genüsslich weich zu kochen.

Sie zog an seiner Hand. Und als diese nicht gleich willig folgte, zirkelte sie ihre Finger aus seinem schweißschlüpfrigen Zugriff und nahm ihm auch dieses letzte Gran Sicherheit.

»Also, Eure Hand, also …«, lispelte er, ohne einen einigermaßen wohlgesetzten Satz hinzukriegen, hinzubiegen.

Und auch diesen Schrumpfsatz, dieses labyrinthische Sprachgehaspel, ließ sie, unvollendet wie es war, in der schon herbstabendlich kühl gewordenen Luft hängen. Und stolzierte beherzt vorwärts.

Er klebte an ihren Fersen, hatte in seinem vorgerückten Alter aber reichlich Mühe, mitzuhalten, bei dem Tempo, das sie mit stillem Vergnügen vorlegte. Sodass sich der Abstand zu ihr mit jedem Schritt vergrößerte.

»Moment, junge Frau«, lächelte er hinter ihr her, »langsam, langsam, nicht, dass Ihr gleich irgendwie irgendwo abzweigt, und ich krieg's nicht mit!«

»Ihr seid doch wohl Manns genug, Euch nicht von einem alten Weib am langen Bändel vorwärtsschleifen zu lassen. Am Nasenring durch die Manege!« Sprach's, eilte los und bog an der nächsten Wegkreuzung ab. Nicht, ohne noch schnell »Hier lang!« zu rufen. Um dann allerdings eilends kehrtzumachen und in entgegengesetzte Richtung ihrer Wege zu ziehen.

Während Wilhelm, endlich an der Kreuzung angelangt, den bezeichneten Weg einschlug, ohne auch nur die Schatten ihrer Hacken zu erblicken.

Anna Sibylla hörte ihn zwei, drei Hecken weiter vorwärtsgeistern. Wobei er immer wieder verzweifelte Hilferufe ausstieß.

Rufe, die sie wohl hörte, aber nicht beantwortete. Und die folgerichtig immer leiser wurden. Sodass sie sich sputen musste, um auf dem Parallelweg aufzuholen und mitzuhalten, wollte sie ihr Opfer nicht nur nicht aus den Augen, sondern auch nicht aus den Ohren verlieren.

Nebenan, hinter der Hecke, das war hier auf ihrer Seite jetzt gut zu hören, war Wilhelm stehen geblieben, brachte ein »Anna Sibylla, wo seid Ihr?« hervor und warf weitere Hilferufe in alle Himmelsrichtungen.

Sie hatte längst ebenfalls das Bremsmanöver eingeleitet, selbstredend darauf bedacht, dass der Boden unter ihren Füßen nicht verräterisch knirschte. Sie schwieg. Ließ ihn schmoren. Weidete sich an der wachsenden Verzweiflung, die aus seiner Stimme sprach, mit der er die Schreckensrufe absonderte und die dünner und dünner wurde, je öfter sich das Losrennen-Weiterrennen-Stehenbleiben wiederholte. Noch dazu mehr und mehr eingeschüchtert durch die vorrückende Dämmerung, die begann, die Dunkelheit über den Barockgarten des Schlosses zu legen und die Nacht wie eine gemeine Drohung endloser Stunden der Hilflosigkeit aufziehen zu lassen.

Wenn er jetzt – und, ja, wenn sie ihre Ohren nicht täuschten, tat er genau das: weiterrennen. In der trügerischen Überzeugung, auf dem Hauptweg zu sein – da er jetzt also geradeaus weiterlief und nicht links den kleinen Durchschlupf wählte, der ihn auf ihren, auf den rettenden, den rechten Pfad gebracht hätte, war er – auch nicht ansatzweise wissend, wo ein, wo aus – auf dem besten Weg in die Sackgasse, in der sie ihn haben wollte. Sie wartete also, bis er hinreichend Vorlauf hatte, schlängelte sich endlich durch besagten Schlitz in der Heckenwand und folgte dem inzwischen vollkommen aufgelösten Wilhelm auf dem Fuß. Während er weiter und weiter ins Unheil hastete. Und in die Unendlichkeit der verworrenen Wege hinein sein »Anna Sibylla!« rief, ohne noch darauf hoffen zu dürfen, die Ernte einer rettenden Antwort einzufahren.

Bis er plötzlich erkennen musste, dass die Welt der Wirrwarrwege doch ein Ende hatte: Unmittelbar vor ihm führte der Weg vor eine finstergrüne Wand, über die sich ein anthrazitfarbener Himmel wölbte, der sich bereits erster Sterne, nicht aber des Monds erfreuen durfte.

Endlich, dachte Anna Sibylla, endlich rückte die entscheidende Stunde in greifbare Nähe. Und sie schoss hinter der nächsten Heckenecke hervor.

Auf Wilhelms Gesicht zeichnete sich sofort maßlose Erleichterung ab, die jedoch erstarrte, noch bevor sie in einem frohlockenden Satz Gestalt annehmen konnte. Augenscheinlich offenbarte ihr Gesichtsausdruck ihre ebenso maßlose Angriffslust.

»Was«, stammelte es aus Wilhelm, »was habt Ihr vor? Was wollt ihr?«

»Die Wahrheit«, war die klippklare Antwort, »nichts als die reine Wahrheit.«

»Und darf ich erfahren«, Wilhelm versuchte es jetzt mit einem noch etwas zittrigen, doch wenigstens ansatzweise wiedergefundenen Selbstbewusstsein, »darf ich erfahren, welche Frage nach welcher Wahrheit Euch bewegt und zu so einem gespenstischen Manöver verleitet hat?«

»Einzig die Frage, wer Ihr seid. In Erwartung, wie gesagt, einer ehrlichen Antwort! Ich hege nämlich den Verdacht, dass ich euch aus Jugendtagen kenne. Dass Ihr es seid, der mir im zarten Alter von sechzehn bei einer verrückten Hochzeitslotterie im Freundeskreis gleich dreimal hintereinander zugelost wurde. Und der schon damals mit den Versteckspielchen angefangen und sich eilends aus dem Staub gemacht hat.«

»Und was hätte ich, wenn es so wäre, für eine Veranlassung, das jetzt aufzuklären? Zumal Ihr mich gerade auf diese hässliche Jagd ins Bockshorn geschickt …«

»Eben nicht ins Bockshorn, sondern in die ganz reale Gefahr, mindestens eine äußerst unangenehme, kalte, hungrige, durchwachte, angstbesessene Nacht durchstehen zu müssen. Insofern, als ich nämlich, solltet Ihr meiner Forderung nicht entsprechen, ohne Zögern und Zaudern im Heckengewühle wieder verschwinden und Euch Eurer jämmerlichen Ausweglosigkeit überlassen werde. Im Übrigen, wie Ihr seht, sind wir hier allein. Vollkommen allein. Es gibt also keine Zeugen Eurer Offenbarung. Eures Offenbarungseids. Wie also lautet der werte Name?«

»Johann Wolfgang von Goethe.«

»Dachte ich mir's doch, alter Mann. Der verschollene Bruder meiner Freundin damals.« Anna Sibylla kam noch zwei, drei bedrohliche Schritte auf ihn zu. Blickte der Jammergestalt eines ertappten Delinquenten schnurstracks in die Augen, die den hoffnungslosen Versuch machten, ihr auszuweichen. »Und wieso hattet Ihr, ausgerechnet Ihr, die Ehre, ins Fadenkreuz unserer Damenverschwörung zu geraten? Und warum, Teufel noch mal, wurde ausgerechnet Euer Name als Name unseres Sündenbocks gewählt?«

Wilhelms Fußspitze scharrte im Staub des gräflichen Labyrinthwegs, und er musste zusehen, wie sie eine querliegende

Acht nach der anderen zeichnete. Obwohl recht eigentlich kaum mehr als vage Schemen zu erkennen waren. Die Dunkelheit war schon zu weit fortgeschritten. »Na ja«, sagte er, »war eigentlich nicht so schwierig. Ich musste mich bloß mit ein bisschen Geschick ins Sicht- und Spielfeld von ein paar von euch manövrieren.«

»Genau darum geht es: ins Spielfeld welcher der beteiligten Frauen? Wer war das Loch im Zaun, das Loch im doch so ausgefuchsten Heckengeflecht?«

»Vielleicht war's denn doch so ausgefuchst nicht.« Wilhelm hob den Blick von der schwarzen Fußspitze auf dem schwarzen Boden in schwarzer Nacht. »Nein, stimmt nicht, es war in Wahrheit nicht ganz so einfach wie ›eigentlich nicht so schwierig‹. Sie tat mich als Wilhelm auf den weltbedeutenden Brettern auf, und sie musste mich schon, wir mussten uns gegenseitig ein bisschen um den Finger wickeln …«

»Wen, verdammt noch mal!«

»… musste ihr versprechen, sie in einem Roman als eine Hauptfigur zu verewigen. Woraus denn doch eine Nebenhauptfigur wurde. Aber immerhin …«

»Lotte! Richtig?«

»… und sie, im Gegenzug, musste meinen Namen ins Spiel bringen. Damit ich mich nicht so umstellen musste – mit den üblichen Stolpersteinen und Gefahren fürs ganze, mehr oder weniger raffinierte Vorhaben. Und warum auch nicht ›Goethe‹?«, meinte er noch als Nachklapp anfügen zu müssen.

»Ja, warum eigentlich nicht Goethe!« Sie ging auf ihn zu. Und konnte trotz fleißigen Bemühens nicht verhindern, dass ihre Schritte nichts mehr von der wunderbaren Angriffslust hatten, sondern weich, viel zu weich daherkamen.

Sah er das richtig? Dass ihre Schritte leicht nachfederten, etwas Kätzchenhaftes annahmen – ja, durfte man sagen: etwas Verführerisches? Um herauszubekommen, woran er war, setzte er ebenfalls einen Schritt in ihre Richtung. Und sie wich nicht zurück. Was er als Zeichen nahm. Was ihn insgeheim bis unter die Gürtellinie freute.

»Es war ein Hochgenuss«, ging er launig in Vorleistung, indem er antwortete, ohne weiter gefragt worden zu sein, »ein Hochgenuss, dieses doppelbödige Spiel zu spielen. Insgeheim Goethe zu sein und nach außen hin Goethe zu spielen. In der Gewissheit, dass das Ganze nicht würde auffliegen können. Musste ich nur noch Lotte davon überzeugen, mich als Schauspieler für die Ewigkeit auszusuchen.«

»Musstest bloß noch ...« – sie duzte ihn, ja, hatte er sich also nicht getäuscht – »musstest bloß noch den Schmierenkomödianten geben, der ...«

»Na, na, na! Ich muss doch sehr bitten. Mein Vorbild war immerhin Wilhelm Meister, der bereits in meinem Kopf herumspukte und auch mal irgendwann in der Welt zwischen Buchdeckeln seine Schauspielkunst sollte entfalten können.« Er lachte.

»Und wir«, fiel sie, nicht faul, ins Lachen mit ein, »wir wurden von unserem eigenen Erfolg überrumpelt und haben uns, ohne dass wir es recht begriffen hätten, zu willigen Vollstreckerinnen deiner Ambitionen gemacht, schoben deine Karriere an, vermittelten dein Versgedrechsel an die Verleger, bastelten an deinem Glanz, an deiner Glorie. Und es war natürlich klar, dass du meintest, die Ergüsse unserer Schreibknechte verbessern, ausbauen, ummodeln zu müssen. Dass du ihre stümperhaften Machwerke ausgetauscht und die verbesserte Fassung an Weygand und später an Cotta übergeben hast.« Sie wollte es augenscheinlich immer noch nicht, aber sie strahlte. Als sei sie selbst zum Morgenstern in finstrer Nacht geworden.

Sie gingen nebeneinanderher. Sie übernahm nicht mal die Führung. Machte aber einen hinreichend sicheren Eindruck, sodass Wilhelm oder Johann Wolfgang, oder wie immer er sich schimpfen mochte, sich blind auf sie verließ. Meinte, sich auf sie verlassen zu können. Was blieb ihm auch anderes? Dabei dachte er offenbar nicht mal mehr darüber nach, wo hier der Ausweg war. Er schien nur – he, he! –, nur Augen für sie zu haben. Und – war ihr das unangenehm?

»Und dann meinst du Trottel«, nahm sie den Abrechnungsfaden wieder auf, »meinst in deiner maßlosen Selbstüberschätzung, unbedingt beim Weygand auflaufen zu müssen, um dein Salär aufzubessern. Schon haben wir diesen Wagner am Hals, schon droht das ganze Gebäude, filigran und tönern wie es ist, zusammenzustürzen, schon ist alles in Gefahr. Nur weil du …«

»Na ja, musst schon zugeben, dass mein Gehalt wahrhaftig nicht das üppigste war. Und so ein Goetheleben und -wirken ist nicht ganz billig. Außerdem, ich meine, so langsam musste ja auch mal ein bisschen Bewegung ins Spiel. Ein paar Zweifel streuen, bisschen an der Identität kratzen, Ungewissheiten platzieren, und schon schlugen die Wellen hoch. Aber es war einfach an der Zeit; nach den Jahren und Jahrzehnten musste nun wirklich mal die Zielgerade angesteuert werden.«

Wieder dieses Lachen, wieder das Einstimmen ins Lachen. Schnellere Schritte, wildes Flügelschlagen mit den Armen.

»Der abgebrochene Ast hier, das Moos auf dem schwarzen Stein«, unterbrach dieser Angsthase von einem Goethewilhelmwolfgangjohann das muntere Turteln, »hier waren wir schon mal. Ich denke, du kennst dich hier aus!«

»Sicher«, antwortete sie im Brustton der Überzeugung, »wir müssen links, alter Mann.«

Er schlüpfte mit seinen Fingern in ihre Hand und ließ sich bereitwillig nach links ziehen. Wollte, scheint's, die Zuversicht, dass sie recht hatte oder doch haben könnte, nicht aufgeben. Er hielt ihre Hand immer noch fest, als sie wieder am bemoosten Stein, am abgebrochenen Ast ankamen.

Mein Gott, sie wusste es doch auch nicht.

Anna Sibylla merkte, dass gar nicht mehr sie ihn an der Hand hielt, sondern er sie. Dass sich ihre Finger in seine Hand gekrallt hatten. Dass sie keinen Schritt weiter gehen wollte. Dass sie hier und auf der Stelle – ja was? Ja wie?

Dass sie sich um die eigene Achse drehen wollte, wie im Maientanz, dass es aber nicht ging, ohne seine Hand loszulassen. Dass sie es trotzdem tat. Sie konnte nicht anders. Konnte nicht anders, als seine Hand festzuhalten und sich in der

Drehbewegung in seinen Arm zu drehen, mit dem Rücken an seiner Brust zu landen, die sich härter und fester anfühlte, als es angesichts seiner fortgeschrittenen Jahre zu erwarten gewesen wäre.

Natürlich wollte sie sich sofort wieder loseisen, war ja nur aus der Not geboren, weil der Tanzwirbel nicht einfach auf halber Strecke zu Ende gehen konnte. Sie musste sich also bloß wieder rausdrehen, genau die Rückwärtsbewegung. Und dann einfach den Weg finden, nach draußen. Raus hier. So einfach alles.

Aber er ließ sie nicht. Hielt sie einfach fest. Er fühlte sich warm an, mitten in der Eiseskälte der Nacht ein herzwarmer Halt. Ein magnetischer Anziehungspunkt. Aber, nein, so einfach wollte sie es ihm auf keinen Fall machen. Also unternahm sie noch einen Versuch, sich aus ihm herauszuwinden. Und diesmal – seltsam – gelang es ihr, ganz ohne Widerstand. Diesmal ließ er sie. Sah sie bloß an. Mit seinen großen alten Augen. Während sie nah, viel zu nah vor ihm stand. Und er vor ihr. Und jetzt beide Hände ergriff.

»Wer seid *Ihr*?«, fragte sie plötzlich über die Schulter hinweg. Irgendjemand hatte sie berührt. Zumindest mit Blicken. Natürlich, sie hatte es doch genau gemerkt! Und jetzt sah sie ihn auch: hinter sich, diesen Schatten. Wie er dastand und ihr in den Nacken starrte. Sah gar nicht man schlecht aus, mit diesem schmalen Hut und der leicht wippenden Fasanenfeder. Hatte Lotte nicht irgendwas gefaselt von einem schlanken ranken, aber unheimlichen Galan, der immer wieder hinter ihr auftauchte und ihr seinen schwefligen Atem in den Nacken blies? Aber egal jetzt, hier ging es weiß Gott um ganz was anderes. Hier ging es um sie, Anna Sibylla. Wo also kam der Gespensterkerl auf einmal her, mitten in diesem Kreuz-und-quer-Wirrwarr, und vor allem, was wollte der?

»He, sag was, mach was!«, raunte er.

Und sie spürte seinen Atem von hinten ums Ohr streichen. Ein Blick auf Johann Wolfgang alias Wilhelm verriet ihr, dass der nichts davon mitbekommen hatte. Er stand immer noch ungerührt da, blickte sie hingebungsvoll an und ließ ihre Hände einfach nicht los. Nein, das mit dem merkwürdig finstren Burschen, das war offensichtlich ihre und nur ihre Sache.

»Mach was, Mann!«, nuschelte das Schattengestell noch mal in ihren Nacken. »Das geht doch gar nicht! Du, he, du musst dafür sorgen, dass ihr Ladys am Ende gewinnt. Nicht dieser Typ. Der gewinnt doch immer. Schöne Braut, it's your turn! Das ist dein Ding, he, du musst dafür sorgen, dass sich euer affengeiles Komplott nicht einfach so in Wohlgefallen, in heiße Luft auflöst. Dass der alte Sack hier eure ganze freche Frauenpower nicht rapp, zapp wegzirzen kann. Dass der dich nicht einfach bisschen anbaggern kann, und schon wird aus dem Weiberroman hier schon wieder so 'n Männerding, und eure Mission impossible versickert im Staub der Geschichte! Also Teufel noch mal, nicht beidrehen, gib die Hexe! Mach was, sag was!«

»Wieso? Wir haben doch längst gewonnen«, entgegnete Anna Sibylla.

»Wer hat gewonnen?« Johann Wilhelm Wolfgang sah sie entgeistert an.

Wagner

Goethe, es ist nicht zu fassen! Kannst du nicht einfach mal für fünf Minuten die Klappe halten?

Ehedem real existierende Personen

Johann Wolfgang (von) Goethe

* 28. August 1749 in Frankfurt am Main
† 22. März 1832, Weimar

Gehen wir probeweise mal davon aus, dass er ehedem real existierte, während dieses Buch hier sich ja herausnimmt, sturheil das Gegenteil zu behaupten, um dann doch noch flugs beizudrehen und sich selbst eines Besseren zu belehren. Der deutsche Dichterfürst schlechthin, der 1782 im Zuge seiner Karriere, die ihn schon zu Lebzeiten zum berühmtesten Verseschmied hierzulande machte, geadelt wurde. Für die Nobilitierung hatte sich der Weimarer Herzog Carl August bei Kaiser Joseph II. eingesetzt, um Goethe die Staatsgeschäfte und das Wirken am Hof zu erleichtern. Goethes Leben war – neben seiner literarischen Arbeit, seinen naturkundlichen Beobachtungen, der Verwaltungstätigkeit am Weimarer Herzogshof und den Männerfreundschaften zu Friedrich Schiller, Herzog Carl August und einigen anderen – geprägt durch unterschiedlich intensive und aufreibende, geistige und erotische, platonische und problematische, stets aber zu Papier gebrachte Beziehungen zu Frauen.

Da vor allem Goethes Liebschaften den Hintergrund für dieses Buch hier abgeben, seien diese nun sicher nicht vollständig, hoffentlich aber in einigermaßen chronologischer Reihenfolge aufgelistet:

Anna Katharina Schönkopf (gen. Käthchen)

* 22. August 1746, Leipzig
† 20. Mai 1810, Leipzig

Nomen est omen. Käthchen Schönkopf darf wohl als Goethes erste Liebe gelten. Eine Liebe, die er dann leise ausschleichen ließ.

Friederike Brion

* 19. April 1752, Niederrœdern im Elsass

† 3. April 1813, Meißenheim

So rührend die Sessenheimer Romanze zwischen ihr und ihm begann, so heftig sich ihre Leidenschaft für einander entwickelte, so literarisch inspirierend sie für ihn war, so sangklanglos war dann der Rückzug des zuallererst selbstverliebten Dichters.

Charlotte Sophie Henriette Buff (gen. Lotte)

* 11. Januar 1753, Wetzlar

† 16. Januar 1828, Hannover

Sie ging unfreiwillig als Charlotte in Goethes *Die Leiden des jungen Werthers* und damit in die Weltliteratur ein. Ein Auge zumindest hatte Goethe tatsächlich auf sie geworfen, entzog sich schließlich aber durch eine heimliche Abreise. Der Kontakt zu Lotte Buff und ihrem Ehemann Johann Georg Christian Kestner – oder Albert, wie er im *Werther* und so auch in diesem Roman hier heißt – hatte indes auch danach noch viele Jahre Bestand.

Maximiliane Euphrosyne von La Roche

* 3. Mai 1756, Mainz

† 19. November 1793, Frankfurt am Main

Eine so heimliche wie hoffnungslose Liebe Goethes, die im Alter von siebzehn Jahren den einundzwanzig Jahre älteren italienischen Kaufmann und Geheimrat Peter Anton Brentano heiratete und ihm zwölf Kinder gebar. Unter anderen auch Bettina von Arnim, geborene Brentano, und Clemens Brentano, die als Dichterin und Dichter der Romantik Literaturgeschichte schreiben sollten. Die Kinder, vor allem der Dichtersohn Clemens, liebten die Mutter abgöttisch. 1793 starb sie einige Monate nach der Geburt ihres zwölften Kindes im Alter von nur siebenunddreißig Jahren.

Anna Sibylla Münch

* 1758
† 6. November 1825

Eine seinerzeit nicht mal sechzehnjährige Freundin von Goethes Schwester. Sie wurde ihm im Frühling 1774 in einer Art Hochzeitslotterie im Freundeskreis dreimal hintereinander zugelost. Wenn's das Schicksal so will, muss Goethe sich gesagt haben; jedenfalls unterhielt er ein zumindest lockeres Verhältnis zu ihr, ohne dass es ernsthaft ernst wurde. Sie erlebte das Erscheinen von Goethes *Dichtung und Wahrheit* noch, wo von der »Titulargattin« die Rede ist. Ob zu ihrem Verdruss oder ihrem Vergnügen, ist nicht überliefert. Sie starb als Konventualin des lutherischen Katharinenordens.

Anna Elisabeth Schönemann (gen. Lili)

* 23. Juni 1758, Offenbach am Main
† 6. Mai 1817, Krautergersheim im Elsass

Sie war ebenfalls blutjung, zarte siebzehn, als Goethe sich in sie verliebte und sich mit ihr verlobte. Ihr widmete er das Gedicht *Lilis Park*. Doch er entschied sich nicht wirklich für sie, empfand sie eher als Einengung und trat die Flucht in Gestalt einer Reise in die Schweiz an. Elisabeths Mutter setzte dem unseligen Spiel ein Ende. Goethe zog nach Weimar, und Lili verlobte sich anderweitig. Sie heiratete drei Jahre nach der Trennung von Goethe.

Gräfin Augusta Louise zu Stolberg-Stolberg (gen. Gustchen)

* 7. Januar 1753, Bad Bramstedt
† 30. Mai 1835, Kiel

Nach der Lektüre des *Werther* nahm sie Briefkontakt zum jungen Goethe auf. Und sie verkehrten auch in den folgenden Jahren sehr offenherzig, jedoch nur brieflich miteinander, was sie bis 1782 fortführten. Vier Jahrzehnte später griff Goethe den Briefwechsel mit seinem »Gustgen« noch einmal auf. Persönlich jedoch lernten sie sich nie kennen.

Charlotte Albertine Ernestine Freifrau von Stein

* 25. Dezember 1742, Eisenach
† 6. Januar 1827, Weimar

Goethe, so es ihn denn gegeben haben sollte, schrieb der sechs Jahre älteren Hofdame von Herzogin Anna Amalia, Ehefrau des Freiherrn von Stein und dreifachen Mutter anderthalbtausend Briefe. Jedes erotische Begehren, das wir auch in diesem Fall nicht ausschließen können noch wollen, wurde ersäuft in elaborierten Formulierungskünsten. Oder? Jedenfalls war sie seine kontinuierlichste Partnerin für den intellektuellen Austausch über Gott und die Welt und das Liebesleben.

Johanna Christiane Sophie Vulpius

* 1. Juni 1765, Weimar
† 6. Juni 1816, Weimar

Als Geheimrätin Christiane von Goethe ab 1806 zehn Jahre lang – bis zu ihrem Tod – mit Goethe verheiratet. Sie lernten sich allerdings bereits 1788, wenige Wochen nach Goethes erster Italienreise, kennen. Zwischen 1789 und 1802 brachte sie fünf Kinder zur Welt, von denen nur das erste Kind, der Sohn August (1789–1830), das Erwachsenenalter erreichte. Goethe bekannte sich auch bei der Taufe Augusts nicht zu seiner Vaterschaft, dennoch wurde das Kind nicht als unehelich geführt. Die anderen

Kinder starben nur wenige Tage nach der Geburt. Goethe und Christiane Vulpius betrachteten ihre Verbindung über Jahre hinweg als eheähnlich; sie heirateten allerdings erst offiziell, nachdem siegreiche Truppen Napoleons plündernd durch Weimar gezogen waren und auch das Haus, in dem Christiane wohnte, von marodierenden Soldaten bedroht worden war.

Christiane hat Goethe zu seinen heitersten und erotischsten Gedichten angeregt. Von den *Römischen Elegien*, die nicht nur die amourösen Abenteuer seiner ersten Italienreise verarbeiteten, sondern auch seine Geliebte und spätere Frau Christiane besangen, bis hin zum Gedicht *Gefunden (»Ich ging im Walde so für mich hin …«)*, das er ihr 1813 widmete. Wie ihr Mann und ihr Sohn war wohl auch Christiane von Goethe dem Alkoholkonsum über die Maßen zugetan, und mit zunehmendem Alter verschlechterte sich ihr Gesundheitszustand mehr und mehr. 1815 erlitt sie einen Schlaganfall, und 1816 kam ein Nierenversagen mit starken Schmerzen hinzu. Bis sie nach einer Woche qualvollen Leidens starb. Wie eigentlich immer, wenn er Krankheit und Tod bei Menschen in seiner Nähe mitbekam, hatte Goethe sich während ihrer Erkrankung immer wieder zurückgezogen und Ablenkung in der Arbeit gesucht und gefunden. So auch, als sich klar abzeichnete, dass ihr Ableben unmittelbar bevorstand. Weder an ihrem Sterbebett noch bei der Beisetzung auf dem Jacobsfriedhof in Weimar war Goethe anwesend.

Maria Antonia von Branconi

* 27. Oktober 1746, Genua
† 7. Juli 1793, Abano Terme, Italien

Die Mätresse des Erbprinzen Karl Wilhelm Ferdinand von Braunschweig war bildschön, wie ihr die Zeitgenossen bescheinigten. Sie galt zu ihrer Zeit wohl als schönste Frau in deutschen Landen. Eine echte Challenge für Goethes Reinheitsgebot in seinen mittleren Jahren. Hier indes lassen wir ihre Tochter gleichen Namens auftreten.

Last but not least die Männer, soweit sie historisch überliefert sind:

Johann Friedrich Weygand
* 18. November 1743, Helmstedt
† 13. Dezember 1806, Leipzig

Er übernahm als Zwanzigjähriger den vom Vater in Helmstedt gegründeten Verlag und zog damit 1767 nach Leipzig um, wo er – wacker auf die Gewinne schielend – etliche Dichter des Sturm und Drang verlegte. Dabei hatte er wenig Skrupel, die jungen Dichter zu ködern und anschließend über den Tisch zu ziehen, selbst um den Preis des Vertragsbruchs. Beispielsweise ließ er einfach sogenannte »Plusauflagen« herstellen und ausliefern, ohne dass er die Autoren davon in Kenntnis gesetzt und ihnen Tantiemen dafür gezahlt hätte. Aber auch die Buchhandlungen waren nicht gut auf ihn zu sprechen, da er sich Bücherlieferungen bar bezahlen ließ, um dann umgehend neue Auflagen herauszubringen, während die Buchläden auf den just eingekauften, schon wieder veralteten Vorräten sitzen blieben. Insgesamt war Weygand im Leipziger Literaturbetrieb, aber auch weit darüber hinaus als hemmungsloser Profitquetscher verschrien, der gerade die Dichter des Sturm und Drang erbarmungslos ausbeutete. So galt er als der meistgeschmähte Verleger des 18. Jahrhunderts – gerade in den Augen seiner Autoren, die er, wie gesagt und geklagt, mehr ausschlachtete als förderte.

Nach seinem Tod erbten seine Neffen den Verlag, die ihn nach wenigen Jahren verkauften. Nachgewiesen ist der Verlag bis 1838.

Johann Friedrich Cotta
* 27. April 1764, Stuttgart
† 29. Dezember 1832, Stuttgart

Ganz anders Cotta! Als studierter Mathematiker, Historiker und Jurist übernahm er 1787 (als Dreiundzwanzigjähriger, dreizehn Jahre nach der Erstausgabe des *Werther*) die Cotta'sche Verlagsbuchhandlung, das fast einhundertdreißig Jahre vorher in Tübingen gegründete Familienunternehmen. Über anfängliche finanzielle Schwierigkeiten hinweg mauserte er sich zum bedeutendsten Verleger der deutschen Klassik und verlegte den Verlagssitz 1810 nach Stuttgart. Schiller, Goethe, Hölderlin, Kleist, Annette von Droste-Hülshoff – um nur einige große Namen zu nennen – gehörten zu seinen Autoren und Autorinnen, die er mit der ihm eigenen Großzügigkeit und Verlässlichkeit förderte und verlegte.

Ulrich Land, geboren 1956 in Köln, lebt in Freiburg. Er lehrt Creative Writing und hat bislang ein Dutzend Romane veröffentlicht, außerdem Lyrik, Prosa, Essays sowie fast zweihundert Hörspiele und Radiofeatures. Seine Arbeiten wurden u.a. mit dem Kölner Medienpreis, dem Journalistenpreis Metropole Ruhr und dem Medienethik-Award ausgezeichnet.

Gefällt Ihnen dieses Buch? Dann empfehlen Sie es bitte weiter. Mehr über den 8 grad verlag finden Sie auf www.8gradverlag.de und in unserem Newsletter.

1. Auflage 2024

Sonnhalde 73 | 79104 Freiburg

Umschlaggestaltung, Layout und Satz:
Julie August, Buenos Aires/München
Umschlagmotiv: Julie August (Collage aus zeitgen. Porträts)
Gesetzt aus der Caslon und aus der Brown
Lektorat: Marion Voigt, Zirndorf
Korrektorat: Stephan Thomas, München

Papier: Munken Print cream 90 g/m² 1,5-fach
Einbandmaterial: Peyer Peyprint
Herstellung: folio · print & more, Zirndorf
Druck und Bindung: Steinmeier GmbH & Co. KG, Deiningen
Printed in Germany

ISBN 978-3-910228-39-9

www.8gradverlag.de